아르센 뤼팽 전집 6

수정마개

아르센 뤼팽 전집 6

수정마개	모리스 르블랑
Le Bouchon de Cristal	심지원 옮김

황금가지

차례

체포 · 7

9−8=1 · 30

알렉시스 도브렉의 사생활 · 54

적진의 우두머리 · 78

27인 · 98

사형 · 126

나폴레옹의 옆얼굴 · 155

연인의 탑 · 177

어둠 속에서 · 199

엑스트라 드라이? · 223

로렌의 십자가 · 242

단두대 · 269

최후의 전투 · 288

체포

정원 밖, 작은 방파제에 매어놓은 보트 두 척이 어둠 속에서 흔들리고 있었다. 짙은 안개 너머로 호숫가 여기저기에 불 켜진 창문들이 보였다. 9월 말이었지만 맞은편 앙쟁의 카지노에서는 여전히 휘황찬란한 불빛이 흘러 나왔고, 구름 사이로 얼마 안 되는 별들이 빛나고 있었다. 가벼운 미풍에 수면이 조금씩 출렁였다.

정자에서 담배를 피우고 나온 아르센 뤼팽이 방파제 끝에서 몸을 숙이고 말했다.

「그로냐르, 르 발뤼……. 자네들인가?」

두 척의 보트에서 한 사람씩 모습을 드러내더니 그중 한 명이 대답했다.

「예, 두목님」

「질베르와 보슈레를 태운 자동차가 도착하는 소리가 들리는군. 어서 준비하게」

뤼팽은 정원을 가로질러 건축 공사용 다리가 걸쳐져 있는 집을 한 바퀴 돌아가서 생튀르 거리 쪽으로 난 문을 조심스럽게 살짝 열었다. 과연 저쪽 모퉁이에서 갑자기 눈부신 빛이 비치더니 커다란 자동차가 뤼팽 앞에 멈추고 두 남자가 내렸다. 둘 다 외투깃을 세우고 모자를 눌러 쓴 차림이었다.

그들은 질베르와 보슈레였다. 질베르가 스물에서 스물두 살 가량의 청년으로 인상이 좋고, 부드러우면서도 강해 보이는 반면, 보슈레는 그보다 키가 작고 머리카락은 희끗희끗했으며 창백하고 허약해 보이는 얼굴이었다.

뤼팽이 물었다.

「하원의원은 보았나?」

「예, 두목님. 예상대로 파리행 일곱시 40분 기차를 탔습니다」

질베르가 대답했다.

「그럼 완전히 자유롭게 행동할 수 있겠군?」

「물론입니다. 마리테레즈 별장은 우리 차지지요」

뤼팽이 그때까지 운전석에 앉아 있던 기사에게 말했다.

「주의를 끌 수 있으니 여기에 서 있지 말고 아홉시 반 정각에 다시 오게. 짐을 실어야 하니까……. 우리 일이 실패하지 않는다면 말이지만」

「왜 실패할 거라고 말씀하십니까?」

질베르가 물었다.

자동차가 떠난 후 동료들과 함께 호수 길을 따라걸으며 뤼팽이 대답했다.

「왜냐고? 이 일은 내가 직접 꾸민 게 아니기 때문이지. 내가 계획한 일이 아닐 때에는 반쯤밖에 믿을 수 없거든」

「무슨 말씀이십니까? 제가 두목님과 함께 일한 지 벌써 3년이나 되었다고요……. 저도 이제 배울 만큼 배웠습니다!」

「그래……. 자네도 이제 조금씩 터득해 가고 있지. 바로 그렇기 때문에 실수를 하지 않을까 걱정하는걸세. 자, 어쨌든 배에 타지. 그리고 보슈레, 자네는 다른 배를 타게……. 좋아……. 자, 이제 가능한 한 소리 없이 노를 저어가도록」

노 젓는 일을 맡은 그로냐르와 르발뤼는 카지노에서 약간 왼쪽으로 반대편 호숫가를 향해 곧장 나아갔다.

도중에 다른 배와 마주치기도 했지만 첫번째 배는 서로 꼭 끌어안은 두 남녀를 태운 채 아무렇게나 흘러가고 있었고 또 다른 배의 사람들은 목이 터져라 노래를 불러대고 있었다. 그 외에는 누구와도 마주치지 않았다.

뤼팽이 질베르 곁으로 다가가 낮은 목소리로 물었다.

「이봐, 질베르. 이 일을 계획한 건 자넨가, 보슈레인가?」

「글쎄요……. 몇 주전부터 둘이 함께 이야기해 왔습니다」

「보슈레는 믿을 수가 없어……. 비열하고……, 음험해……. 왜 아직 쫓아내지 않았는지 나도 모르겠군……」

「하지만 두목님……!」

「아니, 정말이네. 위험한 놈이야……. 중죄를 저지르고도 양심의 가책조차 느끼지 않을 놈이지……」

그는 잠시 멈추었다가 다시 말했다.

「어쨌든, 도브렉 하원의원을 본 건 확실하겠지?」

「두 눈으로 똑똑히 봤습니다, 두목님」

「파리에서 약속이 있다고?」

「예, 극장에 갔습니다」

「좋아, 하지만 하인들은 앙쟁의 빌라에 남아 있을 텐데?」

「요리사는 해고당했고, 도브렉 의원의 신임을 받고 있는 하인 레오나르는 주인을 모시고 파리에 갔습니다. 새벽 한 시 전에는 돌아오지 않을 겁니다. 그렇지만……」

「그렇지만?」

「도브렉이 변덕을 부려서 예상치 않은 시간에 돌아올 수도 있으니 한 시간 안에 일을 끝내도록 해야 합니다」

「이런 정보들은 언제 얻었나?」

「오늘 아침입니다. 보슈레와 저는 곧 이번이 좋은 기회라고 생각했지요. 현재 건축 중이어서 밤에는 지키는 사람이 없는 집을 골라 출발 지점으로 삼고 노를 저어줄 동료 둘을 부른 후 두목님에게 전화를 했습니다」

「열쇠는 가지고 있나?」

「현관 열쇠를 가지고 있습니다」

「저기 보이는, 목장으로 둘러싸인 별장인가?」

「예, 저것이 마리테레즈 별장입니다. 다른 두 채의 별장 정원이 맞닿아 있기는 하지만, 그곳에는 1주일 전부터 아무도 살고 있지 않아요. 그러니 우리 마음대로 물건을 실어 나를 여유가 충분한 셈이지요. 그리고 제가 장담하건대, 이 일은 정말 그럴 만한 가치가 있습니다」

뤼팽이 혼잣말처럼 중얼거렸다.

「모든 게 너무 쉬우니 재미가 없군」

그들은 맞은편 호숫가에 도착했다. 거기서부터 케케묵은 지붕 아래, 돌로 된 계단이 놓여 있었다. 뤼팽은 〈가구를 옮기기가 편하겠군〉 하고 생각하다가 갑자기 말했다.

「별장에 사람이 있다……. 보게, 불빛이……」

「저건 가스등이에요, 두목님……. 불빛이 전혀 움직이지 않잖아요?」

그로냐르는 보트 근처에 남아 망을 보고, 다른 뱃사공 르발뤼는 생튀르가 철문 쪽으로 갔다. 뤼팽과 부하 둘은 어둠 속에서 현관 아래 계단까지 기어갔다.

질베르가 먼저 올라갔다. 손으로 더듬어 우선 열쇠를 열쇠 구멍에 끼워넣은 다음 안전 빗장을 풀었다. 둘 다 아주 간단했다. 문이 반쯤 열리고 세 사람에게 안으로 들어가는 길이 열렸다.

현관에는 가스등이 타고 있었다.

「보십시오, 두목님……」

질베르가 말했다.

「그래……. 그렇군……. 하지만 그 빛이 저기서 나오는 것 같지가 않아」

뤼팽이 목소리를 죽여 대답했다.

「그러면 어딥니까?」

「나도 모르지……. 응접실은 여긴가?」

「아니, 아닙니다. 신중한 도브렉 의원은 물건을 모두 2층, 자기 방과 옆방에 모아두었습니다」

질베르는 대담하게 좀 큰 목소리로 대답했다.

「계단은 어디 있지?」

「오른쪽, 커튼 뒤에 있습니다」

뤼팽이 커튼을 제쳤을 때, 왼쪽으로 네 걸음 정도 되는 곳에서 돌연 문이 열리더니 겁에 질려 눈이 휘둥그레진 창백한 남자의 얼굴이 나타났다.

「도와줘요! 사람 살려!」

그가 요란하게 소리를 지르며 황급히 방 안으로 뛰어들어 갔다.

「하인 레오나르잖아!」

질베르가 외쳤다.

「까불기만 해봐. 내가 해치우겠어」

보슈레가 으르렁거렸다.

「가만 있어, 보슈레」

레오나르를 따라 뛰어들어 가며 뤼팽이 명령했다.

그는 식당을 가로질러갔다. 식당에는 램프가 켜져 있고 그 옆에 음식 접시와 포도주 병이 그대로 남아 있었다. 레오나르는 부엌 구석에서 창문을 열어 도망가려고 애쓰고 있었으나 잘 열리지 않았다.

「꼼짝 말아! 조용히해……! 이 도둑놈! 나쁜 자식!」

레오나르가 자기를 향해 팔을 드는 것을 보고 뤼팽은 땅에 엎드렸다. 부엌의 어슴푸레한 빛 속에 탕탕탕 총성이 세 번 울렸다. 그때 뤼팽이 하인의 다리를 획 붙잡아 넘어뜨려 무기를 빼앗고 목을 죄었다.

「지독한 놈! 진을 다 빼는군! 보슈레, 이자를 묶게」

뤼팽이 투덜투덜거리며 손전등으로 하인의 얼굴을 비춰보더니 빈정댔다.

「이봐, 레오나르, 이러면 안 돼지. 네 녀석도 그리 좋은 놈은 아니잖아. 더구나 도브렉 의원의 하인이라면 말이야. 보슈레, 준비됐나? 여기서 더 이상 노닥거리고 싶지 않다고!」

「이제 위험할 것 없습니다, 두목님」

질베르가 말했다.

「과연 그럴까……? 총성이 밖으로 나가지 않았을까?」

「절대 그럴 리 없습니다」

「아무래도 좋아! 어쨌든 서둘러야 한다. 보슈레, 램프를 들고 따라오게」

그는 질베르의 팔을 붙잡고 2층으로 끌고 올라갔다.

「바보 같은 놈! 다 조사했다는 게 이건가? 내가 왜 믿을 수 없다고 하는지 이제 알겠나?」

「하지만 두목님, 그 녀석이 마음을 바꾸고 저녁을 먹으러 돌아올 줄 제가 어떻게 알았겠습니까?」

「아니, 훌륭한 괴도가 되려면 모든 걸 알고 있어야 해. 오늘 일은 잊지 않겠다. 그래도 자네와 보슈레가 보는 눈은……」

2층의 가구들을 보고 화가 좀 누그러진 뤼팽은 미술품 애호가가 예술품들을 막 손에 넣었을 때처럼 만족해서 목록을 작성하기 시작했다.

「이런! 많지는 않지만 괜찮은 것들이군. 하원의원 나리께서 안목이 꽤 있으신데……. 오뷔송 지방의 안락의자가 넷……, 그리고 이 책상은 분명 페르시에 퐁텐의 작품이군. 구티에르의 벽등 두 점……, 프라고나르의 진품 한 점……, 나티에의 작품은 모사품이기는 하지만 무식한 미국의 억만장자쯤은 간단히 속여먹을 수 있겠고……. 한마디로 대단한 재산이야. 요즈음에는 진품을 찾기 어렵다고 불평하는 사람들이 많은데 다 헛소리들이지! 나처럼 찾아 다녀보라고!」

질베르와 보슈레는 뤼팽의 지시에 따라 커다란 가구들을 질서정연하게 척척 실어냈다. 30분쯤 지나자 첫번째 배는 이미 가득 찼고 그로냐르와 르 발뤼가 먼저 건너가 자동차에 물건을 옮겨신기로 했다.

뤼팽은 그들이 떠나는 걸 지켜보고 별장으로 돌아왔다. 현관을 지날 때 부엌에서 말소리가 들리는 것 같아 그쪽으로 가보았으나 레오나르가 여전히 등 뒤로 손이 묶인 채 바닥에 혼자 엎어져 있을 뿐 다른 사람은 보이지 않았다.

「이봐, 도브렉의 충신, 웅얼거리는 소리를 낸 게 자넨가? 꼼짝 말고 조용히 있어. 곧 끝날 테니까. 자꾸 시끄럽게 굴면 우리도 험악해질 수밖에 없다고……. 수건 좋아하나? 입에 하나 물려줄까?」

2층으로 올라갈 때 말소리가 다시 들려왔다. 가만히 귀를 기울이자 목쉰 소리로 신음하듯 내뱉는 말을 몇 마디 알아들을 수 있었다. 그 소리는 확실히 부엌 쪽에서 나오고 있었다.

「사람 살려! 도와줘요! 사람 살려……! 나를 죽이려고 해요……. 경찰 좀 불러주세요……!」

「쯧, 머리가 완전히 어떻게 됐나 보군. 제기랄……! 밤 아홉시에 경찰을 귀찮게 하다니 너무 무례하지 않나……?」

뤼팽은 혼자 중얼거리고 다시 일을 시작했다. 장식장에는 소홀히 할 수 없는 귀한 물건이 많이 들어 있는데다가 보슈레와 질베르가 자기들끼리 뭔가를 세심히 조사하고 다니는 바람에 생각보다 시간이 오래 걸렸다.

마침내 초조해지기 시작한 뤼팽이 명령했다.

「이제 됐어! 남아 있는 구닥다리 물건들 때문에 일을 망칠 수는 없지. 자동차가 기다리고 있네. 나는 이제 배에 오르겠다」

그들은 호숫가로 나갔다. 뤼팽이 계단을 내려가려 하자 질베르가 그를 붙잡았다.

「두목님, 잠시만요. 한 번만 더 별장에 갔다와야겠습니다. 5분이면 됩니다」

「도대체 무엇 때문인데?」

「그러니까……, 오래된 성(聖) 유물함이 있다고 들었습니다. 아주 기가 막힌 물건이라고……」

「그런데?」

「찾아낼 수가 없습니다. 부엌에 있을 것 같은데……. 거기에 묵직한 자물쇠가 채워진 벽장이 있거든요……. 이런 기회가 다시 오지 않……」

그러더니 벌써 현관 쪽으로 돌아섰다. 보슈레도 달려나갔다.

「딱 10분이야……. 그 이상은 안 돼. 10분 후에는 혼자라도 빠져나가겠다」

뤼팽이 소리쳤다.

10분이 지났지만 그들은 돌아오지 않았고 뤼팽은 여전히 기다리고 있었다.

시계를 들여다보았다.

「아홉시 15분……. 정말 어리석은 짓이군」

가만히 생각해 보니 물건을 옮기는 동안 내내 질베르와 보슈레가 서로 감시라도 하듯이 꼭 붙어다니는 등 어딘가 수상쩍은 점이 있었다. 도대체 무슨 일일까?

뤼팽은 알 수 없는 불안감에 떠밀려 어느새 조금씩 별장으로 돌아가고 있었다. 그때 멀리 앙쟁 쪽에서 희미한 소음이 들려오는 듯하더니 점점 가까워졌다. 아마 산책 나온 사람들이겠지…….

그는 급히 휘파람을 불어 알리고는 정문 쪽으로 가서 큰길 부근을 힐끗 살펴보았다. 그런데 문을 닫으려 할 때 돌연 요란한 총성이 울리더니 이어 고통스런 울부짖음이 들렸다. 부리나케 돌아온 그는 별장을 한 바퀴 돌아 현관 계단을 훌쩍 뛰어넘어서 곧장 식당으로 뛰어갔다.

「제기랄! 여기서 뭣들 하고 있는 거야?」

질베르와 보슈레는 마루 바닥에서 서로 뒤엉켜 소리소리 지르며 격렬하게 싸우고 있었다. 그들의 옷은 피투성이였다. 뤼팽이 그들 사이로 뛰어들었다. 하지만 질베르가 이미 상대방을 쓰러뜨린 후였다. 질베르는 보슈레의 손에서 무언가를 빼앗았는데 뤼팽은 그 물건이 무엇인지 미처 보지 못했다. 어깨의 상처에서 피를 흘리고 있던 보슈레는 기절해 버렸다.

「웬 상처지? 자네가 그랬나?」

뤼팽은 화가 치밀어 소리쳤다.

「아닙니다……. 레오나르가……」

「레오나르라니? 그는 묶여 있지 않았나?」

「그놈이 어느새 끈을 풀고 권총을 다시 집어들었습니다」

「쓰레기 같은 놈! 어디 있나?」

뤼팽이 램프를 들고 부엌으로 향했다.

하인은 팔을 직각으로 포개고 목에는 단검이 꽂힌 채 얼굴이 납빛으로 변해 바닥에 쓰러져 있었다. 입에서는 붉은 피가 끊임없이 흘러나왔다.

「아니 이런……, 죽었군!」

자세히 살펴본 후에 뤼팽이 더듬거리며 말했다.

「네……?」

질베르가 떨리는 목소리로 물었다.

「죽었다고」

「보슈레가……, 찔렀어요……」

질베르가 웅얼거리며 급히 내뱉었다.

분노로 하얗게 질린 뤼팽이 그를 덥석 움켜잡았다.

「보슈레와 자네가 같이한 짓이야! 자네도 여기 있었고 말리지 않았으니까……. 내가 피를 보기 싫어한다는 걸 잘 알고 있지 않나! 차라리 살인을 당하는 게 낫지. 자네들에게는 안된 얘기지만 오늘의 죗값을 치르게 될 거야. 그것도 큰 대가를……. 단두대를 조심하라고!」

눈앞의 시체 때문에 그는 거의 제정신이 아니었다. 질베르를 거칠게 쥐고 흔들며 다시 말을 이었다.

「도대체 왜? 보슈레가 왜 이자를 죽였나?」

「벽장 열쇠를 찾기 위해 이자의 몸을 뒤지려고 다가가다가 팔을 묶었던 끈이 풀어진 것을 보고……, 겁이 났던지……, 칼로 찔렀습니다」

「그럼 총소리는?」

「그건 레오나르가……, 손에 권총을 들고 있었는데……, 죽기 전에 남은 힘으로……」

「벽장 열쇠는?」

「보슈레가 찾아냈습니다」

「벽장을 열었나?」

「예」

「물건도 찾았나?」

「예」

「자네는 그 물건을 뺏으려 한 건가……? 성(聖) 유물함이라고? 아니, 그보다 훨씬 작았어……. 대체 뭐지? 대답하게」

질베르의 단호한 표정과 침묵으로 보아 대답을 들을 수 없겠다고 생각한 뤼팽은 위협적인 태도로 분명하게 다시 말했다.

「이봐, 결국 털어놓게 될 거야. 나, 뤼팽은 반드시 자네가 비밀을 털어놓게 만들겠어. 하지만 일단은 빨리 여기를 떠나야 해. 자, 보슈레를 배에 태울 수 있게 나를 돕게……」

식당으로 돌아와 질베르가 쓰러져 있는 보슈레에게 몸을 굽혔을 때 뤼팽이 그를 저지했다.

「쉿!」

둘 사이에 불안한 눈길이 오갔다. 부엌에서 말소리가 들려왔다……. 매우 멀리서 들리는 것 같은 낮고 이상한 목소리였다……. 하지만 시체의 어두운 윤곽만 보일 뿐 아무도 없음을 확인하고 그들은 곧 마음을 놓았다.

그런데 다시 목소리가 들려왔다. 목소리는 날카로워졌다가는 다시 둔탁해지기도 하고 떨리는 듯 일정치 않았는데 매우 귀에 거슬리고 소름이 끼쳤다. 중간중간 말이 끊어지고 내용은 분명치 않았다.

뤼팽은 머릿속까지 온통 땀에 젖은 느낌이었다. 무덤에서 나오는 듯한 이 괴상한 목소리는 대체 뭐란 말인가?

하인의 시체 위로 몸을 숙여보았다. 목소리는 갑자기 끊어졌다가 다시 이어졌다.

「이쪽으로 불 좀 비춰보게」

질베르에게 말했다.

억누를 수 없는 초조함과 불안에 몸이 떨렸다. 죽은 사람에게서 의심할 여지가 없는 사람의 목소리가 들리기 때문이었다. 질베르가 전등갓을 벗겼다. 시체의 몸은 축 늘어져 꼼짝도 하지 않앉고 피가 흐르는 입술 역시 전혀 달싹거리지 않았으나 목소리는 분명 시체의 몸에서 흘러나오고 있었다.

「무서워요, 두목님」

질베르가 부들부들 떨며 말했다.

속삭이는 듯한 그 목소리가 다시 들렸다.

갑자기 뤼팽이 웃음을 터뜨리더니 곧바로 시체를 옮겨놓았다. 그러자 번쩍이는 금속 물체가 나타났다.

「역시! 이것 봐! 이제야 이해가 되는군……. 이걸 찾는데 그렇게 시간이 걸렸다니!」

그 자리에는 전화의 수화기가 놓여 있었고 벽의 중간 정도 높이에 매달아놓은 전화기에까지 전화선이 이어져 있었다.

뤼팽이 수화기를 귀에 대자 말소리가 다시 이어졌다. 여기저기서 부르고 대답하는 소리, 요란한 아우성 소리, 여러 사람이 서로 말하는 소리 등이 마구 뒤섞여 있었다.

「여보세요……? 대답이 없는데……? 끔찍하군……. 살인이 난 것 같아……. 여보세요……? 무슨 일이 있습니까……? 이봐요, 정신 차리세요……. 구조대가 지금 가고 있습니다……. 경찰과 군인들이……」

「빌어먹을!」

뤼팽이 수화기를 놓으며 말했다.

무시무시한 진실을 알게 되었다. 끈이 약하게 묶여 있던 레오나르는 뤼팽 일행이 물건을 옮기기 시작하자 몸을 일으켜 입으로 수화기를 떨어뜨려서 앙쟁의 전화 교환국에 도움을 요청했던 것이다.

첫번째 배에 물건을 실어보내고 돌아왔을 때 들었던 〈사람 살려! 도와줘요! 나를 죽이려고 해요……〉라는 말소리가 바로 그 소리였다.

그리고 지금은 전화 교환국의 대답이었다. 경찰이 달려오고 있다. 뤼팽은 불과 4,5분 전에 정원을 지나면서 들었던 소음을 다시 떠올렸다.

「경찰이다……. 어서 빠져 나가!」

식당으로 뛰어 들어가며 그가 외쳤다.

질베르가 반대했다.

「그러면 보슈레는요?」

「안됐지만 어쩔 수 없지」

그때 보슈레가 깨어나 애원했다.

「두목님, 저를 이렇게 내버려두고 가시지는 않겠지요!」

위험이 눈앞에 다가왔지만 뤼팽은 발길을 멈추고 질베르와 함께 보슈레를 들어올렸다. 바깥의 소음이 매우 가까워졌다.

「너무 늦었어!」

뤼팽이 말했다.

그때, 뒷문을 마구 두드리는 소리가 들렸다. 문 쪽으로 달려가 보니 사람들이 이미 집을 빙 둘러싸고 허둥대는 모습이 보였다. 사람들이 쫓아오기 전에 질베르와 그가 먼저 호숫가까지 도착할 수도 있겠지만 그렇다 한들 어떻게 빗발치는 포화를 피해 배를 타고 빠져나갈 것인가?

그는 문을 걸어 잠궜다.

「우리는 포위됐어요……. 이제 끝장이군요……」

질베르가 중얼거렸다.

「조용히해」

뤼팽이 말했다.

「그렇지만 사람들이 벌써 우리를 봤잖아요, 두목님. 보세요. 문을 두드리고 있어요」

「조용히하라니까! 아무 소리도 하지 말고 그 자리에 가만히 있어」

그는 냉정을 지키고 있었다. 표정은 차분했고 현재 상황의 모든 문제를 면밀히 검토할 만한 여유가 충분하다는 듯이 조용히 생각에 잠겼다. 그는 스스로 〈인생의 최고 순간〉이라고 부르는 순간에 처해 있었다. 이런 순간이야말로 존재의 의미와 가치를 드러내준다. 위험이 아무리 클지라도 이런 상황에서 뤼팽은 항상 속으로 천천히 숫자를 세는 일부터 시작한다. 〈하나……, 둘……, 셋……, 넷……, 다섯……, 여섯……〉 심장 박동이 규칙적으로, 정상으로 돌아올 때까지 숫자 세기는 계속된다. 보기에는 무심히 생각에 잠겨 있을 뿐이지만 그의 머릿속은 가능한 모든 상황에 대해 얼마나 깊은 통찰력을 가지고 얼마나 재빠르게, 명철하게 회전하고 있는지! 모든 문제를 하나도 빠짐없이 정리하고 모든 상황을 예견하여 가정해 본 후, 마침내 가장 합리적이고 가장 확실한 결론을 내리는 것이다.

그렇게 30, 40초가 흘렀다. 밖에서는 사람들이 문을 두드리며 자물쇠를 따려고 시도하는 소리가 계속 들려왔다. 뤼팽이 질베르에게 말했다.

「나를 따라 오게」

응접실로 들어간 그는 옆쪽으로 나 있는 창문을 조심스럽게 열었다. 사람들이 이리저리 오가고 있어서 도주는 불가능했다. 느닷없이 그가 숨을 헐떡이며 있는 힘을 다해 소리 지르기 시작했다.

「이쪽입니다……! 도와주시오……! 도둑을 잡았소……. 여기에 요!」

이어 나뭇가지를 향해 총을 두 방 쏘고는 보슈레에게 돌아가 그의 상처에서 흘러나오는 피를 자신의 손과 얼굴에 묻혔다. 그리고 갑자기 질베르를 향해 돌아서더니 어깨를 잡아 쓰러뜨렸다.

「어떻게 하시려고요, 두목님? 좋은 생각이 있으십니까?」

「시키는 대로만 하게. 내가 다 알아서 하겠다. 자네들에 대한 것도 내가 다 책임질 테니, 자네는 시키는 대로만 하면 돼……. 감옥에서는 빼내줄 거다……. 하지만 그러기 위해서는 일단 내가 자유로워야 돼」

뤼팽이 강압적인 어조로 또박또박 말했다.

열려 있는 창 아래로 사람들의 말소리가 소란스럽게 들렸다.

「여깁니다……. 도둑을 잡았어요! 도와주시오!……」

그가 다시 한번 소리치고 나서 이번에는 낮고 조용하게 말했다.

「잘 생각해 보게……. 내게 할 말은 없나……? 내게 꼭 해야 할 얘기가……」

질베르는 뤼팽의 계획을 이해해 보려고 애썼다. 상처 때문에 어차피 도망갈 희망을 포기하고 있던 보슈레는 좀더 눈치 빠르게 빈정거렸다.

「시키는 대로 해, 이 멍청아……. 두목님이 무사히 빠져나가기만 하면……, 어쨌든 중요한 건 그거 아냐?」

뤼팽은 문득 질베르가 보슈레에게서 빼앗은 물건을 주머니에 넣었던 것을 기억해 내고 질베르에게서 그것을 도로 빼앗으려 했다.

「아! 이건 안 됩니다!」

질베르가 가까스로 몸을 피하며 단호하게 말했다.

뤼팽은 그를 다시 땅에 넘어뜨렸다. 그때 창문에 불쑥 나타난 남자 두 명을 본 질베르가 어쩔 수 없이 뤼팽에게 물건을 넘겨주며 말했다.

「여기 있습니다, 두목님……. 나중에 설명해 드리겠습니다……. 분명히……」

뤼팽은 그것을 보지도 않고 주머니에 넣었다.

질베르가 말을 마치기도 전에 경찰 두 명이 들어왔고 그 뒤를 이어 다른 경찰들과 군인들이 사방에서 뤼팽을 구하러 뛰어들었다.

질베르는 곧 붙잡혀서 끈으로 단단하게 묶였다. 뤼팽이 일어났다.

「꼴 좋군. 이놈 때문에 고생 좀 했소이다. 그리고 내가 저기 저놈에게 총상을 입혔습니다. 하지만 저놈이……」

경찰 서장이 급히 물었다.

「혹시 하인을 보셨습니까? 이놈들이 하인을 죽였나요?」

「그건 잘 모르겠습니다」

그가 대답했다.

「모르신다고요?」

「그렇소. 나도 당신들처럼 살인에 관한 소식을 듣고 앙쟁에서 달려왔으니까요. 다만 당신들은 집의 왼쪽으로 돌아왔고 나는 오른쪽으로 돌아왔을 뿐입니다. 그쪽으로 창문이 하나 열려 있었지요. 이 강도 놈들이 그 창으로 막 내려오려고 했을 때 내가 올라왔소. 나는 우선 저놈을 쏘았지요」

그는 보슈레를 가리키고 다시 말을 이었다.

「그러고 나서 나머지 한 놈을 붙잡은 겁니다」

온몸이 피투성이가 된 채, 하인을 죽인 살인범들을 경찰에 넘겨주는 그를 어느 누가 의심할 수 있었겠는가? 그 용맹한 전투의 결과가 바로 눈앞에 훤히 드러나 있었으니 말이다.

게다가 너무나 소란스러워서 이것저것 따져보거나 의심을 품어볼 여유도 없었다. 마을 사람들까지 별장으로 몰려들어 혼란을 가중시켰다. 공포에 질린 사람들이 1층, 2층, 지하실까지 사방에서 북적거리며 서로 불러대고 고함치느라 뤼팽의 그럴듯한 진술을 검토해 보려는 사람은 아무도 없었다.

부엌에서 시체를 보자 책임감을 느낀 경찰서장은 어쨌든 아무도 나가거나 들어올 수 없도록 철문을 닫으라고 명령했다. 그리고 곧바로 현장 조사와 탐문에 들어갔다.

보슈레는 자신의 이름을 밝혔으나 질베르는 변호사의 입회 하에서만 발언하겠다며 신원 밝히기를 거부했다. 살인 사건에 대해 추궁하자 질베르는 보슈레를 가리키고 보슈레는 질베르를 몰아세우며 서로 경찰서장의 주의를 끌기 위해 동시에 장광설을 늘어놓기 시작했다. 경찰서장이 뤼팽에게 증언을 요청하기 위해 몸을 돌렸으나 뤼팽의 모습은 보이지 않았다.

그는 아무런 의심 없이 경찰 한 명에게 말했다.

「그 신사 분에게 가서 몇 가지 질문할 게 있다고 전하게」

그때서야 사람들은 그를 찾아나섰다. 그가 현관 앞 층계에서 담배에 불을 붙이는 모습을 본 사람이 있었다. 그는 군인들에게도 담배를 권하더니 필요하면 부르라는 말을 남기고는 호수 쪽으로 멀어져 갔다는 것이었다.

하지만 그를 부르자 대답이 없었다.

그 대신 한 병사가 뛰어와 그 신사 분이 배를 타고 노를 힘껏 저어가더라고 보고했다.

질베르를 한 번 쳐다보고 자기가 속았다는 것을 깨달은 경찰서장이 소리쳤다.

「그놈을 잡아라! 총을 쏴도 좋다! 그놈은 공범이었어……」

포로를 지킬 사람들을 남겨두고 경찰서장 자신도 두 명의 경찰과 함께 뛰어나갔다. 둑에 다다르자 100미터 정도 멀어져 간 그 작자가 어둠 속에서 모자를 벗어 정중하게 인사를 보냈다.

경찰 한 명이 방아쇠를 당겼으나 빗나가고 말았다.

남자가 노를 저으며 부르는 노랫소리가 미풍에 실려왔다.

어린 선원이
바람을 타고 떠나네…….

그때 이웃의 방파제에 묶여 있는 배 한 척이 경찰서장의 눈에 띄었다. 그는 병사들에게 호숫가를 잘 감시하고 만약 도망자가 육지로 올라오려 하거든 그자를 잡으라고 명령을 내린 뒤, 부하 둘을 데리고 두 정원 사이의 울타리를 가볍게 뛰어넘어 남자를 뒤쫓기 시작했다.

간간이 비추는 달빛 덕분에 남자가 어느 쪽으로 나아가는지 쉽게 알아볼 수 있었다. 그는 호수를 건너려는 게 분명했다. 비스듬히 돌아가고는 있었지만 오른쪽, 그러니까 생그라티엥 마을 쪽을 향해 가고 있었다.

경찰서장은 부하 둘이 도와주고 있는데다가 보트도 작고 가벼워서 금방 속력이 붙어 10분 만에 거리가 반으로 좁혀졌다.

서장이 말했다.

「됐다. 저 녀석이 육지에 닿을 때까지 기다릴 필요도 없겠군. 어떤 놈인지 꼭 알아내겠어. 배짱 한 번 두둑한 놈이군」

그런데 이상하게도 앞 배와 거리가 급격하게 줄어들었다. 발버둥쳐봤자 소용없음을 깨닫고 일찌감치 도망가기를 포기한 것 같았다. 경찰들은 한층 더 열심히 노를 저었고 배는 물위를 빠르게 미끄러져 갔다. 100미터 정도 더 나아가자 마침내 그 남자를 따라잡았다.

「정지!」

경찰서장이 명령했다.

쭈그리고 앉아 있는 적의 윤곽이 드러났다. 그는 조금도 움직이지 않았고 배는 흐르는 물결에 따라 정처 없이 떠내려갔다. 이렇게 꼼짝도 하지 않다니 뭔가 수상하게 생각되었다. 그 정도로 대담한 도둑이라면 공격에 대항할 준비를 단단히하고 기다리다가 최후까지 싸운다거나 아니면 적어도 공격을 당하기 전에 먼저 적에게 총알 세례를 퍼부을 텐데 말이다.

「항복하라!」

경찰서장이 외쳤다.

달빛은 구름에 가려 사방이 캄캄했다. 저쪽 편에서 공격 자세를 취하는 것 같아 세 남자는 배 바닥에 납작 엎드렸다.

배가 출렁거리며 앞의 배 쪽으로 다가갔다.

서장이 부하들을 향해 씩씩거리며 말했다.

「가만히 앉아서 총알을 받을 수는 없다. 저 자를 겨냥해. 준비됐나?」

그러고는 다시 한번 외쳤다.

「항복하라……! 그렇지 않으면……」

아무 대답이 없었다.

적은 여전히 꼼짝도 하지 않았다.

「항복하라. 무기는 내려놔……. 시키는 대로 하지 않겠다……? 그럼 하는 수 없지……. 열을 세겠다……. 하나……, 둘……」

순간, 경찰서장의 명령이 떨어지기도 전에 경찰들이 방아쇠를 당기더니 재빨리 노 옆쪽으로 몸을 숙였다. 그 충격으로 배가 심하게 몇 번 출렁거렸고 목표물에 가 닿았다.

경찰서장은 그 남자에게서 눈을 떼지 않은 채 미세한 움직임에도 바짝 주의를 기울이며 권총을 든 팔을 앞으로 뻗었다.

「한 발짝이라도 움직였다가는 머리통을 날려버릴 줄 알아!」

하지만 적은 미동도 하지 않았다. 두 배를 나란히 맞대고 노를 내려놓은 경찰관들이 공격 태세를 갖추고 나서야 경찰서장은 비로소 적이 이토록 조용한 이유를 깨달았다. 저쪽 배 안에는 아무도 없었던 것이다. 별장에서 빼낸 많은 물건들만 남겨놓고 남자는 이미 헤엄을 쳐서 달아나버린 뒤였다. 물건을 쌓아올린 더미 위에 웃옷과 중산모를 얹어놓은 모습은 짙은 어둠 속에서는 영락없이 사람의 윤곽처럼 보였다.

성냥불을 밝혀 남자가 벗어놓고 간 물건들을 살펴보았다. 보통 모자 안쪽에 새겨놓는 이름 첫 글자도 없었고 웃옷에도 신분증이나 지갑 같은 건 들어 있지 않았다. 그래도 무언가 하나 발견하기는 했다. 이 사건에 커다란 반향을 일으키고 질베르와 보슈레의 운명에도 상당한 영향을 끼칠 그 물건, 도망자가 주머니 속에 빠뜨리고 간 그 물건은 바로 아르센 뤼팽의 명함이었다.

호숫가에서는 일렬로 도열한 군인들이 굉장한 해상 전투라도 기대하는 듯 빈둥거리며 눈만 크게 뜨고 지켜보고 있었고 경찰들은 밧줄로 배를 끌어가며 별 볼일 없는 조사를 계속하고 있었던 그 시각에 아르센 뤼팽은 두 시간 전 동료들을 만났던 처음의 장소에 조용히 도착했다.

두 명의 다른 공범자, 그로냐르와 르 발뤼가 그를 맞아주었다. 그는 서둘러 사건을 간단히 설명해 주고 차에 올라 도브렉 의원의 집에서 빼내온 골동품들과 안락의자들 사이에, 모피로 몸을 감싸고 앉았다. 그리고 인적이 드문 길을 골라 뇌이의 가구 창고까지 가서 운전사는 그곳에 남겨두고 택시를 타고 파리로 들어와 생필립뒤룰 근처에서 내렸다.

뤼팽은 거기서 멀지 않은 마티뇽가에 비밀 통로가 있는 2층 건물을 소유하고 있었다. 그곳은 질베르 외에는 다른 부하들도 모르는 곳이었다.

아무리 건강한 체질이라고는 하지만 몸이 완전히 얼어 있었던 뤼팽은 옷을 갈아입고 마사지를 하고 나니 기분이 좀 나아졌다. 그는 저녁마다 늘 그렇듯이 잠자리에 들기 전에 주머니에 있는 물건들을 모두 꺼내 벽난로 위에 올려놓다가 그때서야 지갑과 열쇠 옆에서, 질베르가 마지막 순간 그의 손에 슬쩍 넘겨줬던 물건을 발견했다.

그것은 수정으로 된 작은 병마개였다. 리쾨르 술병에 사용하는 흔한 마개로 별 특별한 점도 없었다. 기껏해야 수많은 단면으로 다듬어진 머리 부분에서 가운데 목 부분까지 금박을 입힌 게 전부였다.

사실, 주의를 끌 만한 특징이 전혀 없는 물건 같았다.

「질베르와 보슈레가 그토록 집착하던 물건이 겨우 이 유리 조각이란 말이야? 이것 때문에 하인을 죽이고 서로 싸우고, 그만큼 시간을 낭비해서 결국에는 감옥과 중죄 재판소, 어쩌면 단두대에까지 가게 될 위험에 처했단 말이지……. 빌어먹을! 정말 기가 막힌 일이군」

이 일에 무척 흥미를 느꼈지만 더 깊이 생각해 보기에는 너무 지쳐 있었다. 그는 마개를 벽난로 위에 도로 올려놓고 침대에 누웠다.

악몽이 계속되었다. 질베르와 보슈레가 감방 포석 위에 무릎을 꿇은 채 미친 듯이 떨리는 손을 그에게 내밀며 공포에 사로잡혀 울부짖었다.

「살려주세요……! 살려주세요!」

하지만 아무리 안간힘을 써도 그는 몸을 움직일 수가 없었다. 자신 역시 보이지 않는 끈에 묶여 부들부들 떨면서 무시무시한 환영에 시달리고 있었다. 죽음의 준비, 사형수의 마지막 단장, 참혹한 비극, 그 모든 것을 목격했다.

「제기랄! 예감이 좋지 않군. 그나마 우리가 바보 멍청이들이 아니니 다행이지! 그렇지 않으면……」

악몽을 꾸다 깨어난 뤼팽이 혼자 중얼거렸다.

「게다가 우리가 가진 저 물건에는 분명 뭔가가 있어. 질베르와 보슈레를 믿어보자. 나, 뤼팽이 나서서 돕는다면 저 물건이 악운을 쫓고 우리를 성공하게 해줄 거다. 어디 그 수정마개를 좀 볼까?」

뤼팽이 물건을 좀더 주의 깊게 살펴보기 위해 자리에서 일어나는 순간 그의 입에선 자기도 모르게 비명이 새어 나왔다. 수정마개는 사라지고 없었다…….

9-8=1

　뤼팽은 나와 절친한 관계를 유지하고 있고 나를 얼마나 신뢰하는지에 대해서도 입에 침이 마르도록 말하곤 했지만 딱 한 가지 내가 완전히 알지 못하는 게 있다. 그것은 바로 그의 조직이다.
　조직이 있는 건 확실하다. 일사불란하게 한 사람의 강력한 권위에 복종하는 수많은 부하들의 충성과 대적할 수 없는 힘, 치밀한 공모가 없이는 설명되지 않는 사건들이 많다. 하지만 이 권위가 어떻게 영향력을 행사하는지, 어떤 중간 과정을 거쳐 어떤 부하들을 통해 명령이 전달되는지는 알 길이 없다. 뤼팽은 조직에 관한 비밀을 혼자 간직하고 있는데 그가 한 번 지키기로 마음먹은 비밀은 그 누구도 알아낼 수 없다.
　나는 다만 이렇게 가정해 볼 뿐이다. 뤼팽의 조직은 매우 제한된 관계에 의해서만 움직이는 만큼 더 엄청난 힘을 발휘하며, 온 세상 여기저기에서 끌어들인 각각 독립적인 작업조들과 임시 요원들로 이루어져 최고 명령자가 누구인지도 모르고 임무를 수행하는 부하들도 많을 것이라고 말이다. 충분히 교육받은 충직한 부하와 동료가 그러한 요원들과 뤼팽 사이를 연결하며 뤼팽의 직접적인 지휘 아래 중요한 역할을 수행하고 있을 것이다.

질베르와 보슈레는 물론 이 비중 있는 부하들 무리에 속했다. 사법 당국이 그들에게 그토록 가혹하게 구는 것도 바로 그 때문이었다. 뤼팽의 공범자임이 분명한 자들을 체포하기는 이번이 처음이었을 뿐 아니라 그 공범자들이 살인까지 저질렀다! 이 살인이 미리 계획된 범죄라면, 기소에 필요한 증거만 충분히 찾을 수 있다면 질베르와 보슈레는 분명 사형감이었다. 레오나르가 죽기 몇 분 전 걸었던 전화, 〈도와주세요……. 사람 살려……. 나를 죽이려고 해요〉라는 통화 내용만으로도 적어도 한 가지 증거는 확실히 확보한 셈이었다. 당직 직원 두 사람이 이 필사적이었던 구조 요청에 대해 증언을 해줄 것이다. 경찰서장도 이 전화 때문에 휴가 중인 군인들과 부하들을 동원해 마리테레즈 별장으로 출동했다.

뤼팽은 처음부터 위험을 정확하게 파악했다. 사회와의 격렬한 싸움은 이제 새롭고 무시무시한 국면으로 접어들었다. 언제나 그를 따르던 행운도 돌아섰다. 이번에는 뤼팽 자신도 용납할 수 없는 살인 사건이 걸려 있었다. 수상한 사기꾼들이나 썩어빠진 자본가들을 골탕 먹이고 통쾌해하는 사람들을 자기편으로 만들고 여론의 지지도 얻어낼 수 있는 유쾌한 도둑질이 아니었다. 이번에는 사회를 공격할 게 아니라, 오히려 스스로를 방어하고 두 동료를 구해 내야 했다.

문제가 되는 상황을 요약해서 정리해 두곤 하던 뤼팽의 수첩에서 베껴낸 다음의 짧은 메모가 당시 뤼팽의 사고를 잘 보여주리라 생각한다.

우선, 질베르와 보슈레는 분명히 나를 속였다. 앙쟁 사건은 표면적으로는 마리테레즈 별장을 털려는 것처럼 꾸몄지만 실제 목적은 딴 데 있었다. 계획을 실행에 옮기는 중에도 그들은 이 목적에만 정신이 팔려 있었다. 벽장 깊숙한 곳이나 가구들을 뒤지면서 다른 물건에는 전혀 관심이 없고 오직 한 가지 물건을 찾는 데만 혈안이 되어 있었다. 그것은 바로 수정마개. 따라서 내가 이 어둠을 헤치고 상황을 똑바로 파악하려면 무엇보다도 그 물건에 대해서 알아야 한다. 이 수수께끼 같은 유리 조각을 그토록 중요하게 생각한 데에는 뭔가 비밀스런 이유가 있음이 틀림없다……. 또, 그것을 중요하게 여기는 사람은 질베르와 보슈레뿐만이 아니다. 오늘 밤 누군가 대담하고도 능숙하게 내 방에 숨어 들어와 문제의 그 물건을 훔쳐간 것을 보면…….

뤼팽이 도둑질을 당하다니. 이 사건에서는 아무래도 수상한 냄새가 났다.

풀리지 않는 두 가지 문제가 똑같이 뤼팽의 골치를 썩였다. 먼저, 그 불가사의한 한밤의 방문객은 누구일까? 마티농가의 은신처를 아는 사람은 뤼팽의 전적인 신뢰를 얻고 특별 비서 노릇을 하는 질베르뿐이다. 그런데 질베르는 지금 감옥에 있다. 질베르가 그를 배신하고 경찰을 보냈을까? 아니, 그렇다면 뤼팽을 체포하지 않고 수정마개만 가져갔을 리가 없다.

게다가 더 이해할 수 없는 점이 있다. 누군가가 그의 집 문을 부수고 열었다는 흔적도 없거니와 그랬다고 치더라도, 방에까지는 어떻게 들어왔을까? 열쇠를 돌려 잠그고 빗장을 거는 일은 매일 밤 결코 빼먹지 않는 습관이 되어 있었고 그날도 마찬가지였다. 그런데 놀랍게도 자물쇠나 빗장에는 전혀 손을 댄 흔적도 없이 수정마개만 감쪽같이 사라져버린 것이었다. 더구나 스스로 잠귀가 밝다고 자부하는 뤼팽이었는데 아무 소리도 듣지 못했다!

그는 더 이상 고민하지 않았다. 이런 종류의 수수께끼는 일련의 사건들을 통해서만 밝혀질 뿐 머리로 풀 수 있는 문제가 아니라는 것을 잘 알고 있었기 때문이다. 하지만 어쨌든 매우 당황하고 불안해진 뤼팽은 다시는 이곳에 발을 들여놓지 않으리라 결심하면서 마티농가의 2층 건물을 곧 봉쇄해 버렸다.

그리고 곧장 질베르와 보슈레와 교신을 시도했다.

하지만 이번에도 그를 기다리고 있는 건 실망뿐이었다. 뤼팽의 공모를 입증할 확실한 증거가 없는데도 불구하고 사법 당국은 질베르와 보슈레의 예심을 센에우아즈가 아니라 파리에서, 뤼팽에 관한 다른 예심과 연관시켜 진행하기로 결정했다. 질베르와 보슈레도 파리의 상테 감옥에 수감되었다. 그리고 상테 감옥에서나 법원에서나 수감자들과 뤼팽 사이의 교신 가능성을 철저하게 뿌리 뽑아야 한다는 것을 잘 알고 있어서, 경찰국장은 치밀한 예방책을 마련해 놓았고 가장 말단 직원까지 세심하게 주의 사항을 따랐다. 밤이나 낮이나 능숙한 경찰들이 질베르와 보슈레를 감시하면서 잠시도 눈을 떼지 않았다.

당시에는 뤼팽이 아직 경찰청장이라는 명예로운 자리에 오르기 전이었기 때문에 사법 당국에 영향력을 행사해 자신의 계획을 실행시키는 데 필요한 조치를 취할 수가 없었다. 2주 동안 성과도 없는 시도만 되풀이하다가 결국에는 포기해야 했다. 그의 가슴은 분노로 부글부글 끓었고 동시에 불안감도 점점 커졌다.

「일이란 성공적인 마무리보다 시작하는 것 그 자체가 어렵군. 어디서부터 시작해야 할까? 어떤 길을 따라가야 하는 걸까?」

이렇게 혼자 중얼거리며 그는 처음 수정마개를 가지고 있던 인물인 도브렉 의원에게 주의를 돌렸다. 도브렉 의원이라면 분명히 그 물건의 의미를 알고 있을 것이다. 그런데 질베르는 어떻게 도브렉 의원의 일거수일투족을 잘 알고 있었을까? 어떤 방법으로 그를 감시했을까? 마리테레즈 별장을 침입하던 그날 저녁 도브렉이 어디에서 시간을 보낼지를 질베르에게 가르쳐준 사람은 누구일까? 뤼팽에게는 풀어야 할 흥미로운 문제들이 수없이 많았다.

마리테레즈 별장을 털린 직후, 도브렉은 겨울 동안 파리에서 지내기로 하고 라마르틴 공원의 왼쪽, 빅토르 위고가의 끄트머리에 위치한 개인 저택으로 옮겨왔다.

뤼팽은 손에 지팡이를 쥐고 어슬렁어슬렁 돌아다니는 늙은 연금 생활자의 모습으로 완벽하게 변장을 하고는 그 지역의 공원이나 대로변의 의자에 자리를 잡고 앉았다.

그는 첫날부터 놀라운 것을 발견했다. 노동자 차림이기는 하지만 그 태도로 보아 실제로 어떤 일을 하고 있는지 충분히 짐작이 가는 남자 둘이 하원의원의 저택을 감시하고 있었다. 도브렉이 외출을 할 때면 그를 쫓아 나갔다가 그가 돌아오면 따라 돌아왔고, 매일 밤 불빛이 꺼지면 사라져버렸다.

뤼팽은 그들을 미행해 보았다. 그들은 경찰청 소속의 경찰관들이었다.

〈자, 자. 역시 뜻밖의 일이 일어나는군. 그렇다면 도브렉이 무

슨 혐의를 받고 있는 걸까?〉

그러던 넷째 날 해질 무렵, 두 남자는 다른 사람 여섯 명을 더 만나더니 라마르틴 공원의 가장 음침한 구석에서 이야기를 주고받았다. 그런데 이 새로운 인물들 중에 뤼팽을 깜짝 놀라게 할 만한 사람이 있었다. 그 사람은 몸집이나 태도로 보아 저 유명한 프라스빌이 분명했다. 변호사, 스포츠 선수, 탐험가로도 활약했던 그는 현재는 엘리제 궁의 총아로, 어찌된 일인지는 알 수 없지만 파리 경찰청의 사무국장 자리에 올라 있었다.

그때 문득 뤼팽은 2년 전 팔레부르봉 광장에서 벌어진 프라스빌과 도브렉의 난투극을 떠올렸다. 그 사건은 세상을 떠들썩하게 했지만 이유를 아는 사람은 없었다. 같은 날 프라스빌은 도브렉에게 결투를 신청했으나 도브렉은 이를 거절했다.

그로부터 얼마 후 프라스빌은 사무국장으로 임명되었다.

뤼팽은 프라스빌이 술책을 부리는 것을 가만히 지켜보면서 생각에 잠겨 중얼거렸다.

「이상하군……. 뭔가 있어……」

일곱시가 되자 프라스빌의 무리는 앙리마르탱 대로 쪽으로 멀어져 갔다. 오른쪽으로 저택과 맞닿아 있는 작은 정원의 문이 열리더니 도브렉이 나왔다. 늘 그의 뒤를 밟던 경찰관 둘이 그를 따라 테부가행 전차에 올라탔다.

그러자 프라스빌이 곧바로 공원을 가로질러가 도브렉의 저택 초인종을 울렸다. 관리인이 나오더니 저택과 관리인실을 연결하는 철문을 열어주었다. 둘 사이에 재빨리 모종의 밀담이 오간 후 프라스빌과 동료들이 안으로 안내받아 들어갔다.

「불법 비밀 가택 수색이다. 이 몸이 직접 나서주는 게 최소한

의 예의겠군. 내가 빠지면 안 돼지」

뤼팽은 이렇게 중얼거리고서 잠시도 지체하지 않고 저택 쪽으로 갔다. 문은 아직 닫히지 않았다. 주변을 살피고 있는 여자 관리인 앞을 지나면서 그는 누군가 자기를 기다리고 있기라도 한 것처럼 다급한 목소리로 말했다.

「다들 오셨나?」

「예, 서재에 계십니다」

그의 계획은 간단했다. 누구든 마주치게 되면 잡상인인 체하면 된다. 하지만 그럴 필요도 없었다. 인적이 없는 현관을 지나 역시 아무도 없는 식당으로 들어갈 수 있었다. 뤼팽은 그곳에서 유리창을 통해 서재에 있는 프라스빌과 다섯 명의 수하들을 지켜보았다.

프라스빌은 만능 열쇠로 서랍이란 서랍은 죄다 열어보고 모든 서류들을 조사해 보았다. 다른 사람들은 책장에서 책을 한 권씩 꺼내어 흔들며 페이지 사이사이를 훑어보고 두꺼운 표지 안쪽까지 전부 확인했다.

그 모습을 보며 뤼팽은 생각했다.

〈흠……, 종이 쪽지를 찾는 모양이군……. 은행권이라든가……〉

그때 프라스빌이 소리를 질렀다.

「아무것도 찾아내지 못하다니 정말 바보스럽기 짝이 없군!」

그렇지만 찾는 것을 포기하지는 않은 듯 갑자기 오래 된 리쾨르 주 진열 선반에서 작은 병 네 개를 집어들더니 각각의 마개를 빼서 주의 깊게 살펴보았다.

뤼팽은 계속 생각했다.

〈이런! 저 자도 역시 병마개를 찾으려 하잖아! 그렇다면 종이 쪽지를 찾는 게 아니었단 말인가? 정말이지 뭐가 뭔지 도통 모르

겠군.〉

프라스빌은 다른 물건들을 들어올려서 조사하며 말했다.
「자네들이 여기에 온 게 몇 번이나 되나?」
「지난 겨울에 여섯 번 왔습니다」
누군가 대답했다.
「샅샅이 뒤져보았나?」
「도브렉이 선거 유세를 다니던 틈을 타 온종일 방마다 이 잡듯이 뒤져봤습니다」
「그런데도……」
그가 말을 이었다.
「요즘 이 저택에 하인이 없다고?」
「예. 하인을 구하는 중입니다. 식사는 식당에 가서 하고 살림은 관리인이 그럭저럭 유지하고 있습니다. 그녀는 우리에게 충성을 다하고 있지요……」

거의 한 시간 반 동안 프라스빌은 자질구레한 물건들을 하나하나 만져보고는 다시 조심스럽게 원래 있던 자리에 내려놓으며 끈질기게 조사를 계속했다. 아홉시, 도브렉을 따라갔던 경찰 두 명이 불쑥 들이닥쳤다.
「그가 돌아오고 있어요!」
「걸어서 오고 있나?」
「예」
「그러면 시간이 좀 있겠지?」
「예」

프라스빌과 경찰청 사람들은 너무 서두르지 않고 마지막으로 방 안을 휘 둘러본 후, 자기들이 왔다갔다는 증거가 전혀 남지 않았음에 안심하고 철수했다.

뤼팽에게는 매우 위급한 상황이었다. 지금 떠난다면 도브렉과 마주칠 위험이 있었고 남아 있는다면 다시 나가지 못할 수도 있었다. 하지만 식당의 창문을 통해 공원 쪽으로 빠져나갈 방법이 있음을 확인하고는 남아 있기로 결심했다. 더구나 도브렉을 가까이에서 볼 수 있는 이번 기회를 놓치기는 너무 아까웠다. 도브렉은 방금 전 저녁 식사를 마쳤을 테니, 식당으로 들어올 가능성도 거의 없었다.

뤼팽은 유리창에 벨벳 커튼을 치고 그 뒤에 숨어 기다렸다.

문 열리는 소리가 들렸다. 누군가가 서재로 들어와 전등을 켰다. 도브렉의 모습이 보였다.

그는 뚱뚱하고 작달막한 몸집에 목이 짧고 턱에는 회색 수염이 잔뜩 나 있었으며 거의 대머리에 가까웠다. 그리고 퀭한 눈을 감추기 위해 항상 안경 위에 시커먼 코안경을 덧쓰고 있었다.

뤼팽은 매우 정력적으로 보이는 그의 얼굴과 각진 턱, 울툭불툭 튀어나온 뼈를 바라보았다. 묵직한 주먹은 털투성이였고 다리는 휜데다가 등을 구부리고 양쪽 엉덩이를 차례로 실룩거리며 걷는 모습은 마치 영장류의 걸음걸이 같았다. 울퉁불퉁한 넓은 이마에는 주름이 깊게 패고 혹이 솟아 있었다.

전체적으로 혐오스럽고 야만스러운 짐승 같은 모습이었다. 프랑스 하원에서 도브렉을 〈야만인〉이라고 부르던 생각이 났다. 그가 그렇게 불린 것은 동료들과 어울리지 않고 혼자 따로 떨어져 지내기 때문만이 아니라 외모와 자세, 근육을 힘차게 움직이며 걷는 모습 때문이기도 했다.

도브렉은 책상 앞에 앉아 주머니에서 파이프를 꺼내더니 항아리에 들어 있는 여러 담뱃갑들 중에서 메리랜드 한 갑을 골라 파이프에 다져넣고 불을 붙였다. 그러고 나서 편지를 쓰기 시작했다.

그런데 잠시 후 그는 하던 일을 멈추고 책상의 한 지점에 주의를 집중하며 생각에 잠겼다가는 문득 작은 우표 상자를 집어 가만히 살펴보았다. 곧이어 프라스빌이 건드렸다가 다시 제자리에 놓은 물건들의 위치를 확인하려는 듯 고개를 숙여 뚫어지게 들여다보기도 하고 손으로 만져보기도 했다. 자기 혼자만 알고 있는 어떤 표시들을 통해 뭔가 알아내려는 것 같았다.

마침내 그가 벨을 울렸다.

여자 관리인이 곧 모습을 나타냈다.

도브렉이 말했다.

「그들이 왔지?」

여자가 망설이자 그가 다시 다그쳐 물었다.

「이봐, 클레망스. 그럼 네가 이 작은 우표 상자를 열어봤느냐?」

「아닙니다, 주인님」

「그런데 왜 이 뚜껑에 붙여놓은 좁은 띠 모양의 종이 테이프가 찢어져 있나?」

「하지만 분명히……」

여자가 말하기 시작했다.

도브렉이 다시 물었다.

「그들을 집에 들여놓으라고 한 건 나인데 왜 거짓말을 하지?」

「그건……」

「양쪽에서 돈을 뜯어내려는 수작이군! 좋아!」

그러면서 50프랑짜리 지폐를 여자에게 내밀며 똑같은 질문을 되풀이했다.

「그들이 왔지?」

「예, 주인님」

「봄에 왔던 사람들인가?」

「예. 그때 그 다섯 사람이랑……, 한 사람이 더 있었어요. 그가 나머지 사람들에게 명령을 내리던데요」

「키가 크고 갈색 머리이던가?」

「예, 맞아요」

뤼팽은 도브렉의 얼굴이 일그러지는 것을 보았다. 도브렉이 말을 계속했다.

「그게 전부였나?」

「그들보다 좀 늦게 또 한 사람이 와서 그들을 뒤따라왔고……, 방금 전에 두 사람이 더 왔지요. 평소에 저택 앞에서 보초를 서는 그 사람들 말이에요」

「그들은 이 서재로 들어왔겠지?」

「예, 주인님」

「그리고 내가 도착할 때쯤, 그러니까 바로 몇 분전에 여기서 나갔겠군?」

「예, 그래요」

「좋아. 나가 봐」

여자가 방에서 나갔다. 도브렉은 쓰던 편지를 마저 쓰기 시작했다. 그러고는 팔을 뻗어 책상 끄트머리에 있던 수첩에 뭔가를 끼적거리더니 그것을 눈에 잘 띄도록 세워놓았다.

종이에는 숫자가 씌어 있었다. 뤼팽의 자리에서도 그 내용을 읽을 수 있었다.

9-8 = 1

도브렉은 이 뺄셈 공식을 한 글자씩 주의 깊게 되뇌어보고는 목소리를 높여 말했다.
「의심의 여지가 없군」
그리고 짧은 편지를 한 통 더 써서 그 편지 역시 수첩 옆에 놓았다. 뤼팽은 겉봉의 주소를 확인했다.

파리 경찰청 사무국장, 프라스빌 귀하.

도브렉이 다시 벨을 울려 관리인을 불렀다.
「클레망스, 어릴 때 학교에 다녔나?」
「그럼요! 다녔고말고요」
「그러면 산수도 배웠겠지?」
「예, 그런데 무슨……?」
「너는 뺄셈에 좀 약한가 보구나」
「무슨 말씀이신지요?」
「9 빼기 8은 1이라는 것도 모르느냐? 이건 대단히 중대한 문제란 말씀이야. 이 기본적인 진리도 모르고 어떻게 살겠느냐?」
그는 말하면서 자리에서 일어나 뒷짐을 지고 엉덩이를 실룩거리며 방을 두 번이나 돌다가 문득 식당 앞에서 멈추더니 문을 열며 말했다.
「문제는 달리 표현될 수도 있지. 즉, 아홉에서 여덟을 빼면 하나가 남는다……. 그 하나가 바로 여기 있어. 이보시오, 선생, 계산이 정확하지 않소? 이건 부인할 수 없는 증거지요」

도브렉은 뤼팽이 몸을 감추고 있는 벨벳 커튼의 주름을 톡톡 건드렸다.

「선생, 그 안에 숨어 있자니 숨이 막히지 않소? 내가 단검으로 기꺼이 한 칼에 커튼을 꿰뚫을 수도 있다는 것까지는 생각지 않더라도……. 햄릿의 헛소리와 폴로니어스의 죽음을 상기해 보는 게 어떨지……?〈저기 쥐가 있잖아. 그것도 아주 큰 쥐야……〉(세익스피어, 「햄릿」 제3막 제4장, 어머니인 왕비의 거실에서 햄릿이 쥐가 있다고 광기를 부리며 휘장 뒤에 숨어 있던 폴로니어스를 찌름── 옮긴이) 자, 폴로니어스 씨, 이제 그만 쥐구멍에서 나오시지」

뤼팽은 이런 상황에 익숙하지 않았고 매우 불만스러웠다. 자신은 다른 사람들을 함정에 빠뜨리고 조롱할 수는 있었지만 누군가 자신을 희롱하거나 웃음거리로 만드는 것은 용납할 수 없었다. 하지만 뭐라고 반격할 수 있겠는가?

「좀 창백해 보이는군, 폴로니어스 씨……. 아니 이런, 며칠 전부터 공원에 죽치고 있던 양반이잖아! 폴로니어스 씨, 당신도 경찰인가? 자, 자, 진정하시오. 당신을 해코지할 마음은 없으니까. 이봐, 클레망스, 어때? 내 계산이 정확하지 않나? 네 보고에 따르면 여기 들어온 정보원들은 전부 아홉 명이란 말이야. 그런데 내가 돌아오는 길에 멀리서 세어보니 여덟 명이 거리를 지나가더군. 9에서 8을 빼면 1이 남지. 그렇다면 한 명은 여기 남아서 지키고 있을 거란 말씀이야. 이 창백한 얼굴이 바로 그 사람이지」

「그 다음은?」

당장이라도 도브렉을 덮쳐 조용히 시키고 싶은 마음을 가까스로 억누르며 뤼팽이 말했다.

「그 다음은 어떻게 되느냐고? 그야 아무것도 아니지. 더 이상 뭘 바라는 건가? 희극은 끝났어. 당신은 당신 상관인 프라스빌 씨에게 방금 전에 쓴 편지를 전해 주기만 하면 되네. 클레망스, 폴로니어스 씨에게 나가는 길을 안내하도록. 그리고 언제라도 이분이 다시 오시면 문을 활짝 열어주게나. 폴로니어스 씨, 이곳을 당신 집처럼 편하게 생각하시지요. 소생은……」

뤼팽은 망설이고 있었다. 그는 적어도 명예로운 후퇴를 위해, 무대에서 막이 내릴 때처럼 거만한 태도로 작별 인사를 건네고 싶었다. 하지만 너무도 비참하게 패배한지라 변변한 복수도 하지 못한 채 모자를 깊이 눌러쓰고 관리인의 뒤를 따라 터덜터덜 걸어 나갈 수밖에 없었다.

「망할 놈! 비열한 자식! 어디 두고 봐라. 반드시 대가를 치르게 될 거야……! 감히……, 뻔뻔하게도……. 좋아, 내 맹세코 언젠가는……」

뤼팽은 밖에 나오자마자 도브렉의 창문을 향해 돌아서서 이를 갈았다.

사실 마음 깊은 곳에서는 이 새로운 적수의 무서운 힘을 간파하고 이번 사건에서 보여준 탁월한 솜씨를 인정해야 했던 만큼 더욱 분노가 끓어올랐다.

도브렉의 모든 것, 말하자면 그 침착성이나 경찰청 사람들을 여유 있게 속여넘기는 자신감, 자신의 집을 수색하도록 내버려둘 정도로 그들을 경멸하는 태도, 그리고 무엇보다도 감탄할 만한 냉정함, 자신을 감시하고 있는 아홉번째 인물에게 보여준 거침없고 오만 방자한 태도 등은 그가 얼마나 기가 세고 강하며 흔들림이 없고 명석한지, 자신이 손에 쥐고 있는 카드 패와 자기 자신에 대해 얼마나 자신만만한지 보여주었다.

그렇지만 그가 지닌 카드 패란 도대체 무엇인가? 어떤 게임을 하고 있으며 내기를 건 사람은 누구인가? 또, 그들은 이 게임에 어느 정도나 개입하고 있는가? 뤼팽은 몰랐다. 아무것도 모르는 채, 자신의 진지가 어디인지, 무기는 무엇인지, 전술이나 비밀 작전 지도 등은 어떤 것인지 전혀 알지 못한 채 격렬한 전쟁 한가운데로 뛰어든 셈이었다. 뤼팽은 양편의 치열한 노력이 모두 그 수정마개를 손에 넣기 위한 것이라는 짐작만 할 수 있을 뿐이었다.

한 가지 기쁜 일이 있었다. 도브렉은 뤼팽의 정체는 알아채지 못하고 경찰청에 소속된 사람인 줄로만 생각했던 것이다. 따라서 도브렉도 경찰도 이 사건에 제3의 도둑이 개입되어 있으리라고는 눈치 채지 못하고 있다. 뤼팽에게는 그것이 단 하나의 유리한 패였다. 이 패를 가지고 있음으로 해서 뤼팽은 지극히 중요한 문제인 활동의 자유를 확보할 수 있었다.

그는 조금도 지체하지 않고 도브렉이 파리 경찰청의 사무국장에게 보내는 편지를 뜯어보았다. 편지의 내용은 다음과 같았다.

프라스빌, 그것은 자네 손이 닿는 곳에 있었다네! 자네가 건드리기까지 했더군. 조금만 더 찾았으면 성공했을 텐데……. 자넨 정말 어리석군. 나를 쓰러뜨리고자 하는 다른 모든 사람들도 자네보다 나을 게 없고 말이야. 가엾은 프랑스! 그럼 또 보세, 프라스빌. 하지만 나에게 현장에서 붙잡히는 날에는, 안됐지만 총알 세례를 받게 될걸세.

도브렉 씀

「손이 닿는 곳에 있었다……」
편지를 다 읽은 뤼팽이 되풀이해서 읽으며 중얼거렸다.

「도브렉 같은 괴짜라면 사실대로 쓰고도 남지. 가장 단순한 은닉처가 가장 안전한 곳이기도 하고 말이야. 어쨌든 좀더 알아봐야겠군……. 도브렉이 왜 그토록 철저한 감시를 받고 있는지, 도대체 그는 어떤 인물인지 조사해 봐야겠어」

뤼팽이 특별 기관을 통해 조회해 본 바를 간단히 정리하면 이렇다.

알렉시스 도브렉은 2년 전부터 부슈뒤론의 무소속 하원 의원을 지내고 있는데 명확한 정견을 가지고 있지는 않으나 선거철이면 엄청난 돈을 뿌리는 덕에 매우 확고한 입지를 점하고 있다. 재산은 전혀 없는데도 파리에 저택을, 앙갱과 니스에 별장을 소유하고 있고 도박에서 엄청난 돈을 날리곤 한다. 그 돈이 다 어디서 나오는지 모를 일이다. 또 내각 인사들과 자주 어울리지도 않고 정치계에 각별한 인물이나 친분이 있는 사람도 없는 것 같은데 어떻게 된 일인지 입김이 매우 세서 원하는 것은 무엇이든지 얻어낸다.

이러한 메모를 읽으며 뤼팽은 생각했다.

〈거래 내역이나 개인적인 기록, 경찰청의 개인 카드 등을 조사해서 이자의 사생활을 캐낼 필요가 있겠군. 그렇게 하면 이 칠흑 같은 어둠 속을 헤쳐나가기가 좀더 쉬워질 거야. 그러면 더 이상 도브렉의 일로 진창 속을 헤매지 않겠지. 제기랄! 이러는 동안에도 시간은 계속 흘러가고 있으니 어서 서둘러야 해!〉

그 즈음 뤼팽은 다른 데보다도 개선문 근처 샤토브리앙가에 위치한 숙소에 가장 자주 머물렀다. 거기서는 미쉘 보몽이라는 이름으로 통했다. 집에는 온갖 편의 시설들이 갖춰져 있었고 매우 충직한 아쉴이라는 하인이 부하들에게서 오는 전화 메시지를 뤼팽에게 전해 주는 일을 했다.

  집에 돌아온 뤼팽은 어떤 여자가 한 시간 가량이나 그를 기다리고 있다는 얘기를 듣고 깜짝 놀랐다.

「뭐라고? 이곳으로 나를 찾아올 사람은 아무도 없는데? 여자는 젊던가?」

「아니요……. 그런 것 같지 않습니다」

「그런 것 같지 않다니?」

「머리에 모자 대신 검은 스카프를 두르고 있어서 얼굴을 보지 못했어요……. 촌스러운 가게 종업원 같습니다……」

「누구를 찾던가?」

「미쉘 보몽 씨를 찾는다고 하던데요」

하인이 대답했다.

「이상하군. 어쨌든, 이유는?」

「저에게는 앙쟁 사건에 관한 일이라고만 말했어요……. 그래서 저는……」

「뭐? 앙쟁 사건이라고? 그렇다면 내가 그 일에 관련되어 있다는 걸 안다는 뜻이군……! 그 일로 여기까지 왔다면……」

「그 여자에 대해서는 아무것도 모르지만 어쨌든 주인님이 그 여자를 만나보셔야 할 것 같다고 생각해서……」

「잘했네. 여자는 어디 있지?」

「응접실에 있습니다. 불은 켜두었습니다」

뤼팽은 급히 대기실을 지나 응접실 문을 열더니 곧 하인에게 말했다.

「무슨 소릴 하는 건가? 여기는 아무도 없는데」

「아무도 없다고요?」

아쉴이 뛰어 들어오며 말했다.

응접실은 정말로 텅 비어 있었다.

「이럴 수가! 믿을 수가 없군요!」

하인이 외쳤다.

「제가 혹시나 하고 들여다본 지 20분도 안 됐어요. 그때까지만 해도 분명 여기 있었다고요. 절대로 착각이 아니에요」

「좋아, 여자가 기다리고 있는 동안 자네는 어디 있었나?」

뤼팽이 초조해하며 물었다.

「현관에 있었습니다. 잠시도 자리를 비우지 않았어요! 여자가 나갔다면 분명 볼 수 있었을 거예요! 빌어먹을!」

「하지만 여자는 나가지 않았나……」

「그래요……. 그렇지요……. 아마 더 기다리지 못하고 가버렸나 봅니다. 그런데, 제기랄, 대체 어떻게 나갔을까요?」

당황한 하인이 신음하듯 말했다.

뤼팽이 대답했다.

「어떻게 나갔느냐고? 그거야 마술사가 아니라도 쉽게 알 수 있지」

「네?」

「여자는 창문으로 나갔네. 봐, 창문이 살짝 열려 있지 않은가……. 여기는 1층이고……, 길에는 인적이 거의 없는데다 날까지 어둑어둑하니……, 의심의 여지가 없어」

그는 주위를 둘러보며 없어지거나 흐트러진 물건이 아무것도 없음을 확인했다. 사실 그 방에는 애초부터 훔쳐갈 만한 값나가는 골동품이나 중요한 서류 같은 건 전혀 없었다. 그러니 여자가 일부러 찾아왔다가 갑자기 사라져버린 이유는 더욱 설명이 되지 않았다. 여자는 왜 도망갔을까……?
「오늘 전화 온 데는 없었나?」
뤼팽이 물었다.
「없습니다」
「편지도 없고?」
「마지막으로 도착한 우편물에 편지가 한 통 있었습니다」
「이리 주게」
「평소처럼 침실의 벽난로 위에 두었는데요」
뤼팽의 침실은 응접실 바로 옆에 있었다. 하지만 뤼팽이 두 방을 연결하는 문을 폐쇄시켰기 때문에 현관을 통과해야만 침실로 갈 수 있었다.
잠시 후 침실의 전등을 켠 뤼팽이 말했다.
「보이지 않는데?」
「거기 술잔 옆에 두었잖아요」
「여긴 아무것도 없네」
「주인님이 잘 못 찾으시는 거겠죠」
하지만 아쉴이 잔을 옮겨놓고 시계를 들춰보고 엎드려 바닥을 뒤져보아도 아무 소용이 없었다. 편지는 없었다.
아쉴이 중얼거렸다.
「빌어먹을……, 빌어먹을……. 그 여자……, 그 여자가 훔쳐간 거예요……. 편지를 손에 넣고는 곧바로 떠난 거죠……. 이런 고약한……」
뤼팽이 반대했다.
「자네 정신이 나갔군! 응접실과 이 방 사이에는 통로가 없어」
「그럼 어떻게 됐다는 말씀입니까?」

그들은 둘 다 입을 다물었다. 뤼팽은 분노를 억누르고 생각을 집중하려고 애썼다.

그가 물었다.

「편지를 자세히 봤나?」

「예!」

「특별한 점은 없었나?」

「전혀 없었습니다. 평범한 봉투에 주소는 연필로 씌어 있었습니다」

「아……! 연필이라고?」

「예. 아주 급하게 썼는지 읽기 힘들 정도로 휘갈겨 썼더군요」

「주소는 뭐라고 씌어 있었는지 기억나나?」

「예, 기억이 납니다. 좀 이상했거든요……」

「말해 보게! 어서 말해 봐!」

「드 보몽 미쉘 씨에게였습니다」

뤼팽이 하인을 붙잡더니 마구 흔들었다.

「〈드〉 보몽이었다고? 확실한가? 〈보몽〉 다음에 〈미쉘〉이라고 씌어 있었나?」

「예, 확실해요」

뤼팽은 목이 메어 중얼거렸다.

「아! 그렇다면 그건 질베르의 편지였어!」

창백해진 뤼팽은 얼굴을 찡그린 채 움직이지 않았다. 그것은 틀림없이 질베르의 편지였다! 그 이름은 몇 해 전부터 질베르가 뤼팽과 연락할 때 사용하도록 정해 놓은 것이었다. 질베르가 황급히 이 편지를 쓰기까지 감방 구석에서 얼마나 오랫동안 기회를 노려야 했을까? 마침내 편지를 부칠 방도를 마련하기까지 얼마나 갖은 꾀를 짜내야 했을까? 그런데 누군가 그 편지를 가로챈 것이다! 편지의 내용은 무엇이었을까? 그 가엾은 죄수가 무엇을 알리려고 한 것일까? 어떤 지원을 요청하고 어떤 계략을 제안하려고 했을까?

침실에는 응접실과 달리 중요한 서류들이 잔뜩 있었으므로 방을 샅샅이 살펴보았지만 부서진 자물쇠는 하나도 없었다. 여자에게 질베르의 편지 외에 다른 목적은 없었다는 뜻이었다. 냉정함을 유지하려 애쓰며 뤼팽이 다시 말했다.

「여자가 여기 와 있을 때 편지가 도착했나?」
「거의 동시에 왔습니다. 관리인이 동시에 벨을 울렸어요」
「그렇다면 여자도 겉봉을 봤나?」
「예」

결론은 나왔다. 남은 문제는 여자가 어떻게 그것을 훔쳤느냐 하는 것이었다. 응접실 창을 통해 밖으로 나가서 침실 창문으로 들어왔을까? 아니, 그것은 불가능했다. 뤼팽의 침실 창문은 잠긴 채였다. 두 방을 연결하는 문을 열 수도 없었다. 그 문 역시 닫힌 채로 있었고 두 개의 빗장이 걸려 있었다.

하지만 사람이 의지의 힘으로 벽을 뚫고 지나갈 수는 없다. 어딘가로 들어가고 나가려면 출입구가 필요하다. 이 사건은 엄연히 3차원의 세계에서 일어난 일이었다. 따라서 출입구가 먼저 존재해야 하며 벽에 미리 만들어져 있을 출입구에 대해 여자가 잘 알고 있어야 했다. 이렇게 생각을 정리하고 나자 그들은 자연히 문 쪽을 집중 조사하게 되었다. 왜냐하면 벽에는 아무 장식도 없고 벽장이나 벽난로, 벽걸이 천 같은 것도 없었으므로 비밀 통로가 숨겨져 있을 수 없기 때문이었다.

다시 응접실로 가서 문 조사를 시작하자마자 뤼팽은 왼쪽 아래, 문의 가로 막대 사이에 있는 판자 여섯 개 중 하나가 본래의 위치에서 벗어나 있어 빛이 똑바로 떨어지지 않는 것을 발견하고 소스라치게 놀랐다. 몸을 굽히고 자세히 보니, 액자 뒤쪽 나무판을 받치는 쇠로 된 작은 핀 같은 것 두 개가 판자를 받치고 있었다. 그것을 옆으로 돌리자 판자가 떨어졌다.

아쉴이 놀라 비명을 질렀다. 하지만 뤼팽은 의견이 달랐다.

「그래서 어떻게 됐다는 건가? 여기서 더 나아갈 수 있겠나? 보다시피 이것은 기껏해야 길이 15-18센티미터, 높이 40센티미터가량의 사각형일 뿐이네. 이 구멍은 너무 비좁아서 아무리 왜소한 열 살짜리 아이라도 지나갈 수 없어. 하물며 여자가 이 구멍을 통해 왔다갔다했다고 할 수는 없지!」

「아닙니다. 여자가 이 구멍으로 팔을 뻗어서 빗장을 풀었을 수도 있지요」

「아래쪽 빗장은 풀 수 있었겠지. 하지만 위쪽 빗장은 너무 멀어. 자네가 직접 한 번 시도해 보면 알 수 있을 거네」

과연 아쉴은 곧 포기해야 했다.

「그럼 어떻게 된 걸까요?」

그가 물었다.

뤼팽은 대답 없이 오랫동안 생각에 잠겼다.

그러더니 느닷없이 명령을 내렸다.

「내 모자와 외투를 가져오게」

그는 급한 일에 쫓기는 듯 매우 서둘러 밖으로 나와서는 택시에 올라탔다.

「마티뇽가로……, 빨리 좀 가주시오」

수정마개를 빼앗긴 건물 입구에 도착하자마자 자동차에서 뛰어내린 그는 전용 출입문을 열고 계단을 뛰어 올라갔다. 응접실에 들어가 불을 켜고 침실과 연결되어 있는 문 앞에 쪼그리고 앉았다.

역시 짐작대로였다. 작은 판자들 중 하나가 똑같은 방법으로 떨어져 나와 있었다.

샤토브리앙가의 저택에서와 마찬가지로 그 구멍을 통해 어깨까지 팔을 밀어넣기에는 충분했지만 위쪽 빗장을 벗길 수는 없었다.

「제기랄! 빌어먹을! 도대체 끝이 보이지 않는군!」

두 시간 전부터 부글부글 끓던 화를 더 이상 참지 못하고 뤼팽이 소리쳤다.

믿을 수 없는 불운이 끈질기게 쫓아다녀 뤼팽은 무턱대고 더듬어 나아가는 수밖에 없었다. 때로는 상황 자체에 의해 때로는 집요한 노력으로 이 일을 성공시키는 데 필요한 요소들을 손에 넣기도 했지만 그것들을 제대로 써먹어 보지도 못했다. 예를 들면 질베르가 그에게 맡긴 수정마개도 질베르의 편지도 모두 그 즉시 사라져버리고 말았던 것이다.

더구나 이 이어지는 뜻밖의 사태들은 그가 이제까지 생각했던 것처럼 서로 무관한 일들이 아니었다. 이것은 명백히 누군가가 놀랍도록 능수능란한 솜씨와 술책을 통해 어떤 뚜렷한 목적을 추구하는 과정에서 생기는 결과였다. 자신의 가장 안전한 은신처에까지 파고들어 온 뜻밖의 거친 공격에 뤼팽은 누구를 상대로 싸워야 하는지 깨달을 새도 없이 어리둥절했다. 이제까지 수많은 사건들을 겪어왔지만 이런 장애에 부딪치기는 처음이었.

그의 마음속에는 미래에 대한 불안이 점차 커지기 시작했다. 무의식 중에 경찰에 복수를 하겠다고 정해 놓은 그 날짜가, 어느

4월 아침, 그와 함께 일한 대가로 무시무시한 형벌을 받게 된 두 동료가 단두대에 오를 그 끔찍스러운 날짜가 눈앞에서 사라지지 않고 번쩍거렸다.

알렉시스 도브렉의 사생활

경찰이 가택 수색을 했던 다음 날, 점심 식사를 마치고 집으로 들어오는 도브렉 의원을 관리인인 클레망스가 불러세웠다. 정말 믿을 수 있는 요리사를 구했다는 것이었다.

잠시 후 그 요리사가 와서, 쉽게 정보를 얻어낼 수 있는 사람들의 서명이 있는 1류 요리사 자격증을 내보였다. 그녀는 꽤 나이가 들긴 했지만 매우 활동적이어서 누구에게든 염탐당할 염려를 최대한 줄이고자 하는 도브렉의 방침대로 다른 하인의 도움 없이 혼자서 살림을 도맡아 해야 한다는 조건을 받아들였다.

그녀가 마지막으로 일했던 곳이 같은 국회의원인 솔바 백작의 집이었으므로 도브렉은 즉시 그 집에 전화를 걸어보았다.

솔바 백작의 집사는 그녀에 대해 매우 좋은 평을 내렸고 도브렉은 그녀를 고용했다.

그녀는 짐을 옮기자마자 일을 시작해서 오후 내내 청소를 하고 식사를 준비했다.

도브렉은 저녁을 들고 외출했다.

밤 열한시경 관리인이 잠자리에 들자 요리사는 조심스럽게 정원의 철문을 살짝 열었다. 한 남자가 다가왔다.

「왔어요?」

그녀가 물었다.

「예, 왔습니다」

뤼팽이 대답했다.

그녀는 뤼팽을 자기의 4층 방으로 안내하면서 곧 탄식했다.

「이번에도 또 속임수, 언제나 속임수가 그칠 날이 없구려. 이런 힘든 일 좀 그만 시키고 날 조용히 살게 둘 수는 없나요?」

「무슨 말씀이세요, 착한 빅투아르. 믿음직하고 반듯한 인물이 필요할 때면 제일 먼저 생각나는 분이 당신이랍니다. 자랑스럽게 생각하셔야지요」

「항상 그런 말로 이 늙은이의 마음을 움직이시지. 나를 또 호랑이 굴에 들여보내 놓고 재미있으신가요?」

「뭐가 걱정이세요?」

「뭐가 걱정이냐고요? 하지만 증명서가 모두 가짜잖아요」

「증명서라는 것 자체가 원래 가짜지요」

「도브렉 씨가 저에 대해 알아보고 가짜임을 눈치 채면 어떻게 하죠?」

「도브렉은 이미 알아봤습니다」

「뭐라고요? 뭐라고 하셨어요?」

「솔바 백작 집 집사에게 전화를 걸어 확인해 봤죠. 당신은 그곳에서 일한 걸로 되어 있으니까요」

「그럼 나는 정말 끝장났군요」

「백작의 집사는 침이 마르도록 당신을 칭찬한걸요」

「하지만 나는 모르는 사람인데……」

「예, 제가 아는 사람이에요. 그를 솔바 백작 집에 들여보낸 것도 저랍니다. 그러니까……」

빅투아르는 좀 안심이 된 것 같았다.

「맙소사! 어쨌든 신의 뜻, 아니 당신 뜻대로 되기를……. 그럼 이제 내 역할은 뭐죠?」

「우선 저를 이 방에 재워주십시오. 예전에 젖을 먹여 키워줬던 것처럼 말이죠. 이 방의 반만 빌려주면 돼요. 저는 안락의자에서 자겠습니다」

「그리고?」

「그리고 제게 음식을 좀 가져다주면 좋겠죠」

「그 다음에는?」

「그 다음에는 제가 시키는 대로, 저랑 협력해서 조사를 벌이는 겁니다」

「무슨 조사죠?」

「전에 얘기한 중요한 물건을 찾아야 합니다」

「그게 뭔데요?」

「수정마개」

「수정마개라……, 아이고! 참 굉장한 일이군요. 그래, 만약 그 대단한 마개를 찾지 못하면요?」

뤼팽이 부드럽게 그녀의 팔을 잡고 심각한 목소리로 말했다.

「그것을 찾지 못하면, 당신도 잘 알고 또 당신이 좋아하기도 하는 질베르라는 청년이 보슈레와 함께 목숨을 잃을지도 몰라요」

「보슈레는 어떻게 되든 상관없어요. 불량배 같은 놈! 하지만 질베르는……」

「오늘 신문 읽으셨죠? 상황이 점점 안 좋게 돌아가고 있어요. 보슈레는 당연히 질베르가 하인을 찔렀다고 주장하고 있는데 보슈레가 사용한 그 칼이 마침 질베르 것이었어요. 오늘 아침 그 사실이 증명되었죠. 똑똑하긴 하지만 배짱이 없는 질베르는 횡설수설하면서 얘기를 꾸며내고 거짓말을 지어내고 있는데 그러다가는 결국 유죄 선고를 받기 십상이에요. 여기까지가 우리가 처한 상황입니다. 어때요, 도와주실 거죠?」

도브렉은 자정에 돌아왔다.

그로부터 며칠 동안 뤼팽은 도브렉의 일과에 맞춰 생활했다. 도브렉이 저택을 나가면 곧바로 뤼팽의 수색이 시작되었다.

그는 방마다 몇 개의 구역으로 나누어 한 구역의 가장 후미진 곳까지 가능한 방법을 모두 동원해서 수색을 마친 후에야 다음 구역으로 넘어가는 식으로 체계적인 조사를 했다.

빅투아르도 열심히 찾아헤맸다. 탁자 다리며 의자 다리 사이의 지지 막대, 마루판, 쇠시리, 거울이나 액자의 틀, 추시계, 작은 조각상의 받침대, 커튼의 밑단, 전화기나 전기 기구 등, 기발한 상상력을 발휘해서 은닉처로 고를 수 있을 것 같은 장소는 한 군데도 빠짐없이 죄다 살펴보았다.

하원의원 도브렉의 무의식적인 동작이나 시선, 그가 읽는 책, 그가 쓰는 편지 등 사소한 행동 하나하나까지 감시한 것은 물론이었다.
 그것은 아주 쉬운 일이었다. 그는 마치 비밀이라고는 없는 사람 같았다. 문을 잠그는 법도 없었고 찾아오는 사람도 없었다. 생활은 마치 기계처럼 일정하게 반복되었다. 매일 오후에는 의회에, 저녁에는 클럽에 들렀다.
「하지만 아무래도 뭔가 수상한 데가 있습니다」
 뤼팽이 말했다.
「제 생각에는 시간만 낭비하고 있는 것 같네요……. 이러다 들키고 말 거예요……」
 빅투아르가 투덜거렸다.
 그녀는 늘 창문 아래 지키고 서서 왔다갔다하는 경찰청 사람들 때문에 더 겁을 먹었다. 그들이 빅투아르 자신을 잡으러 온 게 아님을 그녀는 이해하지 못했고, 그래서 시장에 갈 때마다 자기를 체포하지 않는 그들에게 매우 놀라곤 했다.
 그러던 어느 날 그녀가 혼비백산하여 돌아왔다. 팔에 걸고 있는 시장 바구니가 부들부들 떨렸다.
「저런, 빅투아르, 무슨 일이십니까? 얼굴이 파랗게 질렸군요」
 뤼팽이 물었다.
「그……렇……겠죠……. 저기……」
 그녀는 더 이상 서 있지 못하고 주저앉아서 한참을 애쓴 끝에 가까스로 더듬더듬 말하기 시작했다.
「저기……, 어떤 사람이……, 다가왔어요……. 과일 가게에서……」
「그래서요? 납치당할 뻔 했습니까?」
「아니……, 편지를 줬어요……. 나에게……」

「그런데 뭐가 문제요? 아마 사랑이라도 고백하는 편지인가 보지……」
「그게 아니라……, 〈주인에게 전하시오〉. 그러더군요. 〈주인이요?〉라고 물었더니 〈그렇소, 당신 방에서 지내는 주인 말이오〉라고 대답했다고요!」
「뭐라고요?」
이번에는 뤼팽이 까무러치게 놀랐다.
「편지 이리 주십시오」
뤼팽이 말하면서 빅투아르에게서 편지를 휙 낚아챘다.
겉봉에는 주소가 적혀 있지 않았지만 안쪽에 봉투가 하나 더 있고 거기에는 다음과 같이 적혀 있었다.

　　빅투아르의 방, 아르센 뤼팽 씨에게.

「이럴 수가! 이게 있을 수 있는 일이오?」
뤼팽이 중얼거리며 두번째 봉투를 뜯자 커다란 글씨로 쓴 종이 한 장이 나왔다.

　　당신은 지금 쓸데없이 위험한 일을 하고 있소……. 이쯤에서 포기하시는 게 좋을 거요…….

빅투아르가 신음소리를 내더니 기절했다. 뤼팽은 심한 모욕을 당한 것처럼 얼굴이 귀까지 벌겋게 달아올랐다. 남에게 알리고 싶지 않은 은밀한 이유로 결투를 하는데 상대편이 빈정거리며 큰 목소리로 그 비밀을 떠벌렸을 때와 같은 수치심이 들었다.

뤼팽은 입을 열지 않았다. 빅투아르는 다시 일을 시작했고 그는 하루 종일 방 안에 틀어박혀 생각에 잠겼다.

밤에도 잠을 이룰 수 없었다.

계속해서 같은 생각을 되풀이할 뿐이었다.

〈생각해 봤자 무슨 소용인가? 나는 지금 추리만으로 풀 수 없는 문제에 부딪혔다. 이 일에는 분명 나 말고도 관련된 사람들이 있다. 도브렉과 경찰, 제3의 인물인 나 이외에 나를 잘 알고 내 패를 훤히 읽고 있는 제4의 인물이 활동하고 있는 것이다. 이 제4의 인물은 누구인가? 혹시 내 생각이 틀리지는 않았을까? 또……. 제길! 잠이나 자자!〉

하지만 잠이 오지 않았다. 밤은 그렇게 흘러가고 있었다.

그런데 새벽 네시쯤의 일이었다. 무슨 소리를 들은 뤼팽이 재빨리 일어나서 계단으로 뛰어가자 2층에서 내려가 정원으로 향하는 도브렉의 모습이 보였다.

도브렉은 잠시 후 철문을 열더니 커다란 모피 깃에 얼굴을 깊숙이 파묻은 어떤 사람과 함께 돌아와 서재로 들어갔다.

뤼팽은 이런 뜻밖의 사태를 대비해서 모든 준비를 갖추어두고 있었다. 그는 그의 방 창과 서재의 창이 집 뒤쪽, 정원을 향해 나 있는 점을 이용해서 그의 방 발코니에서 조심스럽게 줄사다리를 늘어뜨려 서재의 창문 위쪽까지 타고 내려올 수 있었다.

창에는 덧문이 달려 있었지만 반원형의 채광창은 막혀 있지 않았으므로 안에서 나는 소리는 들리지 않았지만 무슨 일이 일어나는지는 훤히 보였다.

남자인 줄 알았던 그 사람은 여자였음이 곧 밝혀졌다. 그 검은 머리칼에 드문드문 회색 머리카락이 섞여 있긴 했지만 그래도 젊은 편이었으며 키가 크고 매우 우아했고 오랜 고통으로 인해 지치고 서글퍼보이는 얼굴은 꽤 아름다웠다.

〈저 여자를 어디서 봤더라? 저 윤곽하며 눈빛, 생김새……. 분명 내가 아는 얼굴인데.〉

뤼팽은 생각했다.

그녀는 테이블에 기대서서 무표정하게 도브렉의 얘기를 듣고 있었다. 도브렉도 역시 선 채로 열심히 이야기하는 중이었다. 그는 뤼팽 쪽으로 등을 돌리고 있었지만 몸을 조금 숙이면 거울에 비친 의원의 모습을 볼 수 있었다. 방문객을 바라보는 도브렉의 이상한 눈빛과 거칠고 야만적인 욕망에 뤼팽은 깜짝 놀랐다.

그녀 역시 도브렉의 시선이 불편한 듯 자리에 앉아 눈을 내리깔았다. 그러자 도브렉이 그녀에게 몸을 기울이더니 거대한 주먹이 달린 양팔로 그녀를 감싸안으려는 것 같았다. 그제서야 뤼팽은 그녀의 슬픈 얼굴에 흘러내리는 굵은 눈물을 볼 수 있었다.

눈물 때문에 분별을 잃었는지 도브렉은 난데없이 여자를 끌어안았다. 그녀는 증오에 가득 차 세차게 그를 떼밀었다. 둘이 다투는 사이에 흉악하게 일그러진 남자의 얼굴이 보였다. 싸움은 짧게 끝나고 오랜 원수처럼 마주보고 선 둘은 서로 마구 욕설을 퍼부었다.

그러고 나서 둘 다 입을 다물었다. 도브렉은 자리에 앉았는데 여전히 사납고 거칠고 뭔가를 빈정거리는 모습이었다. 그가 뭔가 조건들을 늘어놓듯이 탁자를 짧게 두드리며 다시 말을 꺼냈다.

그녀는 상반신을 꼿꼿이 세우고 서서 초점 없는 눈으로 멍하니 그를 내려다보며 꼼짝도 하지 않았다. 뤼팽은 이 단호하고 고통에 찬 얼굴에 사로잡혀 그녀에게서 눈을 뗄 수가 없었다. 그녀가 살짝 고개를 돌리거나 눈에 띄지 않게 팔을 조금씩 움직이는 모습을 지켜보면서 그녀와 연관된 기억을 떠올리려 애썼지만 허사였다.

그녀가 천천히 팔을 뻗었다. 탁자 끝에는 머리 부분이 금으로 된 마개로 막은 병이 하나 있었다. 그녀의 손이 병에 닿더니 천천히 병을 더듬어 올라가 마개를 잡았다. 하지만 그녀는 재빨리 고개를 돌려 마개를 슬쩍 보고는 다시 제자리에 놓았다. 그녀가 찾는 물건이 아닌 모양이었다.

뤼팽은 속으로 중얼거렸다.

〈빌어먹을! 저 여자도 수정마개를 찾고 있나 보군. 이 사건은 날이 갈수록 복잡해지잖아.〉

여자를 다시 자세히 들여다보다가 뤼팽은 깜짝 놀랐다. 뜻밖에도 여자의 표정이 돌연 극도로 냉혹하고 사납게 변했다. 그녀의 손은 계속해서 은밀히 탁자를 더듬으며 쌓여 있는 책들을 밀어내고 천천히 하지만 분명히 흩어져 있는 서류들 사이에서 날을 번쩍이고 있는 단검을 향해 다가갔다.

여자가 드디어 신경질적으로 손잡이를 집어들었다.

도브렉은 여전히 말을 계속하고 있었다. 여자는 그의 등 뒤에서 떨지도 않고 조금씩 손을 들어올렸다. 거칠고 광기 어린 그녀의 시선은 도브렉의 목덜미, 칼을 찌르려는 바로 그 지점에 박혀 있었다.

〈당신, 어리석은 짓을 하고 있군.〉

이렇게 생각하며 뤼팽은 벌써 빅투아르를 데리고 여기서 빠져나갈 궁리를 했다.

그녀는 팔을 들어올린 채 망설였다. 하지만 그것은 잠시였을 뿐 곧 이를 악물었고 얼굴을 증오로 더욱 일그러뜨린 채 결정적인 동작을 취했다.

순간, 도브렉은 몸을 낮추더니 의자에서 펄쩍 뛰어 일어나 여자의 가느다란 손목을 허공에서 낚아챘다.

하지만 이상하게도, 그녀의 행동이 지극히 일상적이고 자연스러우며 흔한 행동이기라도 한 듯 그는 거기에 대해 아무 말도 하지 않았다. 이런 식의 위험에는 아주 익숙한 듯 조용히 어깨를 한 번 으쓱하고 방 안을 이리저리 서성일 뿐이었다.

그녀는 무기를 내려놓고 양손으로 얼굴을 감싸쥔 채 온몸이 들썩일 정도로 흐느껴 울었다.

도브렉이 다시 여자 곁으로 돌아와 탁자를 치며 몇 마디 말을 했다.

그녀는 고개를 저었지만 그가 계속해서 고집을 부리자 이번에는 그녀가 쿵쿵 발을 구르며 뤼팽에게도 들릴 만큼 큰 소리로 외쳤다.

「절대로 안 돼요……! 절대로……!」

그러자 도브렉은 더 이상 한마디도 하지 않고 그녀가 입고 온 모피 코트를 가져와 입혀주었다. 그녀는 레이스로 얼굴을 감쌌다.

그는 다시 그녀를 밖으로 데리고 나갔다.

잠시 후 정원의 철문이 닫혔다.

「저 수수께끼의 여자를 쫓아가서 도브렉에 대한 대화를 나눌 수 없는 게 유감이군. 우리 둘이서 멋지게 해낼 수 있을 텐데 말이야」

어쨌든 분명히 밝혀야 할 점이 있었다. 겉보기에는 그토록 규칙적이고 모범적인 생활을 하는 도브렉 의원이 실은 경찰의 감시를 피해 밤마다 어떤 사람들을 만나고 있는 게 아닐까?

뤼팽은 빅투아르를 시켜 부하 둘이 며칠 동안 망을 보게 했다. 그리고 다음 날 밤 그자신도 깨어서 기다렸다.

전날과 마찬가지로 새벽 네시쯤이 되자 인기척이 들리고 도브렉이 누군가를 데리고 들어왔다.

부랴부랴 채광창까지 줄사다리를 타고 내려가 보니 한 남자가 바닥에 꿇어앉아 절망적으로 도브렉의 무릎을 부여잡고 격렬하게 울부짖으며 애원하고 있었다.

도브렉이 몇 번이나 잔인하게 웃으며 그를 밀쳐냈지만 그는 다시 매달리곤 했다. 그는 제정신이 아니었다. 반쯤 일어서서 도브렉의 목덜미를 움켜쥐고는 안락의자 위에 내동댕이칠 때에는 정말 미친 것 같았다. 도브렉도 처음에는 얼굴이 울그락불그락하며 속수무책으로 발버둥쳤다. 하지만 어느새 비범한 힘을 발휘해 도리어 상대방을 꼼짝 못하게 만들더니 한 손으로는 그의 멱살을 잡고 다른 한 손으로 뺨을 두 대 호되게 갈겼다.

얼굴이 창백해진 남자는 다리를 후들거리며 천천히 일어났다. 냉정을 되찾기 위해 잠시 숨을 고르던 그는 무섭도록 차분하게 주머니에서 권총을 꺼내어 도브렉에게 겨누었다.

도브렉은 잠자코 있었다. 어린아이의 장난감 권총만큼도 두렵지 않은 듯 경멸의 웃음까지 지었다.

남자는 15초 내지는 20초가량 적 앞에 팔을 뻗은 채 서 있었다. 그리고 위기의 순간에 이어진 행동인 만큼 더욱 인상적으로 차분하게 무기를 천천히 도로 집어넣고는 다른 주머니에서 지갑을 꺼냈다.

도브렉이 다가갔다.

지갑이 열리고 지폐 뭉치가 보였다. 도브렉은 지폐를 재빨리 빼앗아 세어보았다.

1,000프랑짜리 지폐 서른 장이었다.

남자는 반항이나 항의도 하지 않고 물끄러미 바라만 보았다. 말해 봐야 아무 소용없다는 것을 잘 알고 있는 듯했다. 도브렉은 절대로 그런 것에 마음을 움직일 사람이 아니다. 그런데 무엇 하러 쓸데없는 협박이나 욕설, 애원 따위로 시간을 낭비하겠는가? 그런다고 이 몰인정한 원수가 꿈쩍이나 하겠는가? 설사 도브렉이 죽는다 해도 그에게서 벗어날 수는 없을 것 같았다.

남자는 모자를 들고 나가 버렸다.

오전 열한시쯤 시장에 다녀온 빅투아르가 부하들이 보낸 쪽지를 뤼팽에게 전달해 주었다.

지난 밤 도브렉의 집에 찾아왔던 남자는 하원의원 랑주루로 무소속 좌파의 당수임. 재산은 거의 없고 가족이 많음.

「그래, 도브렉은 협박꾼이었어. 제기랄! 뭔가 굉장한 협박 수단을 가지고 있는 게 분명해!」

뤼팽이 혼자 중얼거렸다.

이 일로 뤼팽의 추리는 새로운 힘을 얻었다. 사흘 뒤 그는 다른 남자가 찾아와서 도브렉에게 거액의 돈을 내놓는 장면을 목격했다. 그 다음다음 날에는 또 다른 사람이 진주 목걸이를 건넸다.

첫번째 남자는 드쇼몽이라는 자로 전에 장관을 지낸 상원의원이었고 두번째 남자는 나폴레옹 당의 정치국장이었던 나폴레옹파 하원의원, 알뷔펙스 후작이었다.

이러한 정보를 얻게 되자 뤼팽은 생각했다.

〈이제까지 네 명의 방문객들을 목격했다. 앞으로 열 명, 스무 명, 서른 명이 더 있을지라도 더 이상 알 필요는 없다……. 보초를 서는 부하들이 알아내 온 이름만으로 충분해. 그들을 만나볼까……? 하지만 만나서 어떻게 하겠는가? 그들이 나를 믿고 얘기할 리가 없다. 여기 남아서 진전 없는 조사를 계속해야 할까? 그것은 빅투아르 혼자서도 잘해 낼 수 있는 일이다.〉

뤼팽은 머릿속이 복잡했다. 질베르와 보슈레의 예식에 대한 소식은 점점 나빠졌고 시간은 자꾸만 흘러갔으며 그의 노력이 성공한다고 해도 본래의 목적과 상관없는 하찮은 결과만 얻게 되는 건 아닐까 걱정이 끊일 날이 없었다. 일단 도브렉의 은밀한 비밀을 풀고 나면 질베르와 보슈레를 구할 수 있는 방법이 나올까?

그러던 어느 날 그에게 결단을 내리게 해준 사건이 일어났다. 점심 식사 후에 빅투아르는 도브렉의 전화 통화 내용을 토막토막 주워들었고 그것을 들은 뤼팽은 도브렉이 여덟시 반에 어떤 부인과 극장에 가기로 했을 거라고 추론했다.

「6주 전처럼 오늘도 특별석에 앉을 거요」

도브렉이 이렇게 말하더니 웃으며 덧붙이기를 〈이번에는 강도가 들지 않았으면 좋겠는데〉라고 했다는 것이었다.

그 말을 듣고 뤼팽은 도브렉이 6주 전 앙쟁의 별장을 털렸던 그날 저녁과 똑같이 시간을 보낼 계획임을 확신했다. 도브렉이 만나려는 부인이 누구인지, 도브렉이 저녁 여덟시부터 새벽 한시까지 집을 비운다는 사실을 질베르와 보슈레가 어떻게 알아냈는지를 알아내야 했다.

오후에 뤼팽은 도브렉이 평소보다 일찍 저녁을 먹으러 돌아왔다는 얘기를 빅투아르에게 전해 듣고 저택에서 나왔다.

샤토브리앙가의 자기 집에 돌아온 그는 전화로 부하 셋을 부른 뒤, 연미복을 걸치고 금발 머리를 짧게 깎은 러시아 왕자로 변장했다.

공범자들이 차를 타고 도착했다.

그때, 하인 아쉴이 샤토브리앙가, 미쉘 보몽 앞으로 온 전보를 가져다주었다. 전보의 내용은 다음과 같았다.

오늘 저녁 극장에 오지 마시오. 당신이 끼어들면 모든 걸 망칠 위험이 있소.

뤼팽은 옆 벽난로 위에 있던 꽃병을 집어던져 산산조각을 내며 부득부득 이를 갈았다.

「좋아, 알았다고! 내가 다른 사람들을 희롱할 때와 똑같은 방법으로 누군가 나를 가지고 놀고 있군. 똑같은 수법이야. 다만, 한가지 다른 점이 있다면……」

어떤 다른 점일까? 사실 그도 별로 아는 게 없었다. 그는 몹시 당황하고 마음속 깊숙한 곳까지 혼란에 빠져, 평소처럼 즐거운 기분으로 활기 차게 일하지 못하고 고집, 말하자면 의무감에 따라 움직일 뿐이었다.

「가자!」

그가 공범자들에게 말했다.

그의 명령에 따라 운전사는 라마르틴 공원에서 멀지 않은 곳에 그들을 내려주고 시동을 켠 채 기다렸다. 도브렉이 저택을 지키고 있는 경찰의 눈을 피해 택시에 올라탈 것을 예상하고 그를 놓치지 않기 위함이었다.

하지만 뤼팽은 도브렉의 교활함을 계산하지 못했다.

일곱시 반에 정원의 철문이 활짝 열리더니 오토바이 한 대가 눈부신 빛을 뿌리며 쌩 하고 달려나왔다. 그것은 인도를 건너뛰어 공원을 따라가서 뤼팽의 자동차 앞을 돌아 뒤쫓을 수 없을 만큼 맹렬한 속도로 불로뉴 숲을 향해 질주했다.

「즐거운 여행 되시길!」

뤼팽은 농담을 해보았지만 마음속으로는 분노를 가라앉힐 수가 없었다.

누군가 한 명이 감히 그를 비웃고 있지는 않을까 바라며 부하들을 바라보았다. 그런 녀석에게 화풀이라도 하면 훨씬 기분이 나아질 텐데!

「돌아가자」

잠시 후 뤼팽이 말했다.

뤼팽은 그들에게 저녁을 내주고 시가를 한 대 피운 뒤 다시 차에 올랐다. 그리고 그는 도브렉과 부인이 즐길 것 같은 가벼운 통속 희극 극장부터 입장권을 한 장 사서 특별석을 살펴보고 나오는 식으로 온 극장가를 헤집고 돌아다니기 시작했다.

그 다음은 좀더 진지한 연극을 상연하는 극장인 르네상스와 짐나즈도 돌아보았다.

열시쯤 되었을 때, 마침내 뤼팽은 보드빌 극장에서 칸막이로 거의 가려진 특별석을 발견했다. 그는 여자 좌석 안내원에게 돈을 써서 뚱뚱하고 작달막한 중년 남자와 두꺼운 레이스로 얼굴을 가린 부인이 그곳에 있음을 알아냈다.

뤼팽은 마침 비어 있던 옆 좌석을 사고 필요한 지시를 내리기 위해 부하들에게 다녀온 뒤, 두 남녀 옆에 앉았다.

중간 휴식 시간에 불이 켜져 도브렉의 옆모습을 확인할 수 있었으나 부인은 깊숙이 앉아 있어서 보이지 않았다.

둘은 매우 낮은 목소리로 이야기를 나누었다. 다시 막이 올라간 뒤에도 두 사람은 대화를 계속했지만 뤼팽에게는 한마디도 들리지 않았다.

그렇게 10분이 흘렀다. 누군가 그들 좌석의 문을 두드렸다. 극장 관리인이었다.

관리인이 물었다.

「하원의원 도브렉 씨 아니십니까?」

「그렇소만. 그런데 내 이름을 어떻게 아시오?」

도브렉이 놀란 목소리로 대답했다.

「당신을 찾는 전화가 왔습니다. 22번 좌석으로 가보라고 하더군요」

「누구라고 하던가요?」

「알뷔펙스 후작이랍니다」

「뭐요?」

「뭐라고 전해 드릴까요?」

「내가 가겠소……. 내가……」

도브렉은 급히 일어나 관리인을 따라 나갔다.

도브렉의 모습이 채 사라지기도 전에 뤼팽이 자리에서 불쑥 일어나 옆 칸의 문을 열고 부인 옆에 앉았다.
그녀는 비명을 지를 뻔했다.
「조용히하시오……. 당신에게 할 말이 있어요. 중요한 일입니다」
뤼팽이 말했다.
「아! 당신은……. 아르센 뤼팽……」
그녀의 중얼거림에 이번에는 그가 소스라치게 놀라 잠시 동안 입을 벌린 채 말을 잇지 못했다. 나를 알고 있다니! 알고 있을 뿐 아니라 변장에도 속지 않고 나를 알아보다니! 계속되는 기이하고 별난 사건들에 아무리 익숙해졌다고 해도 또다시 당황할 수밖에 없었다.
잠시 후 뤼팽이 부인할 생각도 못하고 더듬거리며 말했다.
「저를 아십니까……? 어떻게?……」
그러고는 그녀가 방어할 틈도 주지 않고 느닷없이 그녀의 베일을 들추었다.
「앗! 이럴 수가!」
그가 아연실색해서 외쳤다.
부인은 며칠 전 도브렉의 집에서 보았던 그 여자, 도브렉의 등 뒤에서 단도를 치켜들고 이글이글 타는 증오심에 휩싸여 그를 치려 했던 바로 그 여자였다.
이번에는 그녀가 깜짝 놀랐다.
「아니! 저를 본 적이 있으신가요……?」
「그렇소. 얼마 전 밤에, 도브렉의 저택에서……, 당신이 무슨 짓을 하려고 했는지도 보았소……」
그녀는 도망가려는 자세를 취했다. 그가 그녀를 붙잡으며 급히 말했다.

「당신이 누구인지 알아야겠소……. 그것을 알아내기 위해 부하를 시켜 도브렉에게 전화를 건 것이오」

그녀가 겁에 질린 목소리로 물었다.

「네? 알뷔펙스 후작에게서 온 전화가 아니라는 말씀이세요?」

「그렇소. 전화를 건 사람은 내 동료요」

「그러면 도브렉이 곧 돌아올 텐데……」

「그렇소. 하지만 시간이 좀 있어요. 내 말을 잘 들으시오……. 우리는 다시 만나야 합니다……. 도브렉은 당신의 원수이지 않소. 내가 그에게서 당신을 구해 주겠소」

「하지만 무엇 때문이죠?」

「나를 경계하지 마시오……. 우리는 분명 목표가 같아요……. 어떻게 하면 당신을 다시 만날 수 있겠소? 내일 괜찮습니까? 몇 시에? 어디에서?」

「그러면……」

그녀가 막 말을 꺼내려다 말고 어찌해야 할지 몰라 망설이며 불안과 의심이 가득한 눈으로 그를 바라보았다.

「아! 부인, 제발……. 대답해 주시오……. 빨리 뭐라고 말 좀 해줘요……. 내가 여기 있는 것을 들키면 일을 망치고 맙니다……. 제발……」

그녀가 또렷한 목소리로 대꾸했다.

「제 이름은……, 아실 필요 없어요……. 일단 다시 만나서 얘기를 듣기로 하죠……. 좋아요. 만나요. 내일 오후 세시에……」

바로 그 순간 도브렉이 주먹으로 특별석의 문을 쾅 때려 열더니 안으로 들어왔다.

「빌어먹을!」

약속을 다 받아내지 못하고 현장에서 붙잡힌 뤼팽이 화가 나서 중얼댔다.

도브렉이 빈정거렸다.

「아, 이거였군……. 뭔가 수상하다 싶었지……. 가짜 전화라니 좀 낡은 수법 아닌가? 이럴 줄 알고 가다가 돌아왔지」

그가 뤼팽을 좌석 앞쪽으로 밀어내고 부인 옆에 앉으며 다시 말했다.

「그런데 우리의 왕자님은 누구신가? 경찰청의 졸개겠지? 딱 그렇게 생겼군」

그리고 눈썹 하나 까딱 않고 있는 뤼팽의 얼굴을 뚫어지게 바라보며 이름을 생각해내려고 애썼지만 그가 바로 폴로니어스라고 불렀던 자라는 사실은 알아차리지 못했다.

뤼팽도 도브렉에게서 눈을 떼지 않은 채 부지런히 머리를 굴렸다. 무슨 일이 있어도 여기서 게임을 포기하고 싶지는 않았다. 또 도브렉의 숙적인 이 여자와 의기투합할 수 있는 이렇게 좋은 기회를 놓칠 수 없었다.

그녀는 자기 자리에서 잠자코 두 사람을 지켜보고 있었다.

마침내 뤼팽이 말했다.

「나갑시다. 밖에서 얘기하는 게 좋겠소」

도브렉이 대답했다.

「아니, 여기서 하시지. 잠시 후 막간에 말이야. 그러면 다른 사람들에게도 방해가 되지 않을 테니까」

「하지만……」

「쓸데없는 소리는 그만두시오. 당신은 여기서 나갈 수 없어」

그러면서 뤼팽의 깃을 붙잡았는데 막간 휴식이 시작되기 전에는 절대 놓지 않을 기세였다.

그것은 분명 경솔한 짓이었다! 뤼팽이 어떻게 이런 자세로 얌전히 잡혀 있겠는가. 그것도 방금 전에 동맹 관계를 맺자고 제안했던 여인 앞에서 말이다. 더구나 그때서야 든 생각이었지만 그 여인은 굉장히 아름답기까지 했다. 남자의 자존심이 발끈했다.

하지만 그는 아무 말도 하지 않았다. 어깨 위에 올려진 묵직한 손을 내버려두고 겁에 질린 무력한 패배자처럼 쭈그리고 앉아 있을 뿐이었다.

「참 이상한 일이군. 이제 용감한 척하는 건 그만두었나?」

도브렉이 빈정거렸다.

무대 위에서는 배우들이 떼 지어 나와 떠들어대고 있었다.

도브렉이 잡고 있던 손의 힘을 조금 풀었다. 지금이 절호의 기회라고 생각한 뤼팽은 마치 도끼라도 든 것처럼 수도로 도브렉의 팔 가운데를 힘껏 후려쳤다.

도브렉이 고통 때문에 멈칫한 사이 뤼팽은 그의 손에서 빠져나와 그를 덮치려 했다. 그러나 곧바로 방어 자세를 갖춘 도브렉이 재빨리 뒤로 물러나는 바람에 그들은 서로 손을 맞잡고 대치했다.

두 적수가 모두 초인적인 힘으로 버텨서 네 손에 모든 힘이 집중됐다. 도브렉의 손은 크고 그 힘은 괴물 같았다. 뤼팽은 단단한 강철 바이스에 낀 듯한 느낌이 들었다. 인간이 아니라 무시무시한 야수, 거대한 고릴라와 싸우고 있다는 착각이 들 정도였다.

그들은 서로 맞붙어 싸울 기회를 노리는 격투사들처럼 허리를 구부리고 문에 기대어 서 있었다. 뼈가 우두둑거렸다. 조금만 틈을 보여도 패배자는 목이 졸리게 되어 있었다. 무대 위 연극은 한

배우가 조용히 이야기하고 나머지 배우들은 모두 그의 말에 귀를 기울이고 있는 장면에 접어들어 사방이 갑자기 조용해진 가운데 일어난 일이었다.

여자는 칸막이에 바짝 기댄 채 겁에 질려 그들을 바라보았다. 여자가 약간이라도 한쪽 편을 들어준다면 그 사람이 승자가 될 판이었다.

하지만 누구를 도와줄 것인가? 그녀에게 뤼팽은 적일까, 친구일까?

그녀가 재빨리 좌석 앞쪽으로 가서 칸막이를 밀어내고 상체를 내밀어 손짓을 하는 듯했다. 그러더니 다시 돌아와 문 쪽으로 가려 했다.

그녀가 나가는 걸 도와주려는 듯 뤼팽이 말했다.

「의자를 들어요」

도브렉과 뤼팽 아래에 넘어져 있는 무거운 의자를 가리키는 말이었다. 그들은 그 의자를 사이에 두고 겨루고 있었다.

뤼팽이 바라던 대로 여자가 몸을 숙여 의자를 끌어냈다.

장애물이 없어지자 그는 뾰족한 구두 끝으로 도브렉의 다리를 걷어찼다. 앞서 팔을 후려쳤을 때와 같은 상황이 벌어졌다. 고통 때문에 흠칫한 도브렉은 잠시 주의가 흐트러졌고 뤼팽은 그 순간을 이용해 앞으로 뻗은 도브렉의 팔을 내려치고 열 손가락으로 그의 목덜미를 움켜쥐었다.

도브렉이 저항하며 목을 짓누르는 손을 떼어내려 애썼지만 이미 숨이 막혀오고 힘이 약해졌다.

「늙은 원숭이 같으니라고! 구조를 요청해 보시지? 스캔들이 날까 두렵겠지!」

뤼팽이 씩씩거렸다.

도브렉이 쓰러지는 소리에 옆 칸에서 칸막이를 두드렸다.

뤼팽이 목소리를 낮추어 말했다.

「여기 일에 상관 말고 연극이나 계속 보시지. 이 고릴라를 꼼짝 못하게 만들 때까지……」

오래 걸리지는 않았다. 숨이 막힌 도브렉은 턱을 한 방 치자 정신을 잃었다. 이제 여자를 데리고 비상벨이 울리기 전에 도망가기만 하면 되었다.

그런데 뒤돌아보니 여자는 이미 사라져버린 뒤였다.

멀리 가지는 못했을 것이다. 그는 여자 좌석 안내원과 관리인도 신경 쓰지 않고 특별석에서 튀어나와 달리기 시작했다.

1층에 도착하자 열린 문 사이로, 쇼세 당탱가의 보도를 건너가는 여자의 모습이 보였다.

그가 막 그녀를 따라잡았을 때 그녀는 차에 오르고 문이 닫혔다.

권총을 움켜쥐고 차를 쏘려는 순간 안에서 어떤 사람이 그의 얼굴에 불쑥 주먹을 날렸다. 그가 도브렉의 얼굴을 쳤을 때만큼은 능숙하진 않았지만 그에 못지 않게 강력한 한 방이었다.

타격으로 정신이 멍해 눈앞이 뿌연 와중에도 뤼팽은 그자가 누구인지, 기사로 변장해서 자동차를 운전하고 있는 사람이 누구인지 알아볼 틈은 있었다.

그들은 앙쟁에서 일을 벌였던 그날 밤, 배로 물건을 수송하는 일을 맡았던, 질베르와 보슈레의 친구인 그로냐르와 르 발뤼, 간단히 말하면 뤼팽의 부하들이었다.

샤토브리앙가의 은신처로 돌아온 뤼팽은 피투성이가 된 얼굴을 씻은 후, 안락의자에 한 시간 이상을 죽은 듯이 앉아 있었다. 그는 처음으로 배신당한 자의 쓰라림을 느꼈다. 그의 전우들이 처음으로 그에게 등을 돌린 것이다.

기분을 전환하기 위해 거의 무의식적으로 저녁에 온 우편물을 집어들고 종이로 둘러진 신문의 띠를 찢었다. 최신 뉴스가 실려 있었다.

마리테레즈 별장 사건. 하인 레오나르의 살인 용의자 중 한 사람인 보슈레의 정체를 마침내 밝혀냈다. 그는 가장 악질적인 강도이자 전과자로서 궐석 재판에서 각기 다른 이름으로 두 번이나 살인 유죄 판결을 받은 바 있다.

공범인 질베르도 이와 비슷한 실체가 밝혀질 것엔 의심의 여지가 없다. 어쨌든 예심판사는 이 사건을 최대한 빨리 중죄 재판소에 넘기기로 결정했다.

사법 당국은 늦장을 부리지 않을 것이다.

다른 신문들과 광고 전단 사이에 편지가 한 통 있었다.
그 편지를 발견하자 뤼팽은 펄쩍 뛰어올랐다.
그것은 드 보몽 미셸 씨 앞으로 되어 있는 편지였다.
「아……, 질베르의 편지……」
그는 더듬거렸다.
편지에는 이렇게 적혀 있었다.

두목님, 살려주세요! 무서워요……. 무서워요…….

그날 밤도 불면과 악몽의 밤이었다. 뤼팽은 끔찍스럽고 무시무시한 환영에 밤새 시달렸다.

적진의 우두머리

「가엾은 녀석! 얼마나 고통을 당하고 있을까!」
다음 날 질베르의 편지를 다시 읽으며 뤼팽이 중얼거렸다.
뤼팽은 질베르를 처음 만난 그날부터 낙천적이고 삶을 사랑하는 이 건장한 청년이 마음에 들었었다. 게다가 질베르는 죽으라면 죽는 시늉도 할만큼 그에게 충성을 다했다. 뤼팽은 그의 솔직함과 유쾌함, 천진난만함과 행복해 보이는 얼굴을 사랑했다.
그는 종종 질베르에게 말하곤 했다.
「질베르, 자네는 정말 괜찮은 녀석이야. 내가 자네라면 이런 직업은 버리고 정말 좋은 사람이 되려고 할 텐데 말이야」
「두목님이 먼저 시범을 보여주세요」
질베르는 웃으며 대답했다.
「자네는 그렇게 하고 싶지 않나?」
「예, 두목님. 좋은 사람은 힘든 겁니다. 수고해야 하잖아요.

아마 어릴 때는 올바른 품성을 가지고 있었겠죠. 하지만 이미 누군가가 그것을 앗아갔어요」

「그게 누구지?」

질베르는 입을 다물었다. 어린 시절에 대해 물을 때면 그는 항상 침묵을 지켰다. 뤼팽이 아는 것은 기껏해야 그가 어릴 때 고아가 됐고 그 후 이름을 바꿔가며 별별 희귀한 직업들을 전전하면서 이리저리 떠돌아다니며 살았다는 정도였다. 나머지는 완전히 베일에 가려 있어서 그 누구도 알아낼 수 없었다. 경찰에서도 마찬가지로 그 이상은 파고들어 가지 못하는 눈치였다.

하지만 그렇다고 해서 경찰에서 더 이상 시간을 끌 이유는 없었다. 그의 이름이 질베르든 다른 무엇이든, 보슈레의 공범자도 보슈레와 마찬가지로 중죄 재판소에 넘기고 엄격하게 다루어 형벌을 내릴 것이다.

「불쌍한 녀석! 그 녀석이 이렇게 고통을 당하는 건 나 때문이야. 혹시 탈옥이라도 시킬까 봐 두려워 서둘러 판결을 내리고……, 처치해 버리려는 모양이군. 스무 살밖에 안 된 어린 청년을! 살인을 저지르지도 않았고, 공범도 아니었는데……!」

그 사실은 증명될 수 없으며 따라서 다른 방향으로 노력을 기울여야 한다는 점을 뤼팽도 물론 알고 있었다. 하지만 어떤 방향으로 가야 하는가? 수정마개 찾는 것을 포기해야 할까?

뤼팽은 결정할 수가 없었다. 그로냐르와 르 발뤼가 살았던 앙쟁에 가서 마리테레즈 별장 살인 사건 이후 그들이 사라진 것을 확인했을 때에만 잠시 생각을 다른 데로 돌릴 수 있었을 뿐 그때 말고는 온통 도브렉에 관한 일이 머리에서 떠나지 않았다.

그로냐르와 르 발뤼의 배신, 그들과 회색 머리 부인의 관계, 자신을 사사건건 염탐하는 시선 등의 수수께끼에 대해서조차 따져 보려 하지 않았다.
 그는 스스로에게 말했다.
 「침착하자, 뤼팽. 흥분하면 추론이 빗나가기 마련이야. 그러니 침착해야 해. 어설픈 추리는 절대 금물! 확실한 출발점을 발견하기도 전에 이런저런 사실들로 추리를 하는 것만큼 어리석은 짓은 없다. 그게 바로 사람들이 늘 실수하는 부분이지. 본능에 귀를 기울이고 직관에 따라 움직이자고. 어떤 추론이나 논리와 상관없이 이 사건이 그 빌어먹을 수정마개 주위에서 맴돈다는 확신이 든다면 대담하게 그것을 향해 가는 거야. 도브렉과 그의 수정마개를 향해!」
 뤼팽은 결론에 이르기도 전에 이미 행동을 개시했다. 혼잣말하고 있는 그때 이미, 목도리와 낡은 외투를 걸친 키 작은 연금생활자가 되어 라마르틴 공원에서 꽤 떨어진 빅토르 위고가의 벤치에 앉아 있었다. 때는 보드빌 극장 사건이 있은 지 사흘 후였다. 그의 지시에 따라 빅투아르는 매일 아침 같은 시각에 이 벤치 앞을 지나갔다.
 「그래, 수정마개야. 모든 비밀은 거기 있어. 그것만 찾으면……」
 빅투아르가 시장 바구니를 팔에 걸고 도착했다. 얼핏 보기에도 얼굴이 창백하고 매우 흥분한 상태였다.
 「무슨 일이에요?」
 뤼팽이 늙은 유모 쪽으로 지나가는 척하며 물었다.
 그녀는 사람이 북적대는 식료품점 안으로 들어가서야 뤼팽에게 몸을 돌렸다.

「자, 여기 도련님이 찾는 거예요」

그녀가 흥분해서 갈라진 목소리로 말하며 바구니에서 물건을 꺼내 뤼팽에게 주었다. 뤼팽은 손에 수정마개를 쥔 채 어리둥절해 있었다.

「이럴 수가! 이럴 수가!」

일이 너무 쉽게 풀린 데 당황한 듯 뤼팽이 중얼거렸다.

하지만 정말로 물건이 눈앞에, 자기 손안에 있었다. 모양, 크기, 결정면을 따라 둘려 있는 빛 바랜 금 장식, 모든 면에서 틀림없이 지난 번 손에 들어왔던 바로 그 수정마개였다.

하지만 이 물건이 전의 수정마개와 똑같은 것이라고는 해도, 그저 흔한 수정마개였을 뿐 다른 수많은 수정마개들과 구별될 만한 특별한 점은 전혀 없었다. 서명이나 숫자가 조각되어 있지도 않았다. 한마디로 수상한 점이라고는 전혀 없었다.

「이 물건이 뭐가 어떻다는 거지?」

뤼팽은 불현듯 자신의 실수를 깊이 깨달았다. 그 의미를 모른다면 수정마개를 가진들 무슨 소용이겠는가? 이 유리 조각은 그 자체만으로는 존재 가치가 없다. 여기에 담겨 있는 의미 때문에 중요한 물건이 되는 것이다. 수정마개를 얻기 전에 먼저 그 의미를 알아냈어야 했다. 도브렉에게서 이 물건을 빼앗아온 것이 오히려 어리석은 짓이 아니라고 어떻게 장담할 수 있겠는가?

이것은 풀 수 없는 문제였지만 또한 반드시 풀어야 할 문제였다.

〈실수하면 안 된다. 이놈의 사건에서 한번 실수는 돌이킬 수가 없으니!〉

이렇게 생각하며 그는 물건을 주머니에 넣었다.

그의 눈은 어떤 점원과 함께 손님들 무리에 섞여 이쪽 계산대에서 다른 계산대로 옮겨가고 있는 빅투아르를 쫓았다. 빅투아르가 계산대 앞에 한참 서 있다가 뤼팽 곁을 지나갔다.
그가 최대한 목소리를 죽여 지시를 내렸다.
「장송 고등학교 뒤에서 만나요」
그들은 인적이 드문 길에서 다시 만났다.
「누가 쫓아오지 않았을까요?」
그녀가 물었다.
「걱정 마세요, 제가 잘 보고 있었습니다. 이 마개는 어디서 발견했습니까?」
「침대 머리맡의 탁자 서랍 안에 있었어요」
「하지만 거기는 전에 이미 뒤져봤던 곳인데」
「맞아요. 그런데 어제 아침에도 없었는데. 아마도 도브렉이 지난 밤에 넣어두었나 봐요」
「그러면 분명 그가 이 물건을 다시 찾을 텐데요?」
뤼팽이 말했다.
「아마 그렇겠죠」
「그런데 서랍 속에서 이게 보이지 않으면?」
빅투아르는 겁을 먹은 것 같았다.
「대답해 보세요. 이게 보이지 않으면 당신을 의심하겠지요?」
뤼팽이 다시 물었다.
「물론 그렇겠죠……」
「그렇다면 어서 이것을 도로 갖다놓으십시오」
「이를 어쩌나! 그가 아직 알아채지 못했으면 좋으련만! 물건을 이리 주세요, 빨리」
「자, 여기 있습니다」

그가 말하며 외투 주머니를 뒤적거렸다.

「무슨 일이에요?」

빅투아르가 손을 내민 채 물었다.

잠시 후 그가 대답했다.

「앗……, 없어졌어요」

「뭐라고요?」

「아! 정말 없어요……. 누가 또 훔쳐갔군……」

느닷없이 그는 웃음을 터뜨렸다. 쓰라림이 뒤섞인 자조의 웃음이 아니라 호쾌한 웃음이었다.

빅투아르가 화를 냈다.

「이런 상황에 웃음이 나와요……?」

「그럼 어쩌겠습니까? 정말 재미있는 일 아닙니까? 이 사건의 주연은 우리가 아니에요. 『악마의 묘약』(1839년의 요정극 ── 옮긴이) 이나 『양의 발』(1806년의 요정극 ── 옮긴이)에 나오는 마법 같지 않습니까? 저도 몇 주 동안 휴식을 취하면서 『마법의 마개』나 『가련한 뤼팽의 재난』 같은 글이나 써야 할까 봅니다」

「도대체 누가 그것을 훔쳐갔을까요?」

「무슨 말씀이십니까? 저 혼자 도망가 버렸다니까요……. 마법처럼 내 주머니 속에서 사라진 거죠……. 수리수리마수리, 감쪽같이 사라져라!」

그러더니 늙은 유모를 부드럽게 밀며 진지한 목소리로 말했다.

「걱정 말고 돌아가세요, 빅투아르. 당신이 나에게 마개를 건네는 것을 누군가가 보고 상점의 북적거림을 틈타, 내 주머니에서 슬쩍 빼낸 게 틀림없습니다. 제가 생각한 이상으로 훌륭한 적수에게 철저히 감시당하고 있다는 뜻이죠. 하지만 다시 한번 냉정을 되찾읍시다. 결국에는 착한 사람들이 이기게 마련이니까요. 제게 다른 할 말은 없으십니까?」

「아, 있어요. 어제 밤 도브렉이 외출했을 때 누가 왔어요. 정원의 나무를 비추는 불빛을 봤거든요」

「관리인은 아니었나요?」

「관리인이 자러 가기 전이었어요」

「그러면 경찰들이었겠군. 그들도 계속해서 찾고 있군요……. 그럼 오후에 만납시다, 빅투아르. 내가 갈 테니 들여보내 주십시오……」

「뭐라고요? 또……」

「위험할 것 없습니다. 당신 방은 4층이고 도브렉은 아무런 의심도 하지 않을 거요」

「하지만 다른 사람들이 있잖아요!」

「다른 사람들이요? 그들이 저에게 해를 끼쳐서 이로울 게 있다면 진작 그렇게 했겠죠. 그들에게 저는 신경 쓸 필요도 없는 그저 하찮은 존재일 뿐이에요. 그러니 오후에 만납시다. 다섯시 정각에 가겠어요」

그런데 또 한 번 놀라운 일이 뤼팽을 기다리고 있었다. 그날 저녁 유모가 혹시나 하고 침대 맡 탁자의 서랍을 열어보았는데 수정마개가 그 안에 있더라는 것이었다.

뤼팽은 이 기적적인 사건에 더 이상 흥분하지도 않고 단지 혼자 중얼거렸다.

「누군가 다시 가져다놓았다. 아무도 모르게 이 저택에 숨어들어 그것을 도로 제자리에 가져다놓은 사람도 아마 나처럼 그 마개가 도브렉의 눈앞에서 사라져버리면 안 된다고 생각했겠지. 하지만 도브렉은 전혀 중요하지 않은 물건인 양 수정마개를 서랍 속에 팽개쳐둘 때 이미 사람들이 자기 침실에까지 찾으러 올 줄 알고 있었어! 생각을 좀 해보자……!」

굳이 생각을 하지 않더라도 터널을 빠져나올 때의 불빛처럼 혼란한 예감을 가져다주는 몇 가지 추론과 연상을 피할 수 없었다.

〈이대로 간다면 조만간 반드시「다른 사람들」과 마주치게 되어 있다. 그때부터 내가 상황을 이끌어 가는 거야.〉

아무것도 알아내지 못한 채 닷새가 흘렀다. 엿새째 되는 날 새벽 라이바크라는 하원의원이 도브렉을 찾아왔다. 그도 다른 방문객들처럼 필사적으로 도브렉의 다리에 매달리다가 결국에는 2만 프랑을 내놓았다.

그로부터 다시 하룻밤이 지나고 이틀째 되는 밤 두시쯤 3층의 층계참에 자리를 잡고 있던 뤼팽은 문이 삐걱거리는 소리를 들었다. 정원으로 통하는 현관문이 열리는 소리였다. 어둠 속에서 지켜보니 두 사람인 듯한 형체가 계단을 올라와 2층 도브렉의 침실 앞에 멈추었다.

무엇을 하려는 것일까? 도브렉은 매일 밤 방문을 걸어잠그기 때문에 방 안으로 들어갈 수는 없다. 그런데 어떻게 하려는 것일까?

뤼팽은 문에 대고 비비는 듯한 희미한 소리로 그들이 하는 일을 짐작했다. 그리고 거의 속삭이는 듯한 작은 말소리가 들려왔다.

「잘돼?」

「그래. 좋아. 하지만 내일 다시 오는 게 낫겠어. 왜냐하면……」

더 이상은 들리지 않았다. 그들은 이미 더듬더듬 계단을 내려가고 있었다. 매우 조심스럽게 현관문을 다시 닫았고 잠시 후 철문도 닫았다.

뤼팽은 생각했다.

〈참 이상도 하지. 도브렉이 자신의 은밀하고 추잡한 짓거리를 감추기 위해 염탐에 대한 경계도 삼엄하게 하는 이 집에 누구나 다 방앗간 드나들 듯 드나들고 있으니 말이야. 빅투아르는 나를 몰래 들어오게 했고 관리인도 경찰청의 밀정을 들여보냈고……, 오늘 그 사람들은 또 누가 도와줬을까? 독자적으로 한 일일까? 그렇다면 얼마나 대담한 사람들이란 말인가! 또 이 집의 구조를 얼마나 잘 알고 있는가!〉

오후에 도브렉이 집을 비운 사이 그는 2층 도브렉의 침실 문을 살펴보았다. 문 아래쪽에 교묘하게 잘라서 눈에 잘 띄지 않는 작은 핀으로 고정시켜 놓은 판자 하나를 첫눈에 알아볼 수 있었다. 마티뇽가와 샤토브리앙가의 뤼팽의 은신처에 똑같은 짓을 해놓은 바로 그 사람들이었다.

확인해 보니 문의 구멍은 이미 오래전에 만들어놓은 것이었다. 그의 집에서처럼 좋은 기회가 올 때나 급히 필요할 때에 대비해서 미리 준비해 둔 구멍이었다.

하루가 빨리 지나갔다. 오늘 밤이면 알게 될 것이다. 위쪽 빗장에는 손이 닿지 않기 때문에 겉보기에는 아무 쓸모도 없을 것 같은 이 구멍을 어떻게 이용하는지, 피할 수 없이 그와 대치하고 있는 이토록 교묘하고 활동적인 적수가 누구인지.

그런데 작은 사건이 그를 방해했다. 그날은 저녁 식사 때부터 벌써 피곤하다고 투덜대던 도브렉이 열시경에 돌아왔는데 평소와 달리 정원 쪽 현관문에 빗장을 질렀다. 그러니 오늘 밤 도브렉의 침실에 들어가려는 계획을 〈그들〉은 이제 어떻게 실행하겠는가?

도브렉이 침실 불을 끈 후 뤼팽은 한 시간을 더 참을성 있게 기다렸다가 어쨌든 줄사다리를 타고 내려가 보기로 했다. 그리고 3층 층계참에 자리를 잡았다.

목이 빠지게 기다릴 필요도 없었다. 지난 밤보다 한 시간 일찍 현관문을 열려고 애쓰는 소리가 들렸다. 그 시도가 실패하자 얼마 동안 죽음 같은 정적이 흘렀다. 포기하고 갔으려니 생각한 순간 뤼팽은 소스라치게 놀랐다. 정적을 스치는 가느다란 삐거덕 소리 한 번 없었는데 누군가가 들어와 있었다. 계단에 깔린 양탄자가 발소리를 완전히 흡수해서, 손으로 꼭 잡은 난간이 흔들리지 않았다면 뤼팽은 알아채지 못할 뻔했다. 그가 계단을 올라온 것이다.

그가 계단을 올라옴에 따라 뤼팽은 더욱 긴장했다. 아무 소리도 들리지 않았다. 오직 난간 덕에 누군가 올라오고 있다는 것을 확신할 수 있었다. 난간의 흔들림으로 올라오는 계단 수를 세었다. 누군가 있다고 막연히 느끼기는 했지만 보이지 않는 동작을 분간해 내거나 들리지 않는 소리를 감지해 낼 만한 다른 표지는 전혀 없었다. 어둠 속에서 더 어두운 그림자가 나타나거나 침묵을 흩으려 놓을 만한 뭔가가 생기면 좋을 텐데. 아무도 없다는 생각이 들 정도였다.

난간이 더 이상 흔들리지 않자 뤼팽은 이성이 확신하는 바와 반대로 자기도 모르게 그렇게 생각하기 시작했다. 이제까지 환영에 속았는지도 모른다고.

꽤 시간이 흘렀다. 그는 어떻게 해야 할지 몰라 이러저러한 가설만 세워보며 망설이고 있었다. 그때 사소하지만 이상한 부분을 발견하고 정신이 번쩍 들었다. 방금 전 시계가 두시를 울렸다. 도브렉의 추시계 소리였다. 그런데 그 종소리는 문이라는 장애물이 가로막고 있지 않을 때 들리는 소리였다.

뤼팽은 급히 계단을 내려와 문 앞으로 다가갔다. 문은 닫혀 있었지만 왼쪽 아래로 판자를 들어낸 구멍이 있었다.

귀를 기울였다. 도브렉이 침대에서 몸을 뒤척이는 소리, 이어지는 약간 거친 그의 숨소리. 그때 부스럭거리는 옷 소리가 분명히 들려왔다. 틀림없이 누군가 방 안에서 침대 옆에 놓아둔 도브렉의 옷을 뒤지고 있는 소리였다.

뤼팽은 생각했다.

〈이번에야말로 뭔가 좀 밝혀지겠지. 하지만, 제기랄! 저 녀석은 도대체 어떻게 들어갔을까? 무슨 방법으로 빗장을 젖히고 문을 살짝 여는 데 성공한 것일까? 하지만 그렇다면 왜 경솔하게 문을 도로 닫았단 말인가?〉

긴장이 너무 커서였는지 뤼팽 정도 되는 인물이 이상하게도 이번에는, 곧 밝혀질 간단한 진실을 단 한순간도 생각지 못했다. 그는 계단을 더 내려가서 제일 아래 단에 쪼그리고 앉았다. 그곳은 도브렉의 방과 현관문 사이였으므로 도브렉의 적이 다시 공범자와 합류하려면 반드시 이 길을 지나야 했다.

얼마나 초조하게 어둠을 지켜보고 있었는지! 도브렉의 적이면서 자기 자신의 적이기도 한 인물의 가면을 이제 막 벗길 순간이었다! 녀석의 계획을 멋지게 방해하는 거다! 도브렉이 자고 있는 사이 도브렉에게서 훔쳐온 물건은 뤼팽이 도로 빼앗을 것이고 현관문, 아니면 정원의 철문 뒤에 웅크린 채 두목이 나오기를 기다리고 있을 녀석의 부하들은 괜한 헛수고만 하는 셈이다.

녀석이 나왔다. 다시 흔들리기 시작한 난간을 통해 알 수 있었다. 뤼팽은 신경을 팽팽히 곤두세우고 감각을 긴장시킨 채 다가오는 수수께끼의 존재를 알아보려고 애썼다. 그 존재가 불쑥 몇 미터 앞에 나타났다. 뤼팽 자신은 움푹 들어간 어두컴컴한 곳에 숨어 있어서 적의 눈에 띄지 않았다. 어렴풋이 앞에 보이는 그 존재가 난간의 다리를 꼭 붙잡고 한 계단 한 계단 주의를 다해 내려오고 있었다.

〈도대체 어떤 놈이냐?〉

뤼팽의 심장 고동이 빨라졌다.

결말은 앞당겨졌다. 뤼팽이 그만 실수로 몸을 움직여 미지의 인물에게 들켰기 때문이다. 그 인물은 자리에 딱 멈추었다. 뤼팽은 그가 뒤로 물러나거나 도망갈까 두려워 자리에서 튀어나갔으나 놀랍게도 이제까지 지켜보고 있던 검은 형체를 잡기는커녕 난간에 부딪히며 허공과 마주쳤을 뿐이었다. 하지만 뤼팽이 곧 밖으로 뛰어나가 현관을 가로질러 막 정원 문에 닿으려는 상대방을 따라잡을 수 있었다.

상대방이 겁을 먹고 비명을 지르자 그에 대답이나 하듯 문 바깥쪽에서 또 다른 비명 소리가 들렸다.

「제기랄! 어떻게 된 거지?」

덜덜 떨며 신음하고 있는 매우 작은 사람을 손으로 꼭 붙잡은 채 뤼팽이 중얼거렸다.

문득 어떻게 된 것인지 깨달은 뤼팽은 얼이 빠져 포로를 어떻게 해야 할지 결정하지 못하고 잠시 동안 꼼짝도 할 수 없었다. 문 뒤쪽에서는 다른 사람들이 흥분해서 소리를 지르고 있었다. 도브렉이 깰까 염려한 그는 작은 사람을 얼른 웃옷 안에 꼭 안아 숨기고 손수건을 돌돌 말아 비명을 지르지 못하도록 입을 막고는 재빨리 4층까지 올라갔다.

빅투아르가 깜짝 놀라 눈을 뜨자 그가 말했다.

「보세요, 우리 적진의 우두머리, 불굴의 천하장사를 데려왔습니다. 혹시 젖병 있으세요?」

그러고는 예닐곱 살쯤 됐을 어린아이를 안락의자에 내려놓았다. 회색 스웨터를 입고 털실로 짠 빵모자를 쓴 마른 체구의 아이였다. 눈은 두려움에 떨렸고 하얗게 질린 귀여운 얼굴은 눈물투성이었다.

「이 아이를 어디서 데려왔어요?」

어리둥절한 빅투아르가 물었다.

「도브렉의 방에서 나오는 계단 아래에서 잡아왔죠」

뤼팽은 대답하면서 아이가 침실에서 무언가 가지고 나왔기를 기대하며 스웨터를 더듬어봤지만 허사였다.

빅투아르는 아이에게 측은한 마음이 들었다.

「아! 가엾은 작은 천사! 보세요……. 울음을 꾹 참고 있다고요……. 어쩌나! 손이 얼음장이에요! 아가야, 겁먹지 말거라. 너를 해치지 않을 거야……. 아저씨는 나쁜 사람이 아니란다」

「물론 나는 나쁜 사람이 아니지. 하지만 현관문 쪽에서 지금처럼 누군가가 계속 소란을 피운다면 진짜 나쁜 다른 아저씨가 깰 거야. 당신도 들리죠, 빅투아르?」

「누굴까요?」

「우리의 어린 천하장사, 굴하지 않는 이 두목의 부하들이죠」

「그러면……?」

빅투아르가 당황해서 더듬거렸다.

「여기서 잡히고 싶지는 않으니까 나는 일단 도망갈 거예요. 같이 갈래, 꼬마 천하장사?」

뤼팽은 아이의 머리만 내놓게 담요에 싸서 조심스레 입마개를 씌운 뒤 빅투아르의 도움을 받아 어깨에 들쳐업었다.

「어때, 재미있지? 새벽 세시에 펄쩍펄쩍 뛰는 아저씨들을 보게 될 거야. 자, 빨리 도망가자. 어지럽지는 않지?」

그는 창턱을 성큼 뛰어넘어 다리를 사다리에 올려놓는가 싶더니 곧 정원에 닿았다.

현관문을 두드리는 소리는 계속해서 들렸는데 점점 더 또렷해졌다. 이토록 요란한 소동을 부리는데도 도브렉이 깨지 않다니 이상했다.

「내가 저들을 처리해야지, 그렇지 않으면 모든 걸 망쳐버리겠군」

뤼팽은 이렇게 중얼거리며 어둠 속에 모습을 감춘 채 저택 모퉁이에 서서 철문까지의 거리를 가늠해 보았다. 철문은 열려 있었다. 오른쪽으로는 현관 앞 계단 위에서 웅성대는 사람들이 보였고 왼쪽에는 관리인 사무실이 있었다.

관리인 여자는 사무실에서 나와 계단 옆에서 사람들을 말렸다.

「조용히들 하세요! 그만 해요! 아이가 곧 나오겠죠」

〈아하! 저 여자가 이 사람들의 공범이었군. 제기랄, 이쪽저쪽 다 걸치고 있는 모양이군.〉

뤼팽이 그녀를 향해 달려가 목덜미를 움켜잡고 내뱉듯이 말했다.

「가서 내가 아이를 데리고 있다고 알리시오……. 아이를 찾으려면 샤토브리앙가의 내 집으로 오라고」

좀 떨어진 큰길에 아마도 저들이 잡아놓았을 택시가 대기하고 있었다. 뤼팽은 자기가 마치 그들의 일원인 양 거침없이 차에 올라타 집으로 향했다.
그가 아이에게 말했다.
「많이 놀랐지? 아저씨 침대에서 좀 잘래?」
하인 아쉴은 이미 잠자리에 든 후라서 뤼팽은 직접 아이를 침대에 눕히고 부드럽게 어루만져 주었다.
아이는 온몸이 마비된 듯 뻣뻣했다. 잔뜩 겁을 먹었으면서도 공포감을 억누르려 이를 악물고, 울음보를 터뜨리고 싶으면서도 울지 않으려고 안쓰러울 정도로 애쓰는 가엾은 얼굴은 돌처럼 딱딱하게 굳어 있었다.
「울어도 된단다, 얘야. 울고 싶을 땐 울어야지」
아이는 울지 않았지만 다정하고 친절한 목소리에 긴장을 풀었다. 뤼팽이 자세히 들여다보니 평온해진 아이의 눈망울과 비죽거리지 않는 입매에 분명히 그가 잘 알고 있는 누군가의 모습이 어려 있었다.
이로써 그가 짐작하고 있는 몇 가지 서로 연관된 사실들이 확실해졌다.
그가 틀리지 않았다면 상황은 급격히 변할 것이고 머지않아 그가 사건들을 이끌어 나가게 된다. 그러면······.
그때 갑자기 초인종이 울리더니 연달아 두 번이나 더 울렸다.
뤼팽이 아이에게 말했다.
「엄마가 너를 찾으러 오셨구나. 여기 가만있으렴」
그는 달려가 문을 열었다.
여자가 미친 듯이 뛰어 들어오며 소리쳤다.
「내 아들! 내 아들······. 어디 있죠?」
「방에 있습니다」

뤼팽이 말했다.

그녀는 더 묻지도 않고 길을 익히 알고 있다는 듯 위층으로 올라가 방으로 뛰어들었다.

「도브렉의 적이자 친구인 회색 머리의 부인이군. 역시 생각했던 대로야」

뤼팽은 중얼거리며 창으로 다가가 커튼을 젖히고 내다보았다. 맞은편 보도에 두 남자가 서성거리고 있었다. 그들은 그로냐르와 르 발뤼였다.

「숨지도 않는군. 좋은 징조야. 두목에게 복종해야겠다고 생각하고 있는 게지. 회색 머리의 아름다운 부인이 남았군. 이 문제는 좀 어려운걸. 자, 이제 우리 둘이 붙어봅시다!」

그가 들어가자 엄마와 아들은 꼭 부둥켜안고 있었다. 엄마가 눈에 눈물이 가득한 채 걱정스레 물었다.

「어디 아픈 데는 없니? 정말로? 아! 자크! 얼마나 무서웠을까, 우리 아가!」

「아주 야무진 꼬마 녀석이더군요」

뤼팽이 말했다.

그녀는 아무 대꾸도 하지 않고 아이의 잠입이 성공적이었는지 보기 위해 뤼팽이 했던 것처럼 스웨터를 더듬어보더니 아이에게 속삭이듯 무어라고 물었다.

「없었어요, 엄마……. 분명히 없었어요」

아이가 말했다.

그녀가 아이를 부드럽게 끌어안고 어루만지자 너무 큰 긴장과 피로에 지쳤던 아이는 곧 잠이 들었다. 그녀는 한참 동안 아이에게 몸을 기대고 있었다. 그녀 역시 너무 지쳐 휴식이 필요해 보였다.

　뤼팽은 생각에 빠진 그녀를 방해하지 않고 그녀가 눈치 채지 못하도록 하면서 초조하게 관찰하고 있었다. 눈꺼풀 아래가 더 거무스름해지고 주름은 더 깊이 패여보였지만 생각했던 것보다 훨씬 아름다웠다. 오랜 세월의 고통이 다른 사람들보다 약하고 예민한 사람들에게 남기는 감동적인 아름다움이었다.

　그녀가 하도 슬퍼보였기에 본능적인 연민의 충동으로 뤼팽이 다가가서 말했다.

　「당신이 무슨 일을 꾸미는지는 모르지만 그것이 어떤 일이든 도움이 필요해요. 당신 혼자서는 해낼 수 없습니다」

　「저는 혼자가 아니에요」

　「밖에 있는 두 사람 말입니까? 그들은 나도 잘 알지요. 부탁이니 당신의 일을 돕게 해주십시오. 지난번 극장에서의 일을 기억하지요? 당신은 그때 막 말을 꺼내려 했지 않습니까. 오늘은 망설이지 말고 말해요」

　그녀는 고개를 돌려 그를 찬찬히 바라보더니 상대방의 호의를 피할 수 없다는 듯 또박또박 물었다.

　「당신은 정확히 무엇을 알고 계시죠? 저에 대해 얼마만큼 아시나요?」

　「잘은 모릅니다. 이름도 모르고……, 하지만……」

　그녀가 손짓으로 그의 말을 가로막고는 갑자기 과감하게 상황을 주도하며 말을 꺼냈다.

　「됐어요. 당신이 알 수 있는 건 결국 얼마 되지도 않을 뿐더러 중요하지도 않아요. 그건 그렇고 당신의 계획은 무엇이죠? 저를 돕겠다고 하셨는데……, 무엇 때문인가요? 이 일에 필사적으로 매달리고 있고 저도 이 일에서 매번 당신과 마주치는 걸 보면 분명 뭔가 목적이 있으시겠죠……. 그게 무엇인가요?」

「제 목적이요? 저는……」

그녀가 강하게 말했다.

「아니, 잠깐만요. 우리에게는 믿음이 필요해요. 그걸 얻으려면 서로에게 조금도 거짓이 없어야 하죠. 제가 먼저 본을 보이겠어요. 도브렉은 그 자체가 아니라 그 안에 담긴 것 때문에 굉장히 중요한 무언가를 가지고 있어요. 그 물건은 당신도 아시겠죠. 두 번이나 당신 손에 들어갔으니까요. 두 번 모두 제가 도로 빼앗아왔지만 말이에요. 어쨌든 당신이 그것을 가지려 했다는 건 그 물건에 당신 자신을 위해서 사용할 수 있는 어떤 힘이 있기 때문이라고 생각해도 되겠죠?」

「어떻게 이용한다는 말씀이십니까?」

「그야 당신의 계획에 따라, 개인적인 이익을 위해서 이용하려 하겠죠……. 그게 당신 일이잖아요……」

「도둑에 사기꾼이라는 말씀이시군요」

뤼팽이 말을 받았다.

그녀는 반박하지 않았다. 그는 그녀의 눈 속에서 내면의 생각을 읽어보려 애썼다. 그녀가 그에게 원하는 것은 무엇이고 두려워하는 것은 무엇일까? 그녀가 그를 경계하고 있다면 두 번이나 수정마개를 가로채 도브렉에게 도로 가져다놓은 이 여자를 그도 역시 경계해야 할까? 도브렉과 원한이 깊은 적이라고는 하지만 어느 정도나 그 남자의 뜻을 따르고 있을까? 그녀에게 비밀을 털어놓으면 도브렉의 귀에까지 들어가는 건 아닐까……? 하지만 그는 이토록 진지하고 솔직한 눈을 본 적이 없었다.

그가 주저 없이 단언했다.
「제 목적은 단순합니다. 질베르와 보슈레를 구하는 것이죠」
「정말이요……? 정말이세요……?」
그녀가 온몸을 떨며 소리쳤다. 그녀의 눈빛은 흔들리고 있었다.
「저를 아신다면……」
「물론 알아요……. 몇 달 전 당신이 모르는 사이에 저는 당신 삶에 얽혀들게 되었죠……. 하지만 몇 가지 이유로 아직도 당신을 믿지 못하겠어요……」
그가 더욱 강한 어조로 말했다.
「그렇다면 저를 모르시는 겁니다. 당신이 진정으로 저를 안다면 두 동료가……, 아니 질베르만이라도……, 보슈레는 망나니 같은 놈이니……. 어쨌든 질베르가 다가올 끔찍한 운명을 피할 수 있기 전에는 단 한순간도 쉴 수 없으리라는 걸 아실 테니까요」
그녀가 그에게로 달려와 미친 듯이 어깨를 부여잡았다.
「뭐라고요? 뭐라고 하셨어요? 끔찍한 운명이요? 그렇다면 당신……, 생각에는……」
「제가 제때에 일을 해내지 못하면 질베르를 잃을 겁니다」
그 말이 그녀에게 얼마나 무시무시한 위협이 되는지 느끼며 뤼팽이 말했다.
「그만……, 그만하세요……. 그만……, 그런 말은 하지 말라고요! 그럴 리가 없어요……. 당신 생각일 뿐이에요……」
그녀가 그를 거칠게 움켜쥐며 소리쳤다.
「제 생각만이 아닙니다. 질베르도 그렇게 생각하오」
「뭐라고? 질베르가? 그걸 당신이 어떻게 알죠?」

「그가 그렇게 말했지요」

「질베르가요?」

「예, 그는 이제 나만 의지하고 있습니다. 자기를 구할 수 있는 사람은 세상에 단 한 사람뿐임을 알고 있죠. 며칠 전 감옥에서 절망적으로 나에게 호소하는 편지를 보냈습니다. 자, 여기……」

그녀가 뻣듯이 종이를 집어들고 더듬더듬 읽어 내려갔다.

살려주세요.. 두목님……, 이제 틀렸어요……. 무서워요……. 살려주세요…….

그녀는 편지를 떨어뜨렸다. 빈손이 부들부들 떨렸다. 그녀의 멍한 눈은 이미 뤼팽을 수도 없이 공포에 몰아넣었던 불길한 환영을 보고 있는 것 같았다. 그녀는 외마디 비명을 지르더니 몸을 일으키려다 기절해 버렸다.

27인

아이는 침대 위에 평화롭게 잠들어 있었고 엄마는 뤼팽이 눕혀 놓은 긴 의자에서 움직이지 않았다. 하지만 호흡은 안정되고 혈색도 돌아와 곧 깨어날 것 같았다.

그녀의 결혼반지가 눈에 띄었다. 블라우스 위에 걸려 있던 목걸이를 뒤집어보니 40대의 남자와 어린 아이, 중학교 교복을 입은 소년이 함께 찍은 작은 사진이 한 장 들어 있었다. 뤼팽은 소년의 풋풋한 얼굴과 곱슬곱슬한 머리카락을 자세히 들여다보았다.

「역시 그랬군……. 아! 가엾은 여인!」

뤼팽이 양손으로 그녀의 손을 꼭 쥐자 조금씩 온기가 돌아오면서 그녀가 눈을 한 번 떴다가 다시 감으며 웅얼거렸다.

「자크……」

「걱정 마십시오……. 아이는 자고 있어요……. 아무 일도 없습니다」

마침내 그녀는 의식을 완전히 되찾았다. 하지만 입을 열지 않았다. 뤼팽은 그녀가 속 사정을 털어놓고 싶은 마음이 들도록 몇 마디 가벼운 말을 걸다가 사진이 든 목걸이를 가리키며 물었다.

「사진 속의 중학생이 질베르지요?」

「맞아요」

그녀가 대답했다.

「질베르는 당신 아들이겠군요?」

그녀는 흠칫 하더니 낮은 소리로 말했다.

「예, 질베르는 제 큰아들이에요」

그녀는 바로, 살인 용의자로 감옥에 수감되어 궁지에 처해 있는 질베르의 어머니였던 것이다.

이어 뤼팽이 말했다.

「다른 남자 분은 누구십니까?」

「제 남편이에요」

「남편이오?」

「예, 3년 전에 돌아가셨어요」

그녀는 일어나 앉았다. 지난날의 생생한 고통과 현재 그녀를 짓누르고 있는 끔찍한 공포가 되살아나 몸을 떨게 했다. 뤼팽이 다시 말했다.

「남편께서는 성함이 어떻게 되십니까?」

그녀가 잠시 망설이더니 대답했다.

「메르지에요」

뤼팽이 소리쳤다.

「하원의원 빅토리앵 메르지 씨 말씀이십니까?」

「그래요」

한동안 침묵이 흘렀다. 뤼팽은 세상을 떠들썩하게 했던 메르지 씨의 자살 사건을 기억했다. 메르지 의원은 3년 전 의회 복도에서 한마디 유언도 없이 머리에 총을 쏴 자살했다. 사람들은 자살의 이유를 짐작조차 할 수 없었다.

그 생각을 하다가 뤼팽이 큰 소리로 말했다.

「이유는 알고 계십니까?」

「예, 알아요」

「질베르도?」

「네. 그 일이 있기 몇 해 전 질베르가 남편에게 크게 혼이 나서 집을 나갔어요. 그 일로 남편은 굉장히 마음 아파했죠……. 하지만……, 또 다른 동기가 있었어요……」

「그게 무엇입니까?」

뤼팽이 물었다.

하지만 질문을 할 필요도 없었다. 메르지 부인은 일단 말문이 열리자 더 이상 입을 다물고 있을 수가 없었다. 그녀는 과거의 모든 기억이 생생하게 되살아남을 느끼며 천천히 고통스럽게 이야기를 풀어놓기 시작했다.

「25년 전이었어요. 제 이름은 아직 메르지가 아닌 클라리스 다르셀이었고 부모님도 살아계셨죠. 니스의 사교계에서 세 청년을 만났어요. 그 사람들의 이름을 들으시면 지금의 비극을 이해하실 수 있을 거예요. 그들은 바로 알렉시스 도브렉과 빅토리앵 메르지, 루이 프라스빌이었죠. 셋이서 같은 학년 동기이면서 군대 동료이기도 했어요. 당시 프라스빌은 니스 오페라 극장에서 노래를 부르는 여배우를 사랑했고, 빅토리앵과 도브렉은 동시에 저를 사랑했지요. 군더더기 없이 얘기하겠어요. 사실만으로 모든 걸 설명하기에 충분하니까요. 처음부터 저는 빅토리앵을 사랑했어요. 아마 그것을 곧 밝히지 않았던 게 잘못이었겠지요. 하지만 진실한 사랑이란 수줍어하고 망설이고 두려워하기 마련이잖아요. 저는 분명한 확신 속에 자연스럽게 고백할 수 있을 때까지 제 선택을 알리지 않았어요. 그런데 비밀스레 서로 사랑하는 연인들이 그토록 감미로운 시간을 보낼 동안 불행히도 도브렉은 희망을 품었던 거예요. 나중에 그는 불같이 화를 냈죠」

클라리스 메르지는 잠시 멈추었다가 떨리는 목소리로 말을 이었다.

「그날은 잊지 못할 거예요……. 우리 셋은 응접실에 앉아 있었죠. 아! 증오와 끔찍한 협박의 말들이 아직도 들리는 것 같아요. 빅토리앵은 어쩔 줄 몰라했어요. 그토록 혐오스럽고 짐승 같은 친구의 모습을 본 적이 없었으니까요……. 네, 도브렉은 정말 사나운 맹수처럼 이를 부득부득 갈며 발을 굴렀어요. 그때는 안경을 쓰기 전이었는데 핏발이 붉게 선 눈을 데굴데굴 굴리며 똑같은 말을 계속 반복했어요. 〈반드시 복수한다……. 복수하고 말 거야……. 너희들은 내가 어떻게 할지 상상도 못할걸. 필요하다면 10년, 20년이 걸려도 기다리겠어……. 하지만 그때는 청천벽력 같은 일이 일어날 거야……. 하! 너희들은 몰라……. 복수가, 악을 위한 악행이 얼마나 즐거운 일인지! 나는 악을 행하기 위해 태어났다……. 너희들은 내 앞에 무릎을 꿇고, 그래, 무릎을 꿇고 애원하게 될 거다〉. 그때 마침 아버지가 들어오셔서, 하인과 아버지의 도움으로 빅토리앵 메르지는 그 가증스러운 인간을 밖으로 쫓아냈지요. 6주 후 저는 빅토리앵과 결혼했어요」

「그러면 도브렉은? 결혼식에서 아무 짓도 하지 않았습니까?」

뤼팽이 끼어들었다.

「예, 하지만 결혼식 날, 도브렉의 반대를 무릅쓰고 증인이 되어주었던 루이 프라스빌이 집에 돌아갔을 때 그의 애인이었던 오페라 극장의 여배우가 목이 졸린 채 죽어 있었죠……」

「뭐라고요? 그렇다면 도브렉이……?」

뤼팽이 펄쩍 뛰며 말했다.

「며칠 전부터 도브렉이 끈질기게 그녀를 쫓아다니긴 했지만 그 이상은 아무것도 몰라요. 프라스빌이 없는 사이에 누가 집에 들어왔다 나갔는지 밝혀지지 않았죠. 흔적이 전혀 없었어요. 전혀」

「하지만 프라스빌은……」

「프라스빌도, 우리도 의심할 여지가 없다고 생각했죠. 도브렉은 그 여인을 납치하려 했겠죠. 그녀를 강제로 데려가려다가 싸움이 났고, 이성을 잃고 날뛰던 도브렉이 자기도 모르게 그녀의 목을 졸라죽인 거죠. 어쨌든 증거는 없었어요. 도브렉도 전혀 불안한 기색이 없었고요」

「그 뒤에는 어떻게 되었습니까?」

「몇 년 동안 우리는 서로 도브렉에 대한 얘기는 한마디도 하지 않았어요. 단지 그가 도박으로 재산을 탕진하고 미국을 떠돌아다닌다는 것만 알았죠. 그가 이제 더 이상 저를 사랑하지 않고 복수할 계획도 없을 거라고 믿게 된 저는 자기도 모르는 사이에 그의 분노와 협박을 잊고 살았어요. 게다가 저는 너무 행복해서 저의 사랑과 행복, 남편의 정치적인 입지와 아들 앙트완의 건강 말고는 다른 것을 생각할 겨를이 없었죠」

「앙트완이라면……?」

「맞아요. 질베르의 본명이에요. 가엾은 그 아이가 적어도 자기 신분을 감추는 데는 성공했군요」
뤼팽이 물었다.
「그런데 질베르란 이름은……, 언제부터……」
「정확히 말씀드릴 수가 없네요. 질베르는……, 저도 이렇게 부르기를 좋아해서 이제 본명은 부르지 않아요. 어린 질베르는 지금처럼 누구에게나 사랑스럽고 매력이 넘치는 귀여운 아이였죠. 좀 게으르고 자유분방하기도 했지만요. 열다섯 살 때 우리와 좀 떨어져 지내도록 파리 근교의 중학교에 보냈는데 2년 후 퇴학을 당했어요」
「무엇 때문이었습니까?」
「행실이 안 좋다고요. 밤에 몰래 빠져나간다는 거였어요. 실제로 우리 곁에 있던 때도 몇 주 동안 사라지곤 했어요」
「그러면 무엇을 하고 다녔습니까?」
「경마장에도 가고 카페나 무도회장을 어슬렁거리기도 하면서 놀았어요」
「돈은 가지고 있었나 보군요?」
「예」
「누가 돈을 줬습니까?」
「그 애에게 나쁜 영향을 준 사람이요. 그 사람이 부모 몰래 그 애를 학교에서 나오게 만들고 타락시키고 거짓말과 방탕한 생활, 도둑질을 가르치고 우리에게서 아이를 빼앗아갔지요」
「그자는 도브렉이겠군요?」
「맞아요, 도브렉이에요」
클라리스 메르지는 붉어진 이마를 두 손으로 감싸고 지친 목소리로 말을 이었다.

「도브렉이 복수한 거죠. 남편이 그 가엾은 아이를 집밖으로 내쫓은 바로 다음 날 도브렉은 파렴치하게도 이 일에서 자기가 맡은 역할과 우리 아들을 타락시키는 데 성공한 흉계의 내용을 편지로 알려왔어요. 그리고 이렇게 덧붙였더군요. 〈이 아이가 언젠가 경범 재판소에 가게 되고……, 나중에는 중죄 재판소에……, 그리고는 단두대에 오를 날을 기다려보자고〉」

뤼팽이 부르짖었다.

「뭐라고요? 그렇다면 지금의 사건은 도브렉이 꾸민 음모였군요?」

「아니, 그건 우연에 지나지 않아요. 그 가증스러운 예언은 도브렉의 소망일 뿐이었죠. 하지만 저는 얼마나 두려웠는지! 당시 저는 몸이 아팠어요. 둘째 아들 자크가 막 태어났을 때였죠. 주위 사람들에게는 질베르가 외국으로 떠났다고, 나중에는 죽었다고까지 말했지만 서명 위조나 사기 등 매일 질베르가 저지른 범죄에 대한 새로운 소식이 들려왔죠. 비통한 나날이었어요. 그때 남편이 연루된 정치 스캔들이 일어나 더 힘들었지요」

「어떤 일이었습니까?」

「27인의 명단. 이 말만으로도 충분히 아시겠지요. 그 명단에 남편의 이름이 들어 있었어요」

「아니 이런!」

뤼팽은 갑자기 눈앞을 가리고 있던 장막이 벗겨지는 듯한 기분이었다. 한줄기 빛이 이제까지 어둠 속에 가려져 있던 모든 것을 한꺼번에 드러냈다.

클라리스 메르지가 더욱 강한 어조로 다시 말했다.

「그래요, 그의 이름이 명단에 기입되어 있었지요. 하지만 그것은 실수였어요. 그는 터무니없는 불행의 희생자였을 뿐이에요. 빅토리앵 메르지는 대서양과 지중해를 연결하는 드메르 운하에 대해 조사, 검토하는 위원회의 한 사람이었지요. 그리고 그 회사의 계획을 지지하는 다른 사람들과 함께 찬성표를 던졌어요. 분명히 말하지만, 사실은 정확히 1만 5천 프랑을 받기도 했어요. 하지만 그 돈을 받은 것은 다른 사람을 위해서였어요. 그가 전적으로 신뢰하던 정계의 친구였는데 자기도 모르는 사이에 그 친구에게 이용당한 거죠. 그는 자기가 옳은 일을 한다고 믿고 있었는데 결국 파멸했죠. 회사 사장이 자살하고 회계사가 사라지고 운하 사업 부정부패의 전모가 드러난 그날에서야 남편은 많은 동료들이 매수를 당한 사실을 알았지요. 그리고 자신의 이름이 다른 하원의원, 정당 대표들, 영향력 있는 의원들의 이름과 나란히, 사람들이 수군대는 그 미지의 명단에 올라 있음을 깨달았어요. 아! 끔찍한 나날이 우리를 덮쳤어요! 명단이 공개될까? 이름이 노출될까? 얼마나 가혹한 고통이었는지! 그 당시 의회의 공황 상태를 기억하시죠? 밀고에 대한 두려움, 그 공포 분위기 말이에요! 누가 명단을 가지고 있는지 아무도 몰랐어요. 그런 명단이 있다는 것만 알았죠. 그뿐이었어요. 그 폭풍우에 먼저 두 남자가 휩쓸려 사라졌죠. 하지만 누가 밀고를 했는지, 그 서류가 누구 손에 있는지 여전히 알 수 없었어요」

「도브렉이겠군요」

뤼팽이 슬그머니 말했다.

「아! 아니에요. 당시에 도브렉은 아직 관련이 없었어요. 그가 등장하기도 전이었죠. 기억을 떠올려 보세요……. 어느 날 갑자기 명단을 손에 쥐고 있던 장본인인 제르미노가 진실을 밝혔죠.

운하 회사 사장의 조카이며 전직 대법관이었던 제르미노는 폐결핵으로 침상에서 죽어가면서 경찰국장에게 그 명단을 넘겨주는 편지를 썼지요. 자기가 죽은 후에 침실 깊숙한 곳에 있는 철제 금고를 열어보라고 말이에요. 경찰들이 그 집을 에워싸고 경찰국장은 환자의 곁을 한시도 떠나지 않았죠. 제르미노가 죽자 금고를 열었는데……. 텅 비어 있었어요」

「이번에야말로 도브렉의 짓이군요」

뤼팽이 확언했다.

메르지 부인이 점점 흥분하며 대답했다.

「맞아요. 알렉시스 도브렉은 6개월 전부터 알아볼 수 없게 변장을 하고 제르미노의 비서로 일하고 있었던 거예요. 그런데 제르미노가 명단을 가지고 있는 걸 어떻게 알았을까요? 하긴 그건 별로 중요한 문제가 아니죠. 어쨌든 수사 결과, 제르미노가 죽기 전날 밤 도브렉이 금고를 부쉈다는 사실이 밝혀졌고 도브렉의 신원도 드러났죠」

「그런데 왜 체포하지 않았습니까?」

「무슨 소용이 있겠어요? 명단은 이미 안전한 장소에 숨겼을 테고 체포해 봤자 다시 한번 세상만 떠들썩해졌겠죠. 모두들 그 끔찍한 사건에 지칠 대로 지쳐 있었고 어떻게 해서든 그 일을 덮어두고 싶어했어요」

「그래서요?」

「협상을 했죠」

뤼팽이 웃음을 터뜨렸다.

「도브렉과 협상이라니 기가 막히군요!」

메르지 부인이 신랄한 어조로 또박또박 대꾸했다.

「그래요, 기가 막히죠. 그때 그는 파렴치하게 곧바로 목표를 향해 돌진했죠. 명단을 훔치고 1주일 뒤 하원 의회를 찾아가 남편을 불러서는 다짜고짜 24시간 내에 3만 프랑을 내놓으라고 협박했어요. 그렇지 않으면 스캔들에 휘말리고 불명예를 씻을 수 없을 거라고 했죠. 도브렉을 잘 아는 남편은 복수심과 잔혹함으로 똘똘 뭉친 그자가 결코 마음을 바꾸지 않으리란 걸 알았죠. 남편은 이성을 잃고 자살하고 말았어요」

뤼팽이 끼어들지 않을 수 없었다.

「말도 안 돼요! 27인의 명단이 도브렉의 수중에 있다고 해도 그중 한 사람의 이름을 고발하려면 명단 전체를 공개해야만 합니다. 그래야만 신빙성 있는 정보가 되니까요. 다시 말하면 그 서류 자체를 내놓거나 아니면 적어도 그 서류의 사진이라도 내놓아야 한다 그 말이요. 그렇게 되면 스캔들을 일으킬 수는 있지만 앞으로의 작업 수단과 협박 수단을 전부 잃어버리는 셈이 되지 않습니까?」

「맞는 말씀이지만 틀린 부분도 있어요」

그녀가 말했다.

「무슨 말씀이시죠?」

「저를 만나러 왔던 도브렉에게 직접 들었어요. 그 악한이 뻔뻔스럽게도 남편과 나눈 얘기를 저에게 전하더군요. 그런데 그 명단만 가지고 있는 게 아니었어요. 회계사가 이름과 거래 액수를 기록해 둔 그 서류, 사장이 죽기 전에 피로 서명한 그 종이 쪼가리만 있는 게 아니었다고요. 좀 애매하긴 하지만 관계자들도 모르는 몇 가지 증거가 더 있었어요. 사장이 회계사, 고문 변호사 등과 교환한 서신들이었죠. 물론 종이 쪽지에 휘갈겨 쓴 명단이 가장 중요했어요. 진짜 명단인지를 확인하는 방법이 매우 까다롭기 때문에 베껴 쓰거나 사진으로 찍어봤자 아무 소용이 없어요. 그 종이 쪽지야말로 부인할 수 없는 가장 강력한 증거죠. 하지만 다른 증거들도 역시 위험하지요. 그 증거들만으로도 하원의원 두 사람을 쉽게 파멸시켰잖아요. 도브렉은 그것들을 놀랍도록 훌륭하게 써먹었어요. 일단 희생자를 골라 미쳐버릴 정도로 겁을 주고 피할 수 없는 스캔들을 친절히 설명해 주죠. 그러면 사람들은 요구한 금액을 갖다바치거나 아니면 제 남편처럼 죽어야 해요. 이제 이해가 가세요?」

「그렇군요」

뤼팽이 말했다.

그리고 침묵이 이어지는 동안 도브렉의 삶을 머릿속에 그려보았다. 명단을 소유하고 그 힘을 마음대로 행사하는 도브렉의 정체가 어둠 속에서 조금씩 드러났다. 희생자들에게서 강탈한 돈을 물 쓰듯 뿌리고 다니며 겉으로는 도의원, 하원의원이라는 직함을 가지고 있고, 협박과 위협으로 사람들 위에 군림하고 있지만 아무런 처벌도 받지 않고 누구도 감히 건드리거나 공격할 수 없는 인물. 정부조차 두려워하며 그에게 전쟁을 선포하느니 그의 명령에 굴복하는 쪽을 택하고 관공서들도 자신의 뜻대로 움직이는 최고의 권력자. 프라스빌이 모든 기존 인사들을 제치고 경찰청의 사무국장에 임명된 것도 오직 사적인 원한으로 도브렉을 철저히 증오한다는 이유 때문이었다.

「그 후에 도브렉을 만났습니까?」

뤼팽이 물었다.

「예, 다시 만났어요. 그럴 수밖에 없었어요. 남편은 죽었지만 그의 명예는 아직 실추되지 않았으니까요. 아무도 진실을 알아내지 못했어요. 남겨진 남편의 이름만이라도 지키기 위해 도브렉과 첫번째 만남을 받아들였지요.

「첫번째 만남이라……. 그렇다면 만남이 계속됐다는 말씀이시군요……?」

「예, 수없이, 많이」

그녀가 긴장한 목소리로 말을 이었다.

「그래요. 아주 여러 번……, 극장이나 앙쟁의 야회나……, 파리에서……. 알고 싶지도 않은 이 남자를 만나는 게 너무나 수치스러웠기 때문에 밤에 만났지요……. 하지만 어쩔 수 없었어요. 다른 어떤 것보다도 훨씬 절대적인 의무가 있었으니까요……. 바로 남편의 복수를 해야 한다는 의무 말이에요……」

그녀가 뤼팽 쪽으로 몸을 숙이더니 흥분해서 말을 이었다.

「네, 복수만이 제 행동의 동인이고 제 삶의 관심사예요. 남편에 대한 복수, 잃어버린 아들에 대한 복수, 저 자신에 대한 복수, 그가 제게 저지른 모든 나쁜 짓에 대한 복수……. 다른 생각이나 목표 같은 건 없어요. 제가 바라는 건 오직 그자의 파멸과 불행, 눈물……. 울 수나 있다면 말이지만……! 절망에 빠져 오열하는 모습을……」

「그리고 죽음이겠지요」

도브렉의 서재에서 있었던 일을 떠올리며 뤼팽이 거들었다.

「아니, 죽음은 아니에요. 그런 생각을 종종 하기는 했어요…….그의 등 뒤에서 칼을 들어올리기도 했죠……. 하지만 그가 죽는다 한들 소용없을 거예요! 그는 분명히 철저한 대비를 해 놓았을 거라고요. 서류는 여전히 남겠죠. 죽이는 건 복수가 아니에요……. 제 증오심은 훨씬 더 지독해요……. 그가 파멸하고 영락하기를 원해요. 그러려면 단 한 가지 방법뿐이에요. 호랑이의 발톱을 뽑아버리는 것이죠. 그에게 그토록 대단한 힘을 불어넣어준 서류만 빼앗는다면 도브렉은 끝이에요. 곧바로 파산하고 멸망하겠죠. 얼마나 비참한 꼴이 되겠어요? 그게 바로 제가 원하는 바예요」

「하지만 도브렉이 당신의 생각을 모를 리 있겠습니까?」

「물론 그렇죠. 그러니 우리의 만남이 기괴할 수밖에요. 저는 줄곧 그를 감시하면서 그의 말 속에서 비밀을 캐내려 하고……, 그는……, 그는……」

「그는 먹잇감을 노리고 있겠군요……. 계속 사랑해 왔고 지금도 사랑하는……, 열정과 분노가 뒤범벅 되어 간절히 원하는……, 여인을 말이오……」

뤼팽이 클라리스 메르지의 말을 받아 끝맺었다.

「그래요」

그녀가 고개를 숙인 채 짧게 대답했다.

결코 허물 수 없는 장벽을 사이에 두고 대치하는 두 존재 사이에서 벌어지는 정말이지 이상한 결투였다. 계속되는 죽음의 위협을 무릅쓰면서까지 자신이 철저히 파멸시킨 여인을 그토록 가까이 끌어들이려면 얼마나 지독한 열정이 필요하겠는가! 또 달리 생각하면 자신의 안전에 대해 얼마나 강한 확신을 가지고 있어야겠는가!

「그래서 찾는 물건은……, 어떻게 되었습니까?」

뤼팽이 물었다.

「오랫동안 찾는 데 계속 실패했어요. 당신이나 경찰의 조사 방법들은 이미 제가 오래전에 해봤던 수법이죠. 결국 절망에 빠지려던 어느 날 앙젱의 별장에 갔을 때 책상 아래 쓰레기통에 버려진 서류들 틈에서 구겨진 편지의 첫머리 부분을 발견했어요. 손으로 직접 쓴 서투른 영어 몇 마디였죠. 〈수정 안쪽을 파서 알아볼 수 없을 정도의 작은 공간을 만드시오〉라고 씌어 있었어요. 그때 정원에 있던 도브렉이 갑자기 뛰어 들어와서 정신없이 쓰레기통을 뒤지지 않았더라면 그 구절의 중요성을 파악하지 못했을지도 모르죠. 그가 수상쩍은 듯이 저를 바라보더니 말했어요. 〈여기……, 편지가 있었을 텐데……〉. 저는 무슨 말인지 모르는 척했어요. 도브렉은 더 이상 캐묻지 않았지만 눈에 띄게 불안해 보였죠. 그때부터 그쪽으로 조사를 진행했어요. 한 달 후에 응접실 벽난로의 잿더미 속에서 영어로 된 계산서를 발견했죠. 스타워브리지의 존 하워드라는 유리 세공인이 견본대로 제작한 수정으로 된 작은 병을 판 영수증이었지요. 〈수정〉이라는 단어에 뒤통수를 맞은 듯 정신이 번쩍 든 저는 곧장 스타워브리지로 가서 유리 공장 감독관을 매수하여 주문 제작한 그 수정 병의 마개 안쪽에 눈에 띄지 않을 정도의 구멍이 패여 있다는 사실을 확인했죠」

뤼팽이 고개를 갸우뚱했다.

「그 정보는 틀림이 없군요. 하지만 금박까지 씌워서……, 은닉처라기에는 너무 좁지 않은가요?」

「매우 좁죠. 하지만 그걸로 충분해요」

그녀가 대답했다.

「어떻게 아십니까?」

「프라스빌에게 들었어요」

「그를 만나셨습니까?」

「그 당시부터 만나기 시작했어요. 그전에는 몇 가지 미심쩍은 사건들 때문에 남편도, 저도 그와 연락을 끊고 지냈죠. 프라스빌은 행실이 좀 수상하고 양심의 가책을 개의치 않는 야심가였어요. 드메르 운하 사건에서도 분명히 야비한 역할을 했을 거예요. 아마 돈을 받았겠죠. 하지만 상관없어요. 그때 저는 도움이 필요했고 그가 경찰청의 사무국장으로 막 임명됐죠. 그래서 그에게 도움을 청하기로 결정했죠」

「그도 부인의 아들 질베르의 소행에 대해 알고 있었습니까?」

「아니요. 그의 직업이 직업인 만큼 다른 친구들에게처럼 질베르가 외국에 나갔다가 죽었다고 해두었죠. 하지만 남편이 자살한 이유……, 제 목적이 복수라는 점 등, 그 외에는 전부 사실대로 말했어요. 제가 발견한 사실을 알려주자 뛸 듯이 기뻐하더군요. 이 사람도 도브렉에 대한 증오가 누그러지지 않았구나 생각했죠. 우리는 오랫동안 얘기를 나눴는데 그 명단이 매우 얇은 타이프 용지 끄트머리에 적혀 있어서 둥그렇게 말면 아주 좁은 공간에도 감쪽같이 숨길 수 있다는 얘기도 그때 들었어요. 은닉처를 알아냈으니 프라스빌과 저는 조금도 주저할 수 없었죠. 우리는 은밀히 편지를 교환하며 각자 나름대로 활동하기로 합의했어요. 도브렉의 저택 관리인 클레망스에게도 제가 프라스빌을 소개시켜 주었어요. 클레망스는 굉장히 충실하게 저를 도와주거든요……」

「하지만 프라스빌에게는 덜 충실한 모양입니다. 그녀가 프라스빌을 배신하는 걸 봤소」

뤼팽이 말했다.

「지금은 그럴지도 모르지요. 하지만 처음에는 그렇지 않았고 경찰들은 수차례 가택 수색을 했어요. 그 즈음, 그러니까 지금으로부터 열 달 전에 질베르가 내 앞에 다시 나타났어요. 엄마란 존재는 아들이 과거에 무슨 짓을 했건 현재 무슨 짓을 하고 있건 아들을 사랑할 수밖에 없죠. 게다가 질베르는 얼마나 사랑스럽게 성장했는지! 그건 당신도 잘 아시겠죠. 질베르는 눈물을 흘리며 동생 자크를 끌어안고는……, 저에게 용서를 구했어요」

그녀가 땅만 바라본 채 힘없는 목소리로 계속 말했다.

「용서하지 않았으면 좋았을걸! 아! 다시 그때로 돌아갈 수만 있다면! 용기를 내어 그를 내쫓을 텐데! 불쌍한 내 아들……, 그 애를 잃는다면 다 저 때문이에요……」

그리고 다시 생각에 잠긴 듯이 말을 계속했다.

「제가 생각해 왔던 모습으로 돌아왔더라면, 그 애가 말했듯이 오랜 동안의 방탕과 타락한 생활 때문에 천박하고 추한 모습으로 되돌아왔더라면 가까스로 용기를 낼 수도 있었을 텐데……. 하지만 외모는 알아볼 수 없게 변했어도, 뭐랄까……, 내면의 모습에는 분명 더 나아진 점이 있었어요. 당신이 그 애를 받아들이고 힘을 북돋아주었죠……. 그 애의 직업이 마음에 들지는 않았지만……, 어쨌든 몸가짐이 반듯해 보였고 마음 깊은 곳의 성실성이 겉으로 우러나 보였어요……. 그 애는 쾌활하고 태평하고 행복했어요……. 당신에 대해 얘기할 때면 정말 깊은 애정을 느낄 수 있었죠」

그녀는 뤼팽 앞에서 감히 질베르의 직업을 비난할 수도, 그렇다고 칭찬할 수도 없어 당황하며 단어를 고르려고 애썼다.

「그래서 어떻게 되었습니까?」

「그러고 나서 종종 그 애를 다시 만났어요. 그 애가 몰래 저를 만나러 오기도 하고 제가 그 애를 찾아가기도 했죠. 우리는 시골

길을 산책하곤 했어요. 그러면서 그 애에게 조금씩 그동안 있었던 모든 얘기를 하게 되었고 얘기를 듣자 곧 흥분한 그 애는 저와 마찬가지로 수정마개를 빼내서 도브렉이 아버지와 자신에게 저지른 만행에 복수를 하고자 했지요. 그 애의 처음 생각은, 분명히 말씀드리지만 이 점에 대해서는 끝까지 생각을 바꾸지 않았는데, 당신과 의논한다는 계획이었어요」

「아! 그랬더라면……」

뤼팽이 외쳤다.

「그래요. 저도 알아요……. 저도 같은 생각이었죠. 그런데 불행히도, 그 애가 얼마나 마음이 약한지 당신도 잘 아시겠지만, 어떤 동료가 그 애에게 큰 영향을 끼치고 있었어요」

「보슈레 말씀이시군요」

「맞아요. 보슈레는 어딘가 엉큼하고 불만과 욕심이 많고 음흉하고 야심 많고 교활한 악인이었는데 제 아들을 마음대로 움직였죠. 질베르가 그를 믿고 그에게 조언을 구했던 게 잘못이었어요. 이 모든 불행이 거기서 생겼죠. 보슈레는 우리끼리 움직이는 게 좋겠다고 질베르를 꼬드기고 결국에는 저까지 설득한 뒤, 그 일을 조사하고 이끌어 나가더니 마침내 당신의 지휘 아래 앙쟁으로 출동해서 마리테레즈 별장을 털기로 계획했어요. 그곳은 하인 레오나르가 빈틈없이 감시하기 때문에 프라스빌과 그 요원들이 전혀 조사하지 못한 곳이었어요. 어리석은 짓이었죠. 당신의 경험에 의존하던지 아니면 불길한 불화가 생기거나 일을 중단하게 될 위험이 있더라도 당신에게 그 음모를 전적으로 감추어야 했어요. 하지만 어떻게 하겠어요? 우리는 보슈레에게 완전히 지배당하고 있었는걸요. 그래서 저는 도브렉과 극장에서 만나기로 약속했어요. 앙쟁에서는 그 사이에 일을 벌이기로 했죠. 자정경에 집에 돌아온 저는 레오나르가 죽고 제 아들이 체포됐다는 끔찍한 결과를 알게 됐어요. 그 순간 미래를 직감했죠. 도브렉의 무시무시한 예언이 실현된 거예요. 중죄 재판소……, 유죄 판결……. 그것도 제 잘못 때문에……. 엄마라는 사람이 자기 아들을 어떻게도 빠져 나올 수 없는 심연 속으로 떠민 셈이죠」

클라리스는 손을 비틀며 오한으로 몸을 떨었다. 그 어떤 고통을 아들의 목숨을 걱정하는 엄마의 고통에 비할 수 있겠는가! 동정을 느끼며 뤼팽이 말했다.

「우리가 그를 구해 낼 겁니다. 그 점은 조금도 걱정하지 않으셔도 됩니다. 하지만 우선 모든 얘기를 자세히 알아야 합니다. 그러니 얘기를 계속해 주시지요. 앙쟁 사건을 어떻게 그날 바로 알게 됐습니까?」

그녀는 얼굴을 고통으로 일그러뜨린 채 가까스로 감정을 억누르며 대답했다.

「당신의 공범자 둘이 알려줬어요. 아니 차라리 보슈레의 공범자라고 해야겠군요. 보슈레에게 매우 충실했던 그들은 보트 두 척의 노를 젓기도 했죠」

「저기 밖에 있는 그로냐르와 르 발뤼 말씀이시죠?」

「맞아요. 당신이 호수에서 경찰서장을 따돌리고 돌아왔을 때 자동차 쪽으로 가면서 몇 마디 설명을 던졌지요. 그 얘기를 듣고 혼비백산한 그들은 전에도 와본 적이 있는 우리 집까지 단숨에 뛰어와서 그 엄청난 소식을 전해 주었어요. 질베르가 감옥에 갔다니! 아! 얼마나 끔찍한 밤이었는지! 어떻게 해야 할까……? 당신을 찾아가야겠다고 생각했지요. 가서 도움을 간청해야겠다……. 하지만 어디서 찾아야 하나? 그때, 궁지에 몰린 그로냐르와 르 발뤼가 동료 보슈레의 야망과 오랫동안 꾸며온 계획 등에 대해 털어놓았어요……」

「아마 나를 제거하려는 계획이었겠죠?」

뤼팽이 비웃었다.

「그래요. 질베르가 당신의 완전한 신뢰를 얻고 있었으므로 그는 질베르를 감시해서 당신의 모든 은신처들을 알아냈죠. 수정마개만 손에 넣고 나면, 27인 명단의 주인으로서 도브렉이 가졌던 그 무한한 힘을 물려받으면 당신을 경찰에 넘기려 했던 거예요. 물론 나머지 일당들은 자기 부하가 될 테니 연루시키지 않고 말이죠」

「어리석은 놈! 그런 놈을 부하라고!」

뤼팽이 중얼거리더니 말했다.

「그러면 문의 판자들은……」

「보슈레가 당신이나 도브렉을 상대로 싸워야 할 경우를 예상해서 양쪽 집에 똑같이 미리 세심하게 잘라놓았어요. 그에게는 마음대로 부려먹을 수 있는 곡예사가 한 명 있었는데 배기구 정도의 구멍으로도 충분히 드나들 수 있는 매우 야윈 난쟁이었죠. 그 곡예사에게 당신의 모든 서신과 비밀을 빼내오게 했어요. 여기까지가 그로냐르와 르 발뤼가 털어놓은 얘기예요. 그 얘기를 듣고 저는, 당신도 보았다시피 몸집이 작고 영리하며 용감한 동생 자크를 데리고 큰아들을 구해야겠다고 생각했어요. 그래서 우리는 밤에 출발했죠. 두 동료들에게 얻은 정보에 따라 질베르의 집에서 이중 열쇠를 찾아냈어요. 물론 당신이 자고 있을 마티뇽가의 저택 문을 여는 열쇠였지요. 가는 길에 그로냐르와 르 발뤼는 제가 결심을 굳히게 해주었어요.

앙쟁에서 수정마개가 발견되었다면 분명 당신 집에 있을 거라고 생각한 저는 당신에게 도움을 청하기보다 수정마개를 훔쳐 오기로 결정했어요. 제 예상은 틀리지 않았어요. 당신 방 안으로 숨어들었던 어린 자크가 몇 분 지나지 않아 그 물건을 제게 가져다주었죠. 저는 희망에 부풀어 돌아왔어요. 이제 신기한 힘이 있는 그 물건의 주인이 되었으니 프라스빌에게도 알리지 않고 혼자서 도브렉을 좌지우지할 수 있을 거라 생각했죠. 그를 제 마음대로 조종하고 지휘하고 노예로 만들어서 질베르의 구명을 위한 교섭을 벌이게 하고 질베르의 탈옥을 눈감아 준다거나 아니면 적어도 유죄 판결을 내리지 않도록 하겠다는 약속을 얻어낼 생각이었어요. 그것은 구원이었죠」

「그런데요?」

갑자기 클라리스가 벌떡 일어나더니 뤼팽에게 몸을 숙이고 들릴 듯 말 듯한 목소리로 말했다.

「그런데……, 수정마개 안에는 아무것도 없었어요. 아무것도. 종이 쪽지도 비밀 장소도 없었다고요! 앙쟁 별장 침입은 수포로 돌아간 거죠! 레오나르가 죽은 것도 제 아들의 체포된 것도 제가 그토록 노력한 것도 다 헛된 일이었어요!」

「그렇다면 어떻게 된 겁니까?」

「어떻게 됐냐고요? 당신이 도브렉에게서 훔쳤던 수정마개는 주문 제작한 물건이 아니라 스타워브리지의 존 하워드라는 유리 세공인에게 견본으로 보낸 마개였던 거지요」

뤼팽은 너무나 고통스러워 이 운명의 간교한 장난에 빈정거리는 몇 마디 재담조차 던질 수 없었다.

이를 악물고 중얼거릴 뿐이었다.

「이렇게 멍청할 수가! 도브렉에게 경계심만 더 심어줬겠군!」

「그렇지 않아요. 바로 그날 제가 앙쟁으로 찾아갔어요. 도브렉은 그의 소장품들을 노린 강도 사건으로만 생각하더군요. 지금도 그렇게 생각하고 있어요. 당신이 개입되어 있는 덕에 그가 실수를 저지른 거죠」

「하지만 수정마개가 사라진 줄 몰랐을까요?」

「그 물건은 견본품일 뿐이라서 그다지 중요하게 생각지 않았으니까요」

「당신이 그걸 어떻게 아십니까?」

「몸통 아래쪽에 난 상처를 보고 알았어요. 영국에 갔을 때 얻은 정보지요」

「하지만 그 물건이 견본품이라면 하인은 왜 그것이 들어 있던 벽장 열쇠를 손에서 놓지 않았을까요? 둘째로, 파리의 도브렉 저택 탁자 서랍 안에서 그 물건이 왜 다시 발견됐을까요?」

「물론 도브렉은 그 물건에도 주의를 기울이고 있어요. 값나가는 물건의 모형도 관심을 끌듯이 말이에요. 그래서 도브렉이 눈치채기 전에 제가 그 수정마개를 도로 벽장 안에 갖다놓았어요. 두 번째에도 역시 그런 이유로 자크를 시켜 당신 외투 주머니에서 수정마개를 도로 빼낸 뒤 관리인에게 제자리에 가져다놓게 했어요」

「그렇다면 도브렉은 전혀 의심하지 않고 있습니까?」

「네. 모두가 그 명단을 찾고 있는 것은 알지만 프라스빌과 제가 그 명단이 숨겨진 장소를 알고 있다는 사실은 전혀 몰라요」

뤼팽은 자리에서 일어나 골똘히 생각에 잠겨 방 안을 서성이다가 클라리스 메르지 옆에 멈추어섰다.

「어쨌든 앙쟁 사건 이후 한 발짝도 앞으로 나아가지 못했군요」
「네, 그래요. 그로냐르와 르 발뤼, 그리고 저는 서로 이끌어가며 정확한 계획 없이 그때 그때 일을 해나가는 식이었어요」
「도브렉에게서 27인의 명단을 빼앗아야 한다는 한 가지 계획만은 분명했겠죠」
「그래요. 하지만 어떻게 해야 할지 몰랐어요. 게다가 당신의 음모가 저를 방해했죠. 우리는 도브렉의 새 요리사가 당신의 유모 빅투아르라는 것을 곧 알아차렸어요. 그리고 빅투아르가 당신에게 은신처를 제공하고 있다는 정보도 관리인에게 들었지요. 저는 당신의 계획이 무엇일까 두려웠어요」
「이 사건에서 손을 떼라고 편지를 쓴 사람이 당신이었군요?」
「네」
「보드빌에서 우리가 만난 그날 저녁 극장에 가지 말라고 요청했던 사람도 당신이고요?」
「빅투아르가 저와 도브렉의 전화 통화를 엿듣는 것을 관리인이 보았어요. 그리고 당신 집을 감시하던 르 발뤼는 당신이 나오는 것을 보았지요. 그래서 저는 그날 밤 당신이 도브렉을 미행하리라고 예상했죠」
「그러면 어느 날 오후 이 집으로 저를 찾아왔던 여인도?」
「역시 저였어요. 낙담해서 당신을 만나보고 싶었죠」
「그렇다면 당신이 질베르의 편지를 가로챘소?」
「네, 봉투에서 질베르의 글씨체를 알아봤어요」
「하지만 자크는 함께 있지 않았잖소?」
「네, 그 아이는 르 발뤼와 함께 건물 밖 자동차에 있었어요. 그 애가 응접실 창문을 통해 들어와서 판자 구멍으로 이 방에까지 교묘히 들어왔다 나갔지요」

「편지에는 무어라 씌어 있었소?」

「불행히도 당신을 원망하고 있더군요. 자기를 버려두고 책임지지 않는다고 말이에요. 그 편지를 읽자 당신을 믿을 수 없게 된 저는 곧바로 도망을 나왔어요」

뤼팽이 화가 나서 어깨를 으쓱했다.

「우리가 그동안 얼마나 많은 시간을 낭비했는지! 무슨 운명의 장난으로 좀더 일찍 만나지 못했을까요? 쓸데없이 서로에게 함정을 파고 숨바꼭질을 하느라 다시는 돌아올 수 없는 소중한 시간들만 흘려보냈군요」

「그렇다면 당신도……, 당신도 앞일을 두려워하시는군요!」

그녀가 떨리는 목소리로 물었다.

「아니, 두려워하지 않습니다. 다만 우리가 좀더 일찍 협력했었다면 벌써 끝마쳤을 일들에 대해 생각했을 뿐입니다. 우리가 함께 일했더라면 그 모든 실수와 실패를 피할 수 있었을 것 아닙니까. 오늘 밤 도브렉의 옷을 수색한 일도 이제까지 했던 다른 시도들과 마찬가지로 헛수고였을 뿐 아니라, 우리가 어리석게 싸움을 벌이고 소동을 피운 덕에 도브렉의 경계만 이전보다 더 철저해지겠지요」

클라리스가 고개를 저었다.

「아니에요. 도브렉은 그 소리에 깨지 못했을 거예요. 일부러 작업 날짜를 하루 미루면서 관리인에게 도브렉의 포도주에 독한 마취제를 타달라고 부탁했거든요」

그리고 천천히 덧붙였다.

「더구나 당신도 아다시피 도브렉의 경계가 더 이상 철저해질 수는 없어요. 그의 삶은 이미 위험에 대한 완벽한 대비 그 자체이니까요. 무엇 하나 그냥 넘어가는 법이 없죠……. 게다가 유리한 패는 전부 그가 쥐고 있잖아요?」

뤼팽이 다가가며 물었다.

「무슨 말씀이십니까? 그렇다면 당신은 우리에게 희망이 없다고 생각하십니까? 우리의 목적을 달성할 방법이 하나도 없다는 겁니까?」

「아니, 한 가지, 단 한 가지 방법이 있어요……」

그녀가 중얼거렸다.

그리고 얼굴을 양손에 묻는 순간 뤼팽은 그녀의 얼굴이 창백해진 것을 보았다. 그녀는 또다시 온몸을 떨고 있었다.

그녀의 두려움을 이해하는 뤼팽은 고통을 느끼며 그녀 쪽으로 몸을 숙이며 말했다.

「부탁이니 솔직히 대답해 주십시오. 질베르 때문이지요? 다행히 법원에서는 아직까지 질베르의 과거를 캐내지 못했고 보슈레의 공범의 진짜 이름이 무엇인지 모르고 있지만 누군가 그 사실을 아는 사람이 있군요, 그렇죠? 질베르가 실은 당신의 아들 앙트완이라는 것을 도브렉이 알고 있습니까?」

「네……. 그래요……」

「도브렉이 그를 살려주겠다고 약속했군요? 질베르를 탈옥시켜 주고 자유롭게 해주겠다고 했습니까? 당신이 그를 칼로 내리치려 했던 그날 밤, 도브렉이 서재에서 그런 제안을 했지요?」

「네……. 맞아요」

「거기에는 한 가지 조건이 있었겠죠. 그 비열한 자가 생각해 낼 수 있는 끔찍한 조건이……. 그렇지요?」

클라리스는 대답하지 않았다. 매일 조금씩 전진해 오는, 결코 대항할 수 없는 적과 벌여온 오랜 싸움에 완전히 지친 듯했다.

그녀는 정복자의 변덕에 내맡겨진 먹잇감 같았다. 도브렉이 죽인 것이나 다름없는 빅토리앵 메르지의 사랑하는 부인이며 도브렉이 타락시킨 질베르의 어머니인, 클라리스는 공포에 사로잡혀 아들을 단두대에서 구하기 위해 자신은 어떻게 되더라도 도브렉의 욕망에 굴복해야 했다. 생각할 때마다 반감과 혐오감이 드는 그 더러운 인간의 정부나 부인, 또는 온순한 노예가 되어야 하는 것이었다.

뤼팽은 그녀 곁에 앉아 부드럽고 따뜻하게 그녀의 고개를 들어 올려 눈을 바라보며 말했다.

「내 얘기를 들어주십시오. 당신의 아들을 반드시 구하겠습니다……. 맹세합니다. 내가 살아 있는 한 누구도 당신 아들에게 손 댈 수 없습니다」

「당신을 믿어요……. 당신 말을 믿겠어요」

「믿으십시오……. 패배를 모르는 남자의 말이니까. 저는 반드시 성공합니다. 단 한 가지만 지켜주십시오」

「그게 뭔가요?」

「다시는 도브렉을 만나지 마십시오」

「맹세하겠어요!」

「도브렉과 합의를 한다거나 어떤 식이든 거래를 하려는 생각은 머릿속에서 말끔히 쫓아버리셔야 합니다」

「맹세해요」

자신을 바라보는 그녀의 눈빛에서 전적인 신뢰를 갖고 안심하는 표정을 읽은 뤼팽은 기꺼이 자신을 바쳐 이 여자에게 행복을, 아니 적어도 상처를 덮어줄 수 있는 평화와 망각을 주고 싶은 마음이 간절했다.

그가 일어서며 쾌활한 목소리로 말했다.

「다 잘될 겁니다. 앞으로 두세 달 정도 더 남아 있으니 시간은 충분하죠……. 물론 제가 자유롭게 행동할 수 있어야겠죠. 그러려면 당신은 이 싸움에서 물러나셔야 합니다」

「네?」

「얼마 동안 시골에 가계시는 게 좋겠습니다. 이 싸움에 말려들어 저렇게 지쳐 있는 어린 자크가 딱하지도 않으십니까……? 아, 꼬마장사께서 잘 쉬셨나 보군요. 잘 잤니, 애야?」

클라리스 메르지 역시 많은 사건을 겪느라 쇠약해지고 병까지 나서 휴식이 필요했다. 다음날 그녀는 아들을 데리고 생제르맹 숲 근처의 친구 집으로 들어갔다. 몸은 매우 허약해지고 계속되는 악몽에 시달려 아주 작은 자극에도 흥분할 만큼 신경이 날카로워진 그녀는 육체적, 정신적 무기력 상태에서 며칠을 보냈다. 아무것도 생각할 수 없었고 신문을 읽는 것도 금지되었다.

뤼팽은 작전을 바꾸어 도브렉 의원을 납치, 감금할 방법을 연구했고, 일이 성공할 경우 용서를 받기로 한 그로냐르와 르 발뤼는 도브렉의 뒤를 미행했다. 아르센 뤼팽의 공범, 두 명의 살인 용의자들이 곧 중죄 재판소에 출두한다는 소식이 신문에 실린 어느 날 오후 샤토브리앙가 뤼팽의 거처에 요란한 벨 소리가 울려퍼졌다.

전화 벨 소리였다.

뤼팽이 수화기를 들었다.

「여보세요?」

다급한 여자의 목소리가 대답했다.
「미쉘 보몽 씨세요?」
「맞습니다만 전화 거시는 분은 누구……?」
「선생님, 빨리요, 빨리 와주세요. 메르지 부인이 독약을 마셨어요」

뤼팽은 더 이상 묻지 않고 뛰쳐나가 차에 올라타서 생제르맹으로 향했다.

클라리스의 친구가 방 앞에서 기다리고 있었다.
「죽었습니까?」
뤼팽이 물었다.
「아니에요. 치사량은 아니었어요. 의사가 방금 다녀갔는데 걱정하지 않아도 된다고 했어요」
「그런데 왜 그런 짓을……」
「자크가 사라졌어요」
「납치됐습니까?」
「네. 그 애는 숲 어귀에서 놀고 있었는데 자동차가 그 애 앞에 서더니 두 노부인이 내렸다더군요. 그리고 나서 비명소리가 들렸어요. 클라리스는 소리를 지르려다 힘없이 쓰러지며 〈그 사람……, 그 사람이야……. 이젠 다 끝났어……〉라고 중얼거렸는데 꼭 실성한 여자 같았어요. 그러더니 갑자기 병에 든 뭔가를 마셨어요」
「그래서 어떻게 됐죠?」
「그래서 제가 남편과 함께 방으로 옮겼는데 굉장히 고통스러워 했죠」
「제 주소와 이름은 어떻게 알았습니까?」

「의사가 돌봐주고 있을 때 클라리스에게 들었어요. 그래서 곧바로 당신께 전화를 걸었지요」

「다른 사람은 아무도 모르겠지요?」

「네, 아무도 몰라요. 클라리스가 끔찍한 고통을 겪고 있고 말하고 싶어하지 않는다는 걸 저도 잘 아니까요」

「만나볼 수 있을까요?」

「지금은 잠이 들었어요. 더구나 의사가 어떠한 자극도 주어서는 안 된다고 했고요」

「의사가 클라리스에 대해 많이 걱정하지는 않았습니까?」

「열이 오르거나 지나치게 흥분하면 다시 발작이 일어날 수 있다고 걱정했어요. 그렇게 되면 이번에는……」

「그런 일이 일어나지 않게 하려면 어떻게 해야 합니까?」

「1, 2주 정도 절대적인 안정을 취해야 하는데 그럴 수가 없잖아요……. 아들 자크가……」

뤼팽이 말을 막았다.

「아들만 돌아오면 괜찮을까요?」

「물론이죠! 그렇게만 되면 걱정 없어요!」

「그럴까요……? 분명 그렇겠죠……? 좋아요. 메르지 부인이 깨어나면 오늘 밤 자정까지 아들을 데려오겠다고 전해 주십시오. 오늘 밤 자정이오. 약속은 분명히 지키겠소」

말을 마치자마자 뤼팽은 재빨리 집을 나와 차에 올라타서는 운전사에게 외쳤다.

「파리, 라마르틴 공원, 도브렉의 저택으로!」

사형

뤼팽의 자동차는 책, 서류, 펜과 잉크 등을 갖춘 작업실이기도 했고 화장품 가방, 온갖 종류의 의상으로 가득 찬 상자, 액세서리 함, 우산, 지팡이, 목도리, 코안경 등 말하자면 차로 이동 중에 머리끝부터 발끝까지 변장할 수 있는 도구 일체를 갖추고 있는 의상실의 역할도 했다.

저녁 여섯시경 도브렉 의원의 집 초인종을 울릴 때 그는 검은색 프록코트에 실크햇을 쓰고 구레나룻을 기른 데다 코안경을 걸친 약간 뚱뚱한 남자가 되어 있었다.

관리인이 현관 앞에까지 안내해 주었고 다시 종을 울리자 빅투아르가 나타났다.

그가 빅투아르에게 물었다.

「의사 베른이라고 하는데 도브렉 씨를 만날 수 있겠소?」

「방에 계시긴 한데 이 시간에는……」

「제 명함을 전해 주시지요」

뤼팽은 가장자리에 〈메르지 부인의 부탁으로〉라고 적은 뒤 다시 말했다.

「여기 있소. 반드시 저를 만나실 겁니다」

「하지만……」

빅투아르가 토를 달려 했다.

「허, 참! 격식은 다 차렸으니 얼른 가보세요, 유모!」

그녀가 깜짝 놀라며 더듬거렸다.

「앗……! 당신은……!」

「아니오, 전 루이 14세랍니다」

그리고 그녀를 현관 복도 안쪽으로 떼밀며 말했다.

「잘 들으세요……. 도브렉과 제가 단 둘이 있게 되면 곧바로 당신 방으로 올라가서 되는 대로 짐을 꾸려 서둘러 도망가십시오!」

「뭐라고요?」

「제가 말씀드리는 대로 하세요. 여기서 좀 떨어진 큰길로 나가면 제 자동차가 기다리고 있을 겁니다. 자, 어서 도브렉에게 가서 제가 서재에서 대기하고 있다고 알리세요」

「하지만 거기는 너무 어두운데」

「그럼 불을 켜주십시오」

그녀는 전기 스위치를 누른 뒤 뤼팽만 남겨두고 나갔다.

뤼팽은 자리에 앉으며 생각했다.

〈수정마개는 여기 있어. 도브렉이 항상 몸에 지니고 다니지만 않는다면……. 하지만 그럴 리는 없지. 훌륭한 비밀 장소가 있다면 그걸 이용할 테니 말이야. 더구나 아직 아무도 찾아내지 못할

정도로 대단한 비밀 장소니······〉

그는 주의를 기울여 방 안의 물건들을 훑어보았다. 도브렉이 프라스빌에게 썼던 편지가 생각났다.

〈그것은 자네 손이 닿는 곳에 있었다네! 자네가 건드리기까지 했더군. 조금만 더 찾았으면 성공했을 텐데······〉

그날 이후로 아무것도 달라지지 않은 것 같았다. 책상 위에는 책, 장부, 잉크 병, 우표 상자, 담배 상자, 파이프 등 수차례 샅샅이 뒤져봤던 물건들이 전부 예전과 똑같이 흩어져 있었다.

뤼팽은 생각했다.

〈제기랄! 시작부터 잘돼 간다! 마치 한 편의 구성이 치밀한 연극을 보는 것 같아.〉

뤼팽은 여기에 무엇을 하러 왔는지 또 어떻게 행동해야 하는지 정확히 알고 있었지만 한편으로는 상대가 상대인 만큼 이번 방문의 위험성과 성공 여부의 불확실성을 잘 알고 있었다. 도브렉이 이 전쟁의 지배자가 되어 둘 사이의 대화가 뤼팽의 예상과는 전혀 다른 방향으로 흘러갈 수도 있었다.

이런 생각을 하니 뤼팽은 절로 초조해졌다.

그가 뻣뻣하게 굳어 있을 때 다가오는 발자국 소리가 들렸다.

도브렉이 들어왔다.

한마디 말도 없이 들어온 도브렉은 일어선 뤼팽에게 앉으라는 손짓을 하고 자신도 책상 앞에 앉아서 들고 있던 명함을 들여다 보았다.

「베른 의사시라고요?」

「그렇습니다, 의원님. 생제르맹의 의사 베른입니다」

「메르지 부인의 부탁으로 왔다고 하셨는데 그녀가 당신 환자요?」
「이번에 알게 된 환자입니다. 비극적인 사고가 생겨 왕진을 가기 전까지는 전혀 몰랐지요」
「병이 났소?」
「독약을 마셨습니다」
「뭐라고?」
도브렉이 벌떡 일어나더니 마음의 동요를 감추지 않고 다시 물었다.
「뭐라고 하셨소? 독을 마셨다니? 그럼 죽은 거요?」
「아닙니다. 다행히 많이 마시지는 않아서 합병증만 생기지 않으면 괜찮습니다」
도브렉은 입을 다물고 뤼팽 쪽으로 고개를 돌린 채 가만히 서 있었다.
〈나를 보고 있는 거야, 눈을 감고 있는 거야?〉
뤼팽은 속으로 생각했다.
메르지 부인이 말하기를 그의 눈엔 병이 난 것처럼 줄무늬 같은 가느다란 핏발이 서 있다고 했다. 하지만 안경과 검은 코안경이 이중으로 시선을 가려서 적의 눈을 볼 수 없었고 그것이 굉장히 신경에 거슬렸다. 얼굴의 표정을 보지 못하고서 어떻게 은밀한 생각의 흐름을 읽을 수 있겠는가? 마치 눈에 보이지 않는 검을 휘두르는 적과 싸우는 것과 다름없었다.
잠시 후 도브렉이 마침내 입을 열었다.
「그러면 메르지 부인은 살아났군……. 그런데 당신을 이리로 보내다니……. 이해를 못하겠소……. 부인을 잘 알지도 못하는데 말이오」

〈지금이 중요한 순간이다.〉

뤼팽은 생각했다.

그리고 곤경에 처한 소심한 사람처럼 선량한 목소리로 대답했다.

「저, 의원님……. 의사의 임무는 때론 매우 까다롭고……, 어려운 것이라서……, 의원님께 이런 말씀을 드리면 아마도……. 그러니까 간단히 말씀드리자면……, 제가 메르지 부인을 돌보고 있을 때 부인이 다시 독약을 마시려고 했답니다……. 불행히도 마침 그 병이 부인의 손닿는 곳에 있었거든요. 어쨌든 제가 병을 빼앗았고 우리 사이에 몸싸움이 일어났지요. 부인이 고열에 시달리며 띄엄띄엄 끊어지는 헛소리를 하는데 잘 들어보니, 〈그 사람……, 그 사람……, 도브렉……, 하원의원……. 아들을 돌려보내 달라고……, 해주세요……. 그렇지 않으면 전 죽을 거예요……. 어서요……. 오늘 밤 안으로……, 전 죽을 거예요〉라고 하더군요. 네, 그래서 당신에게 알려드려야겠다고 생각했지요. 부인같이 쇠약한 상태에서는……, 물론 부인의 말이 무슨 뜻인지 저는 정말 잘 모르고……, 누구한테도 말하지 않았습니다……. 충동적으로 곧장 이리 왔으니까요……」

도브렉은 한참 동안 생각에 잠겨 있다가 대꾸했다.

「그러니까, 의사 선생, 아마 부인의 아이가 사라졌나 보군요……. 그 애가 어디 있는지 나에게 물으러 온 거요?」

「그렇습니다」

「만일 내가 알고 있다면 그 애를 엄마에게 데려다주려고 말이오?」

「예」

다시 한동안 침묵이 이어졌다. 뤼팽은 속으로 생각했다.

〈이자가 내 얘기를 그대로 믿었을까? 그녀의 죽음이 이자에게 충분한 위협이 됐을까? 아니야. 더 두고 보자……. 이자가 쉽게 속을 리는 없어……. 하지만……, 어쨌든 망설이는 기색이군〉

「잠시 전화 좀……」

도브렉이 책상 위에 놓인 전화기 쪽으로 다가가며 말했다. 긴급 통화를 하려는 것 같았다…….

「그러시지요. 의원님」

도브렉이 전화를 걸었다.

「여보세요……. 822-19번 부탁합니다」

그는 번호를 한 번 더 부르고는 꼼짝 않고 기다리고 있었다.

뤼팽이 미소 지으며 말했다.

「경찰청 사무국으로 전화하시는군요, 그렇지요?」

「그렇소만……, 당신도 알고 계시오?」

「예. 저도 법의학자로서 가끔 전화를 걸 일이 있어서……」

뤼팽은 말하면서 속으로 중얼거렸다.

〈도대체 어떻게 하려는 거지? 사무국장이라면 프라스빌인데……, 어쩌자는 거야?〉

도브렉이 다시 수화기를 귀에 대고 또박또박 말했다.

「822-19번입니까? 사무국장 프라스빌 씨를 찾는데……, 안 계십니까? 아, 계신다고요? 그렇지요. 지금쯤이면 언제나 집무실에 계시니……. 도브렉에게서 전화가 왔다고 전해 주십시오. 하원의원 도브렉이 아주 중요한 일로 통화를 바란다고」

「제가 좀 주제넘었습니까?」

뤼팽이 물었다.

「아니, 아니오. 의사 선생. 이 전화는 당신 일과도 관계가 없지 않으니……」

도브렉이 대답하다가 다시 수화기 쪽에 대고 말했다.

「여보세요……. 프라스빌 씨……? 아! 자네군, 프라스빌. 그런데 왜 이렇게 당황하나? 그래, 사실 우리 서로 만난 지가 꽤 오래되긴 했지……. 하지만 서로 잠시도 잊은 적이 없지 않은가……? 자네와 부하들이 우리 집에도 자주 방문한 걸로 아는데……. 안 그런가……? 여보세요……. 뭐라고? 바쁜가? 아! 미안하게 됐군……. 바쁘기는 나도 마찬가지니 바로 본론으로 들어가지……. 자네에게 작은 도움을 줄까 하고……. 잠깐 기다리게……, 후회는 하지 않을걸세……. 자네가 공적을 쌓을 수 있는 일인데……, 여보세요……. 듣고 있나? 좋아. 부하 여섯 명을 데리고, 같이 근무하는 경찰청 부하들 말이야, 전속력으로 이쪽으로 오게……. 최고의 사냥감이 있거든……. 대단한 인물이시지. 나폴레옹 수준이야……. 바로 아르센 뤼팽이라네」

뤼팽은 자리에서 펄쩍 뛰어올랐다. 가능한 결말을 모두 예상해 보았지만 이것은 생각지도 못한 일이었다. 놀라움보다 웃음이 터져 나왔다.

「아! 대단하십니다! 짝짝짝!」

도브렉은 감사의 표시로 머리를 숙여 인사하고는 중얼거렸다.

「아직 끝나지 않았소……. 좀더 기다려 주시겠소?」

이어 프라스빌에게 말했다.

「여보세요……. 프라스빌……, 뭐라고……? 하지만, 친구, 이건 장난이 아니라고……. 내 서재, 바로 내 맞은편에 뤼팽이 기다리고 있단 말일세……. 뤼팽은 나에게도 골칫거리거든…….

뭐, 한 사람이 더 늘어나든 줄어들든 상관없지만 이 녀석은 좀 과감하고 무례하거든. 옛 우정에 호소하겠네. 이 녀석을 제발 좀 내 앞에서 치워주게……. 자네 졸개들 여섯 명하고 우리 집 앞을 지키고 서 있는 두 사람이면 충분할걸세. 아! 여기 도착하면 4층으로 올라가서 내 요리사도 체포하게나……. 그녀가 그 유명한 빅투아르라네……. 자네도 알지? 뤼팽 씨의 늙은 유모 말일세. 그리고 한 가지 더……, 이만하면 내가 자네를 아낀다고 할 수 있지? 발자크가 모퉁이, 샤토브리앙가에도 한 팀을 보내게. 우리의 뤼팽 씨가 미셸 보몽이라는 이름으로 거주하는 곳이라네……. 알겠나, 친구? 그럼 바로 일에 착수하도록. 서두르게……」

도브렉이 고개를 돌리자 뤼팽은 주먹을 움켜쥔 채 서 있었다. 도브렉의 대화를 들으며, 특히 빅투아르와 샤토브리앙가의 은신처마저 폭로되자 경탄의 마음은 사라졌다. 굴욕감이 너무 커서 더 이상 작은 시골 마을 의사 노릇을 할 생각도 들지 않았다. 장애물을 향해 달려드는 황소처럼 도브렉에게 덤벼들고 싶은 끓어오르는 분노를 참아야 한다는 단 한 가지 생각밖에 없었다.

도브렉은 웃음이 나는 듯 낄낄 괴상한 소리를 냈다. 그는 바지 주머니에 손을 찔러넣고 흔들흔들 걸으며 천천히 말했다.

「안 그렇소? 모든 게 다 잘되지 않았소? 장애물도 제거되고 상황은 간단해졌소……. 이제야 분명히 보이는군. 도브렉 대 뤼팽. 이상. 이렇게 되니 얼마나 많은 시간을 벌었소? 법의학자 베른이라면 할 말을 다하는 데 두 시간은 족히 걸렸을 거요! 이렇게 된 이상 뤼팽 씨라면 이깟 사소한 일을 30분 내에 다 털어놓아야 하지 않겠소……? 빨리하지 않으면 자기도 덜미를 잡히고 공범들도 체포될 위험이 있으니 말이오. 늪의 개구리 떼에게 돌을 던진 셈이지! 딱 30분이오. 그 이상은 1분도 지체할 수 없지. 지금부터 30분 내에 은신처를 떠나서 토끼처럼 부리나케 흩어져 달아나야 할 거요. 하! 하! 정말 우스운 광경이군……! 어때, 폴로니어스, 나 도브렉한테는 상대가 안 된다는 걸 알겠소? 커튼 뒤에 숨어 있던 불쌍한 폴로니어스도 당신이었지?」

뤼팽은 비틀거리지도 않았다. 마음을 진정시키려면 도브렉의 목을 조르는 방법밖에는 없었으나 뤼팽은 어쩔 수 없이 한마디 대꾸도 하지 않고 채찍처럼 후려치는 혹독한 야유를 참아내고 있었다. 똑같은 방, 비슷한 상황에서 우스꽝스러운 모습으로 이 재수 없는 도브렉 앞에 말없이 머리를 숙여야 하는 게 벌써 두번째였다……. 입을 열기만 하면 틀림없이 승자의 얼굴에 분노와 저주의 말을 퍼부을 터였다. 하지만 그래 봤자 무슨 소용이 있겠는가? 냉정하고 차분하게 새로운 상황을 이끌어내는 것이 더 중요한 일이 아닌가?

도브렉이 다시 말하기 시작했다.

「어떤가, 뤼팽 씨? 몹시 당황한 얼굴이군. 이제 체념하고 다른 사람들보다 더 뛰어난 상대를 만날 수도 있다는 걸 받아들이시지. 안경을 두 개나 걸치고 있다고 나를 장님으로 생각했소? 물론 솔직히 말해서, 폴로니어스가 뤼팽이고, 보드빌의 특별석에 찾아와 귀찮게 굴었던 신사 양반이 폴로니어스임을 단번에 알아채지는 못했지. 어쨌든 그 일로 골치가 좀 아팠다오. 경찰과 메르지 부인 사이에 교묘히 끼어들려고 하는 제3자가 있다는 건 눈치 챘지……. 그런데 관리인이 홀리는 몇 마디 말을 주의 깊게 듣고 요리사의 방 출입로를 살펴보고 또, 믿을 만한 정보처에서 그녀에 대한 정보를 얻어내고 보니 앞뒤가 조금씩 맞기 시작하더군. 그러던 중 얼마 전 그날 밤, 내게 더 환한 빛을 밝혀주는 일이 일어났소. 잠이 들긴 했지만 야단법석 피우는 소리를 들었거든. 사건을 재구성해 본 나는 샤토브리앙가, 그 다음은 생제르맹까지 그녀를 뒤쫓을 수 있었지. 그러고 나서……, 모든 사실들을 연관시켜 보았소……. 앙쟁의 강도 사건, 질베르의 체포……, 비탄에 빠진 어머니와 도둑의 왕 사이의 필연적인 동맹 협정…… 우리집에서 요리사로 일하는 유모……, 문으로든 창문으로든 우리 집을 드나드는 모든 사람들……. 나는 모든 사실을 분명히 알게 되었소. 뤼팽 선생이 장미 꽃병 주위에서 쿵쿵거리고 있다. 그는 27인 명단의 매력적인 향기에 끌린 거야. 그가 찾아올 날만 기다리면 되겠군. 아, 드디어 그날이 왔소. 안녕하시오, 뤼팽 선생」

도브렉은 가장 까다로운 애호가들의 존경을 받을 만하다고 으스대는 사람처럼 몹시 흡족해하며 장광설을 늘어놓다가 잠시 말을 멈췄다. 그러고는 뤼팽이 침묵을 지키고 있자 시계를 꺼내며 다시 말했다.

「이런, 이런. 23분밖에 남지 않았군. 시간이 얼마나 빠른지! 이런 식으로 가다가는 설명할 여유도 없겠소」

그리고 뤼팽 쪽으로 다가왔다.

「어쨌든 마음이 아프오. 뤼팽은 좀 다른 사람일 줄 알았는데 말이야. 좀 강한 적수를 만났다고 이렇게 쉽게 쓰러져버리는 인물이었소? 가엾은 친구군……! 물 한잔 마시고 정신을 좀 차리시게나……」

뤼팽은 한마디도 하지 않고 화가 난 모습도 보이지 않았다. 분명한 계획이 선 듯 절대적인 자제력을 보여주는 침착하고 정확한 움직임으로 도브렉을 제치고 책상 쪽으로 나아갔다. 이번에는 그가 수화기를 집어들고 말했다.
「565-34번 부탁합니다」
그 번호로 연결이 되자 한 음절씩 끊어가며 느릿느릿 말했다.
「여보세요……. 샤토브리앙가요……? 자넨가, 아쉴……? 그래, 나야……. 잘 듣게, 아쉴……. 그 집을 떠나야 하네. 여보세요……? 그래, 지금 당장……. 몇 분 후면 경찰이 들이닥칠 거야. 아니, 아니. 겁먹을 필요 없네……. 시간은 있어. 내가 말하는 대로만 하게. 가방은 언제나 싸놓고 있겠지?…… 좋아. 내가 늘 말하는 대로 가방 속 칸 하나는 비워두었나? 좋아. 그러면 내 침실로 올라가서 벽난로 앞으로 가게. 왼손으로 정면 가운데 부분 대리석 판 위에 장미 모양으로 새겨진 작은 장식을 누르고 오른손으로 난로 위쪽을 누르면 서랍 같은 것이 나타날 거야. 서랍 속에는 상자가 두 개 들어 있네. 잘 듣게. 그중 하나에는 우리의 모든 서류가 들어 있고 다른 하나에는 지폐와 보석들이 있네. 두 상자를 모두 자네 가방의 빈 칸에 넣은 다음 가방을 들고 빅토르 위고가와 몽테스팡가의 모퉁이까지 빨리 걸어가게. 그곳에 가면 빅투아르와 자동차가 기다리고 있을 거야. 나도 그리로 가겠네……. 뭐? 옷이랑 골동품들? 그런 것들은 내버려두고 빨리 달아나. 잠시 후에 보세」

뤼팽은 전화기를 조용히 내려놓더니 도브렉의 팔을 잡아 옆에 있는 의자에 앉히고 말했다.
「자, 이제 내 말 잘 들어」
「아! 말을 놓기로 했소?」
하원의원이 비웃었다.
「그래. 자네도 그렇게 하도록 허락하지」

팔을 붙잡힌 도브렉이 경계심을 품고 빠져나오려 하자 뤼팽이 이어 말했다.

「두려워하지 말게. 싸울 일은 없으니. 서로 치고 박아서 얻을 것도 없고 칼을 휘둘러봐야 뭐하겠나? 말로 하면 되지. 단, 요점을 분명히해야 해. 내가 먼저 똑똑히 말하지. 머리 굴리지 말고 똑같이 확실하게 대답하는 게 좋아. 아이는?」

「내가 데리고 있다」

「돌려줘……」

「안 돼」

「메르지 부인이 자살할 거야」

「그래도 안 돼」

「부인이 자살할 거라고」

「안 할 거야」

「하지만 이미 자살을 시도했다」

「그러니 다시는 안 할 거라는 말이야」

「그래서?」

「아이를 돌려줄 수 없다」

잠시 멈추었다가 뤼팽이 다시 말했다.

「예상대로군. 여기 오면서 당신이 의사 베른의 이야기를 믿지 않으리라고 생각했지. 다른 방법을 써야 할 거라고 말이야」

「뤼팽식 방법 말인가?」

「맞았어. 내 정체를 드러내기로 결심했지. 자네가 먼저 직접 했지만 말이야. 훌륭했네. 하지만 그렇다고 해서 내 계획이 바뀌지는 않았어」

「말해 보시지」

뤼팽은 수첩에서 둘로 접힌 커다란 종이를 꺼내 펼쳐서 도브렉에게 내밀며 말했다.
「여기 나와 내 동료들이 앙쟁 호숫가에 위치한 마리테레즈 별장에서 훔친 물건들의 목록이 번호를 붙여 정확하고 상세하게 기록되어 있다. 보다시피 번호는 113번까지군. 이 113개 물건 중에서 번호에 붉은 가위표가 그어진 예순여덟 개는 팔거나 미국으로 보낸 것들이네. 따라서 나머지 마흔다섯 개는 다음 지시를 내릴 때까지는 내 손안에 있지. 게다가 이 나머지 것들은 가장 훌륭한 물건들이야. 아이를 곧 돌려보내는 대가로 그것들을 넘겨주겠다」
도브렉은 놀라움을 감추지 못했다.
「아! 아이에게 굉장히 집착하시는군!」
「물론이야. 아이가 계속 돌아오지 않으면 클라리스 부인이 죽을 테니까」
「그게 그렇게 걱정이 되나, 돈주앙 씨?」
「뭐야?」
뤼팽이 도브렉의 앞을 우뚝 막아서며 다시 말했다.
「뭐라고 했나? 그게 무슨 말이지?」
「아니……, 아무것도……. 단지……, 클라리스 메르지가 아직도 젊고 아름답다는 생각이 들어서……」
뤼팽이 어깨를 으쓱하며 소리쳤다.
「짐승 같은 놈! 세상 사람이 모두 네 놈처럼 인정도 연민도 없는 줄 아나? 나 같은 도둑이 돈키호테 노릇에 시간을 낭비하는 것 같아 놀랐나? 그래서 어떤 더러운 목적이 있으리라고 생각하는 건가? 너 같은 놈은 이해할 수 없는 종류의 것이니 헛수고 말고 대답이나 해……. 내 제안을 받아들이겠나?」

「거짓은 아니겠지?」

뤼팽의 경멸에 아랑곳 않고 도브렉이 물었다.

「물론. 마흔다섯 점의 물건은 창고 안에 있다. 주소를 알려주지. 오늘 저녁 아홉시에 아이를 데리고 그곳에 나타나면 물건을 넘겨주겠다」

도브렉의 대답은 뻔했다. 자크를 납치한 것은 클라리스 메르지의 마음을 움직여보려는 수단인 동시에 전쟁을 포기하라는 경고일 뿐이었다. 그런데 자살 기도 소식을 듣고 자기가 잘못 생각했다는 것을 분명히 깨달았다. 이런 상황에서 아르센 뤼팽이 제안한 구미 당기는 거래를 거절할 이유가 없지 않은가?

「좋아」

그가 대답했다.

「내 창고 주소는 뇌이이, 샤를라피트가 95번지이다. 초인종을 울리면 돼」

「나 대신 사무국장 프라스빌을 보낸다면?」

「누가 오는지 지켜보다가 프라스빌이 나타난다면 네 놈의 콘솔 탁자와 추시계, 고딕식 성모 마리아 상을 감추기 위해 주위에 쌓아놓은 건초 더미에 불을 붙이고 달아나면 돼. 그럴 시간은 충분하지」

「그러면 창고도 불에 타버릴 텐데……」

「그런 건 상관없어. 이미 경찰의 감시를 받고 있어서 어차피 거길 떠날 생각이었으니까」

「함정이 아니라고 어떻게 믿지?」

「물건을 받은 후에 아이를 넘겨주면 되겠나? 나는 믿겠네」

「다 예상하고 왔나 보군. 좋아, 자네는 아이를 돌려받고, 클라리스는 살아날 테고 우리 모두에게 잘된 일이군. 내가 충고하나 할까? 이제 서둘러 달아나는 게 어때?」

「아직은 아니야」

「뭐라고?」

「아직 아니라고 했네」

「미쳤군! 프라스빌이 오고 있어」

「좀 기다리라지. 내 일이 아직 안 끝났거든」

「뭐라고? 또 뭐가 필요한가? 클라리스가 아이를 되찾게 됐는데 그걸로 충분하지 않나?」

「그렇다」

「그렇다면?」

「다른 아들이 남아 있어」

「질베르 말인가?」

「맞아」

「그런데?」

「질베르를 살려줘!」

「무슨 말인가? 나보고 질베르를 살려달라니!」

「너는 할 수 있어. 약간만 교섭을 벌이면……」

이제까지 잠자코 있던 도브렉이 갑자기 벌컥 화를 내며 주먹을 쿵 내리쳤다.

「안 돼! 그건 절대 안 돼! 나한테 기대하지 말게……. 안 되고 말고. 정말 멍청하군!」

그는 극도로 흥분해서 예의 그 이상한 걸음걸이로 야생동물처럼, 걷는 데 서투른 육중한 곰처럼 오른쪽 왼쪽 뒤뚱거리며 걷기 시작했다.

그리고 쉰 목소리로 얼굴에 경련을 일으키며 소리쳤다.

「그녀에게 직접 오라고 해! 직접 와서 아들을 살려달라고 애원하라고 해! 하지만 지난번처럼 무기를 가지고 사악한 의도를 품고 오면 안 돼지! 온순하고 순종적인 여자로, 무엇이든 이해하고 받아들이는 자세로 애원을 하러 오란 말이야! 그러면 좀 생각해 보지……. 질베르, 유죄 판결, 단두대 다 내 손에 달려 있어. 그런데 뭐? 이 순간을 20년이 넘게 기다려 왔어, 이제야 그녀가 나를 찾아오게 됐는데, 이제야 우연히도 뜻하지 않은 기회를 얻었는데, 마침내 완전한 복수의 기쁨을 맛볼 찰나인데……. 그것도 정말 멋진 복수지!…… 그런데 이제 와서 지난 20년 간 쫓던 것을 포기하라고? 나더러 그동안의 대가도 받지 못하고 무상으로 질베르를 구해 달라고? 이 도브렉에게 말인가? 어림도 없지. 사람을 잘못 봐도 한참 잘못 봤어」

도브렉은 끔찍하고 잔인한 웃음을 터뜨렸다. 과연 그토록 오랫동안 악착스레 뒤쫓던 먹잇감을 바로 눈앞에서, 손만 뻗으면 닿을 곳에서 바라보고 있는 자의 모습다웠다. 뤼팽은 며칠 전의 클라리스를 떠올렸다. 완전히 지쳐 이미 패배한 것이나 다름없던 클라리스, 그녀를 쓰러뜨리는 데에만 온 힘을 집중하고 있는 적에게 정복당할 수밖에 없는 클라리스의 모습을.

감정을 억누르며 뤼팽이 말했다.

「잘 들어」

그는 초조해진 도브렉이 몸을 피하려 하자 보드빌 극장의 특별석에서 보여주었던 초인적인 강한 힘으로 양 어깨를 붙잡아 움직이지 못하게 한 다음 계속해서 말했다.

「한마디만 하겠다」

「헛수고야」

도브렉이 웅얼거렸다.

「한마디만 하겠다. 잘 들어, 도브렉. 메르지 부인은 잊어버려라. 그리고 네 놈의 사랑과 욕망 때문에 저지르는 어리석고 경솔한 짓들은 이제 그만 뒤. 그런 것들은 제쳐두고 네 놈의 이익만 생각해라……」

「내 이익이라고! 그거야말로 내 자존심과, 네 놈 말마따나 내 욕망에 부합하는 것들이지」

「이제까지는 그랬겠지. 하지만 내가 이 사건에 개입한 이상 앞으로는 그렇게 안 돼. 네 놈이 모르는 새로운 요소가 있어. 네 놈의 실수이기도 하지. 질베르는 내 동료이자 친구거든. 따라서 반드시 단두대에서 구출돼야 해. 그렇게 되도록 네 영향력을 행사해라. 그러면 널 가만히 내버려두겠다고 맹세하지. 질베르의 목숨만 구해 주면 돼. 그러면 메르지 부인이나 나와 시작한 전쟁도 끝내고 더 이상의 음모도 꾸미지 않겠다. 네 놈은 하고 싶은 대로 뭐든지 할 수 있어. 질베르의 목숨만 구해 주면 된다. 도브렉. 그렇지 않으면……」

「그렇지 않으면?」

「그렇지 않으면 전쟁이지. 가차 없는 전쟁. 네 놈은 패배할 수밖에 없어」

「무슨 뜻이지?」

「내가 27인의 명단을 빼앗겠다는 뜻이다」

「하! 그럴 수 있다고 생각하나?」

「맹세코」

「프라스빌과 그 패거리들도, 클라리스 메르지도, 다른 누구도 찾지 못한 것을 당신이 찾겠다고?」

「난 찾을 수 있어」

「모든 사람들이 실패한 일을 어떻게 성공하겠다는 거지? 그렇게 장담할 만한 근거라도 있나?」

「있지」

「뭐?」

「난 아르센 뤼팽이니까」

그는 도브렉을 잡고 있던 손은 놓았지만 강한 의지를 드러내는 강압적인 시선으로 한동안 그를 꼼짝 못하게 했다. 마침내 도브렉이 다시 몸을 일으켜 뤼팽의 어깨를 툭툭 치며 역시 차분하고 고집스럽게 말했다.

「그렇다면 이 몸은 도브렉이시다. 내 삶은 재난과 파산, 지독한 싸움의 연속이었어. 그토록 오랫동안 노력한 끝에 완벽하고 결정적인, 누구도 돌이킬 수 없는 특별한 성공이 찾아왔지. 나는 경찰, 정부, 프랑스 전체, 온 세상에 맞서고 있어. 거기에 아르센 뤼팽 하나 더한다고 해서 뭐가 달라지겠나? 아니, 나는 오히려 더 잘 나갈 거야. 적이 많아지고 교활해질수록 나는 게임에 신중을 기하거든. 그렇기 때문에 아주 간단히 네 놈을 경찰에 넘길 수 있는데도, 오히려 도망가도록 내버려두는 거지. 게다가 자비롭게도 3분 안에 이곳을 떠나야 한다는 것도 상기시켜 주고 말이야」

「그래서 대답은 역시 거절인가?」

「물론」

「질베르를 위해서 아무것도 하지 않겠다고?」

「아무것도 안 하는 것은 아니지. 질베르가 체포된 이래 쭉 해오던 일을 계속할 거야. 말하자면 소송이 내가 원하는 방향으로 빨리 진행되도록 법무부 장관에게 간접적인 압력을 가하는 일이지」

「뭐라고? 그럼 네 놈 때문에……? 네 놈을 위해서……?」

뤼팽이 소리쳤다.

「물론 나, 도브렉을 위해서지. 메르지가 낳은 큰아들의 목숨이라는 좋은 패가 들어왔으니 그것을 제대로 써먹고 있을 뿐이야. 질베르에게 사형선고가 내려지고 하루하루 날짜가 다가오면, 또 나의 공격으로 질베르의 사면까지 기각되면, 당신도 짐작하겠지만, 그 어머니는 더 이상 거부하지 못하고 알렉시스 도브렉의 부인이 되어 나에게 확실한 애정을 보여야만 할걸? 당신이 원하든 원하지 않든 필연적으로 이렇게 행복한 결말로 끝나게 돼 있어. 불 보듯 뻔한 일이지. 당신을 위해 내가 해줄 수 있는 일은 내 결혼식에 증인으로 삼고 결혼 피로연에 초대하는 것뿐이군. 어떤가? 싫은가? 아직도 음흉한 속셈을 품고 있는 건가? 저런, 행운을 비네. 함정을 파고 그물을 치고 무장을 하고 괴도 입문서를 열심히 공부하라고. 그럼 잘 가게. 손님에 대한 예의를 다해 문까지 바래다드리지. 어서 빠져나가게」

뤼팽은 한참을 조용히 서서, 적의 키와 몸무게, 힘을 가늠해보기라도 하는 듯, 요컨대 정확히 어느 지점을 공격해야 할지 살피는 것처럼 도브렉을 뚫어지게 바라보았다. 도브렉은 주먹을 꾹 쥐고 공격에 대비한 방어 자세를 취했다.

30분이 다되었다. 뤼팽이 주머니에 손을 넣자 도브렉도 똑같은 동작을 취하고는 권총의 손잡이를 잡았다……. 다시 몇 초가 지났다……. 뤼팽이 태연하게 사탕 상자를 꺼내 열더니 도브렉에게 내밀었다.

「사탕 하나 들겠나?」

「이게 뭐지?」

깜짝 놀란 상대방이 물었다.

「제로델 목 캔디」

「사탕으로 뭘 하려고?」

「자네가 목감기에 걸릴지도 모르잖나?」

느닷없는 농담에 도브렉이 잠깐 당황한 사이에 뤼팽은 재빨리 모자를 집어들고 빠져 나와 현관을 지나면서 생각했다.

〈확실히 나의 완패로군. 하지만 어쨌든 농담은 좀 신선했어. 총알을 기대했을 텐데 사탕을 받았으니……. 실망이 컸겠군. 어리둥절한 꼴이라니, 늙은 침팬지 같으니라고!〉

그가 막 철문 밖으로 나갔을 때 자동차가 멈춰서더니 한 남자가 급히 내리고 다른 무리들이 그를 따라내렸다. 프라스빌이었다.

뤼팽이 중얼거렸다.

「사무국장 양반, 안녕하신가. 언젠가 우리가 서로 마주칠 날이 있을 거라고 생각하네. 당신에게는 좀 안된 일이지. 나는 당신을 별로 존경하지 않거든. 당신은 기분 더러운 시간을 보내게 될 거야……. 바쁘지만 않다면 당신이 떠날 때까지 기다렸다가 도브렉을 쫓아가 아이를 누구에게 맡겨두었는지 알아내겠지만 오늘은 시간이 없군. 게다가 도브렉이 아이가 있는 곳에 가는 대신 전화로 처리할지도 모르니 괜한 고생은 그만 두고 빅투아르와 아쉴, 그리고 우리의 소중한 가방이나 챙겨야겠네」

두 시간 뒤 뤼팽은 뇌이이에 있는 자신의 창고에서 만반의 채비를 갖추고 도브렉이 옆 골목에서 나와 주위를 경계하며 다가오는 것을 바라보고 있었다.

뤼팽이 몸소 커다란 대문을 열었다.

「당신 물건들은 저기 있소, 하원의원 양반. 잘 아시겠지만, 바로 옆집이 자동차를 빌려주는 집이니, 트럭 한 대와 인부들을 요청하기만 하면 되오. 아이는 어디 있소?」

도브렉은 우선 물건들을 꼼꼼히 살핀 다음 뤼팽을 태우고 뇌이 이가로 갔다. 그곳에는 베일로 얼굴을 가린 노부인 두 사람이 어린 자크를 데리고 기다리고 있었다.

뤼팽은 빅투아르가 대기하고 있는 자신의 차로 아이를 데려갔다.

이 모든 일이 쓸데없는 말 한마디 오가지 않고 행해졌다. 마치 각자 자신의 역할을 충분히 익히고 있고, 모든 골목과 장소들은 무대의 입구와 출구처럼 미리 정해져 있는 듯했다.

밤 열 시에 뤼팽은 약속대로 자크를 그 어머니에게 데려다주었다. 하지만 이 모든 사건들 때문에 충격을 받은 아이가 심한 불안과 공포를 느껴 긴급하게 의사를 불러야 했다.

뤼팽은 거처를 옮겨야 한다고 판단했는데 이사의 번잡함을 견딜 정도로 아이가 회복되기까지는 2주가 넘게 걸렸다. 메르지 부인 역시 이삿날이 되어서야 겨우 기운을 차렸고 이사는 밤사이에 뤼팽의 지시에 따라 최대한 신중하게 이루어졌다.

그는 어머니와 아들을 브르타뉴의 한 해변으로 데려가 빅투아르의 보호와 보살핌 아래 맡겼다.

그들을 피신시키고 나서 그는 생각했다.

〈마침내 도브렉과 나만 남았군. 도브렉은 이제 더 이상 메르지 부인과 아이에게 해코지를 할 수 없겠지. 이제 메르지 부인이 개입해서 싸움을 빗나가게 할 위험도 없고. 제길! 이미 너무나 많은 실수를 저질렀군. 첫째, 나는 도브렉과 일대일로 대면했다. 둘째, 앙쟁의 귀중품 중 내 몫을 포기해야 했어. 하지만 언젠가는 되찾고 말리라. 그건 의심의 여지가 없지. 그렇지만 어쨌든 우리 일에는 전혀 진전이 없는데 지금부터 1주일 후면, 질베르와 보슈레는 중죄 재판을 받게 된다.〉

도브렉에게 샤토브리앙가의 거점을 고발당한 것은 이번 일 중에서 뤼팽에게 가장 큰 타격이었다. 경찰은 그 집에 처들어왔다. 뤼팽과 미셸 보몽의 정체가 드러났고 몇몇 서류들이 발각되었다. 뤼팽은 자신의 목표를 끈질기게 쫓아가며, 이미 시작된 몇몇 작업들을 지휘하고, 그 어느 때보다 집요한 경찰의 추적을 피해 다른 거처들을 이용하면서 업무들을 완전히 재편해야 했다.

도브렉 때문에 곤경에 빠질수록 뤼팽의 분노는 커져갔다. 그에게는 오로지 도브렉을 잡아들여 자신의 수중에 넣고 무슨 수를 써서라도 도브렉의 비밀을 캐내겠다는 한 가지 욕망뿐이었다. 뤼팽은 세상에서 가장 과묵한 사람도 말문을 열게 하는 고문을 상상하곤 했다. 형틀, 고문대, 불에 달군 집게, 못으로 뒤덮인 판자……. 그에게 도브렉은 어떤 형벌을 받아도 마땅하며 그 목적을 이루기 위해서는 수단이 무엇이든 상관없어 보였다.

「아! 지글지글 끓는 방에 눈 하나 꿈쩍 않는 형리들과 함께 가둔다면 얼마나 멋있을까!」

그로냐르와 르 발뤼는 매일 오후 도브렉이 라마르틴 광장과 국회 의사당, 그리고 그가 속해 있는 클럽을 오가는 길을 살폈다. 어느 날 저녁, 가장 인적이 드물고 가장 적합한 때를 골라서 그를 차 안에 밀어넣기 위해서였다.

한편, 뤼팽은 파리에서 멀지 않은 곳, 커다란 정원 한가운데에 있는 아주 외지고 안전한 낡은 건물을 개조하여 〈원숭이 우리〉라고 이름 붙였다.

불행히도 도브렉 역시 틀림없이 경계를 철저히 하는 듯 매일 길을 바꾸고, 지하철을 탔다가 전차를 탔다가 하는 바람에 〈우리〉는 계속 비어 있었다.

뤼팽은 다른 책략을 마련했다. 마르세이유에서 그의 심복 중 하나인 브랭드부아 영감을 오게 했다. 브랭드부아는 은퇴한 유명 식료품상으로 도브렉의 선거구에 살고 있었으며 정치에 관심이 많았다.

브랭드부아 영감은 마르세이유에서 도브렉을 방문하겠다는 의사를 알렸고, 도브렉은 이 무시 못할 유권자를 기꺼이 받아들였다. 그 다음 주에 저녁 식사를 약속했다.

이 유권자는 음식이 훌륭하다며 센 강 좌안의 작은 레스토랑을 제안했고 도브렉도 받아들였다.

이것이 바로 뤼팽이 원하던 바였다. 이 레스토랑의 주인 역시 뤼팽의 친구 중 하나였던 것이다. 그러니 이제 다음 목요일에 예정된 일은 실패할 리가 없었다.

그새 같은 주 월요일에 질베르와 보슈레의 소송이 시작되었다.

이 심리는 아주 최근의 일이었고 우리 모두 잘 기억하고 있으니 중죄 재판장이 질베르에 대한 심문을 얼마나 이상야릇하고 편파적으로 진행했는지 여기서 다시 상기시킬 필요는 없으리라. 사건의 잔인함이 지나치게 강조되었고 가혹한 판결이 내려졌다. 뤼팽은 다시금 도브렉의 지독한 영향력을 확인했다.

두 피고인의 태도는 굉장히 달랐다. 침울하고 과묵하며 험악한 표정의 보슈레는 비꼬는 듯 간략하고 도전적인 말로 이전에 자기가 저지른 죄들을 뻔뻔하게 자백했다. 그러나 그와 대조적으로, 뤼팽을 제외한 모든 사람은 이해할 수 없을 만큼 하인 레오나르 살인만은 전면 부인했고, 질베르를 신랄하게 고발했다. 자신의 운명을 질베르의 운명과 같이 묶어 뤼팽이 두 공범자 모두의 석방을 위해 똑같은 조치를 취하게 하려는 의도였다.

순진한 얼굴과 꿈꾸는 듯한 슬픈 눈동자로 모든 이의 동정을 유발한 질베르는 재판장의 덫을 피할 줄도, 보슈레의 거짓말에 응수할 줄도 몰랐다. 그는 울거나 말을 너무 많이하거나 또는 꼭 필요할 때 아무 말도 하지 않았다. 게다가 변호사회 회원인 그의 변호사는 마지막 순간에 병이 나(뤼팽은 이 일에도 역시 도브렉이 관여했음을 간파했다.) 비서관이 그를 대신하게 되었는데, 이 사람은 변론을 제대로 못했을 뿐 아니라 상황을 거꾸로 해석하고 배심원단의 반감을 샀다. 그리하여 검사의 논고와 보슈레의 변호사가 한 변론이 심어준 질베르에 대한 나쁜 인상을 지워내지 못했다.

믿을 수 없을 정도로 대담하게도 마지막 날인 목요일의 심리에 참관한 뤼팽은 결과를 훤히 내다볼 수 있었다. 둘 다 사형을 선고받을 것이 분명했다.

확실히 그랬다. 왜냐하면 법원에서는 갖은 노력을 다해 보슈레의 계략을 확고히하면서 두 피고인을 더욱 단단히 묶어놓으려 했으니까. 결과는 분명했다. 무엇보다도 두 피고인은 뤼팽의 부하였기 때문이다. 법원에서는 증거가 불충분했고, 또 일을 간단히 처리하기 위해서라도 뤼팽을 연루시키지 않으려고 했지만 예심 시작부터 판결문 낭독에 이르기까지 모든 과정이 뤼팽을 상대로 진행되었다. 사람들이 잡아들이기 원하는 적은 뤼팽이었다. 두목인 그가 그의 친구들을 대신해서 벌을 받아야 했다. 유명하고 인기 있는 도둑인 그의 위신을 군중의 눈앞에서 땅에 떨어뜨려야 했다. 질베르와 보슈레가 처형되면 뤼팽의 영광도 사라지고 전설은 끝난다.

뤼팽……, 뤼팽……, 아르센 뤼팽……. 사람들은 나흘 동안 이 이름만을 반복했다. 검사도, 재판장도, 배심원들도, 변호사들도, 증인들도 다른 할 말이 없는 듯했다. 잠시도 쉬지 않고 뤼팽은 저주받고, 우롱당하고, 모욕당했으며, 모든 범죄에 책임을 져야 했다. 질베르와 보슈레는 단지 단역 배우일 뿐이며, 실은 뤼팽 나리, 괴도 뤼팽, 깡패 두목이자 위조 지폐범, 방화범, 전과자이며 고대의 갤리선을 젓던 죄수와 다름없는 뤼팽을 상대로 소송을 하고 있는 것 같았다. 암살자 뤼팽, 희생자의 피로 더러워진 뤼팽, 자신의 동료들을 단두대에 밀어넣고도 비겁하게 그늘에 숨어 있는 뤼팽!

「아! 저들이 맞아. 내 가련한 젊은 친구 질베르가 내 죄를 대신하고 있군. 내가 진짜 죄인이야」

뤼팽은 중얼거렸다.

끔찍한 드라마는 계속되었다.

저녁 일곱시, 아주 오랜 심의 끝에 배심원들이 자리로 돌아왔고, 배심원장은 법정이 던지는 질문에 대답했다. 모든 죄목에 대해 유죄였다. 정상 참작은 없었다.

두 피고인을 법정 안으로 다시 불러들였다.

두 사람은 창백한 얼굴로 서서 비틀거리며 사형 선고를 받았다.

방청객들의 불안과 연민이 뒤섞인 엄숙한 침묵 속에서 재판장이 물었다.

「더 할 말은 없소, 보슈레?」

「없습니다, 재판장님. 제 동료와 같은 판결을 받은 이상 저는 안심입니다……. 우리가 같은 처지에 있으니……, 두목님은 이제 우리 둘 모두를 구하기 위한 방법을 찾겠죠」
「두목이라고?」
「네. 아르센 뤼팽 말입니다」
군중 속에서 누군가 웃었다.
재판장이 다시 물었다.
「질베르, 당신은 어떻소?」
눈물이 이 불행한 젊은이의 볼을 타고 흘러내렸다. 그리고 몇 마디 말을 중얼거렸지만 알아들을 수가 없었다. 재판장이 다시 질문을 하자, 그는 가까스로 진정을 하고서 떨리는 목소리로 대답했다.
「재판장님, 저는 많은 죄를 저질렀습니다. 그건 사실이에요. 나쁜 짓을 많이 했고, 그것에 대해 마음 깊이 후회합니다……. 하지만, 그렇지만, 이번 일은 아닙니다……. 정말 아니에요. 저는 죽이지 않았습니다……. 절대로요……. 저는 죽고 싶지 않아요……. 너무 무서워요……」
경찰관들이 비틀거리는 그를 붙잡았다. 그는 마치 구조를 요청하는 어린아이처럼 외쳤다.
「두목님……. 살려줘요! 살려주세요! 죽기 싫어요」
그때, 모든 사람이 흥분한 가운데 웅성거리는 소리를 뚫고 군중 속에서 어떤 목소리가 들려왔다.
「두려워하지 마라, 질베르. 두목이 여기 있다」
소동이 벌어지고 법정은 아수라장이 되었다. 파리 시 경찰들과 수사관들이 재판장으로 몰려 들어왔고 얼굴이 몹시 붉은 뚱뚱한 남자가 체포되었다. 목격자들의 증언에 따라 그 목소리의 주인공으로 지목된 이 남자는 마구 주먹질을 해대며 발버둥을 쳤다.

경찰은 즉시 그를 심문했다. 그는 자신이 장례청 소속의 필립 바넬이며, 옆에 있던 어떤 사람이 바로 그 순간에 쪽지에 적은 문장을 읽는 대가로 100프랑을 주겠다는 제안을 했다고 고백했다. 거절하기 쉽지 않은 거래였다.

증거물로 그는 100프랑짜리 지폐와 쪽지를 제시했다.

필립 바넬은 풀려났다.

의심할 것도 없이 이 남자가 체포되어 경찰관 손에 들어가는데 지대한 공을 세운 뤼팽은 가슴을 죄는 번민을 안고 그 사이 법정에서 빠져나왔다. 강변에 그의 차가 서 있었다. 그는 차 안에 털썩 주저앉아 절망과 깊은 슬픔에 빠져 눈물을 참으려 애썼다. 질베르의 부르짖음, 비탄에 빠져 절규하는 목소리, 공포에 질린 얼굴, 비틀거리던 몸짓, 모든 것이 뤼팽의 머릿속을 떠나지 않았고 오늘 받은 인상은 단 1초라도 영원히 잊을 수 없을 것 같았다.

뤼팽은 그날 밤 함께 도브렉을 납치하기로 한 그로냐르와 르발뤼를 만나기 위해, 그의 여러 집들 중 새로운 거처로 택한 클리쉬 광장 한 귀퉁이의 집으로 돌아갔다.

그러나 문을 채 열기도 전에 뤼팽은 놀라 소리를 질렀다. 클라리스가 그의 앞에 있었다. 판결이 나던 바로 그 시간에 맞춰 브르타뉴에서 돌아온 것이다.

그녀의 태도와 창백한 얼굴을 본 뤼팽은 그녀가 모든 것을 알고 있음을 즉각 알아챘다. 그리고 그녀를 마주보며, 그녀가 말할 틈도 주지 않고 용기를 내어 외쳤다.

「그래요, 맞습니다……. 하지만 놀랄 것 없습니다. 예상했던 일이니까. 판결은 막지 못했습니다. 그러니 이제 해야 할 일은 악을 추방하는 일입니다. 오늘 밤, 아시겠죠? 오늘 밤, 일을 완수할 겁니다」

고통에 가득 차서 미동도 하지 않던 그녀가 떠듬떠듬 말했다.
「오늘 밤……, 이라고요?」
「그래요. 모든 준비가 되어 있습니다. 두 시간 후면 도브렉은 내 손안에 있을 겁니다. 오늘 밤, 어떤 방법을 써서든 입을 열게 만들겠습니다」
「가능할까요?」

가냘픈 목소리로 그녀가 물었다. 약간의 희망에 그녀의 표정이 벌써 밝아지는 듯했다.

「그는 사실을 털어놓을 겁니다. 그의 비밀을 알아내서 27인의 명단을 빼앗으면 그 명단으로 당신의 아들을 석방시킬 수 있습니다」
「하지만 너무 늦어요!」
클라리스가 중얼거렸다.
「너무 늦다니, 무슨 말씀이십니까? 그만 한 서류를 교환하는 조건으로 질베르의 탈출을 눈감아 주지 않을 것이라 생각하십니까? 앞으로 사흘 후면 질베르는 자유입니다. 사흘 후면……」
벨소리가 그의 말을 중단시켰다.
「자, 내 친구들이 왔습니다. 안심하세요. 제가 늘 약속을 지킨다는 것을 아시지요? 당신의 어린 자크도 당신에게 돌아오지 않았습니까. 질베르도 그럴 겁니다」

그는 그로냐르와 르 발뤼를 마중 나가 말했다.
「준비는 다되었나? 브랭드부아 영감은 식당에 있겠지? 빨리, 서두르자」

「그럴 필요 없습니다, 대장님」
르 발뤼가 대꾸했다.
「뭐라고? 무슨 소리야!」
「새로운 소식이 있습니다」
「새로운 소식? 말해 보게」
「도브렉이 사라졌습니다」
「뭐? 그게 무슨 소린가? 도브렉이 사라지다니?」
「그렇습니다. 그의 저택에서 납치당했어요. 대낮에 말입니다!」
「제기랄! 누가 그랬다는 말인가?」
「모릅니다……. 네 명이 들이닥쳐서……, 총격을 벌였습니다. 경찰이 현장에 와 있어요. 프라스빌이 조사를 지휘하는 중입니다」

뤼팽은 움직이지 않았다. 그는 소파에 쓰러지는 클라리스 메르지를 바라보았다.

뤼팽 역시 어디에든 기대야 할 지경이었다. 도브렉이 납치를 당하다니, 마지막 남아 있던 기회가 사라진 것이다…….

나폴레옹의 옆얼굴

　경찰국장과 경찰청장, 예심 판사들이 전혀 소득 없이 첫번째 수사를 마치고 도브렉의 저택을 떠나자마자, 프라스빌은 다시 단독 조사를 시작했다.
　그가 서재를 샅샅이 살피며 그 안에서 벌어졌던 싸움의 흔적을 조사하고 있을 때 관리인이 연필로 휘갈겨 쓴 명함을 들고 왔다.
「부인을 들여보내게」
「부인 혼자가 아닙니다」
　관리인이 말했다.
「그래? 그럼 같이 오신 분도 함께 들어오시라고 하게」
　클라리스 메르지가 들어와서 동행한 신사를 소개했다. 그는 몸에 너무 꽉 끼는 지저분한 검은 프록코트를 입고 있었는데 태도가 매우 소심해서 낡은 중산모와 면으로 만든 우산, 한 짝뿐인 장갑 등을, 아니 자신의 몸 전체를 어디에 두어야 할지 몰라 안

절부절못하는 것 같았다.

「니콜 씨는 개인 교습을 하세요. 작은 아들 자크의 가정교사입니다. 제게는 1년 전부터 여러 가지 조언으로 크게 도움을 주고 계시지요. 수정마개에 대한 것도 바로 이분이 추리하셨답니다. 허락해 주신다면, 이분과 함께 이번 납치 사건의 모든 세부적인 이야기들을 들었으면 해서요……. 저는 이 사건 때문에 몹시 불안해요. 저와……, 당신의 계획을 방해하는 일이지요, 그렇지 않나요?」

프라스빌은 클라리스 메르지를 완전히 믿었다. 도브렉에 대한 그녀의 엄청난 증오를 익히 알고 있고, 이 일에 있어서 그녀의 협조에 깊이 감사하고 있던 터라 몇 가지 증거와 특히 관리인의 증언을 통해 알게 된 내용을 말해 주는 데 망설일 이유가 없었다.

게다가 사건은 너무나 단순했다.

도브렉은 질베르와 보슈레의 소송에 증인으로 참석했고, 변론이 이어지는 동안 법정에 있었던 것은 이미 아는 바이다. 이후 그는 저녁 여섯시경에 저택에 돌아왔다. 관리인은 그가 혼자 돌아왔으며, 이때 저택에는 아무도 없었다고 분명하게 말했다. 그러나 몇 분 후 비명소리가 들렸고 싸우는 소리가 났으며 두 발의 총성이 울렸다. 그녀는 관리인실에서 복면을 쓴 남자 넷이 도브렉 의원을 둘러메고 층계를 구르듯 내려와 급히 철문으로 향해 가는 것을 보았다. 그들이 문을 엶과 동시에 차 한 대가 저택 앞에 도착했다. 네 남자는 차가 채 서기도 전에 재빨리 안으로 들어갔고, 자동차는 곧 전속력으로 출발했다.

「늘 경찰 두 사람이 도브렉을 감시하고 있었잖아요?」

클라리스가 물었다.

「그들은 150미터 정도 떨어진 곳에 있었는데 납치가 워낙 순식간에 일어난 일이라서 전력을 다해 달려왔지만 잡을 수가 없었습니다」

프라스빌이 대답했다.

「경호원들이 발견한 것은 없나요?」

「네, 거의 아무것도……, 다만 이것뿐이었죠」

「그게 뭐죠?」

「그들이 땅바닥에서 주운 상아 조각입니다. 관리인이 방의 창문을 통해 본 바로는 자동차 안에 다섯번째 남자가 있었답니다. 다른 사람들이 도브렉을 차 안으로 밀어넣는 동안 그 남자가 차에서 내렸다가 다시 탔는데 그때 뭔가를 떨어뜨렸다고 합니다. 곧바로 다시 줍기는 했지만 그 무언가가 포장 도로에 부딪혀 부서진 것이 틀림없어요. 이게 거기서 주운 조각입니다」

「그런데 그 네 남자는 어떻게 도브렉의 방에 들어갔을까요?」

클라리스가 물었다.

「열쇠를 복제한 게 틀림없습니다. 도브렉에게는 다른 하인도 없으니 관리인이 오후에 장을 보러 간 사이에 들어가 숨어 있기는 쉬웠겠지요. 모든 정황을 미루어볼 때 그들은 바로 옆방인 식당에 숨어 있다가 도브렉이 서재에 들어가자 공격한 겁니다. 엉망으로 흩어진 가구와 물건들을 보면 싸움이 얼마나 격렬했던가를 알 수 있어요. 양탄자 위에는 도브렉의 것인 이 대구경 권총이 떨어져 있었습니다. 총알 하나가 배기관 유리를 깼더군요」

클라리스는 동행한 사람의 의견을 구하기 위해 그쪽으로 고개를 돌렸다. 그러나 니콜 씨는 두 눈을 고집스럽게 내리깐 채 꿈쩍도 하지 않았고, 아직도 모자를 어디다 두어야 할지 모르겠다는 듯이 모자의 가장자리를 만지작거리고 있었다.
 프라스빌은 웃음이 나왔다. 클라리스의 조언자는 정말이지 별로 대단해 보이지 않았다.
「사건이 좀 불분명하지 않습니까, 선생님?」
 프라스빌이 물었다.
「네……, 네……. 아주 막연하군요」
 니콜 씨가 답했다.
「그러면 이 문제에 대해 아무런 의견도 없으신 겁니까?」
「아! 사무국장님! 제 생각에는 도브렉에게 적이 아주 많은 것 같군요」
「네, 네. 옳은 말씀이십니다」
「그리고 그가 사라지기를 바라는 많은 적들이 이 일에 뜻을 같이한 것입니다」
「대단하십니다. 훌륭해요. 모든 것이 분명해지는군요. 이제 우리의 수사를 이끌어줄 조그마한 단서만 주시면 되겠는데요」
 프라스빌은 빈정거리며 칭찬을 했다.
「사무국장님은 땅에서 주운 이 상아 조각이……」
「아닙니다, 니콜 씨. 아니지요. 그 주인은 급히 물건을 감추었고 우리는 이 조각이 어디서 떨어졌는지도 모릅니다. 주인이 누구인지까지 알아내려면 적어도 이 물건의 정체를 먼저 알아야지요」
 니콜 씨는 잠시 생각을 한 후 다시 말을 이었다.
「사무국장님, 나폴레옹 1세가 권좌에서 쫓겨났을 때……」
「이런, 니콜 씨, 프랑스 역사에 대한 강의라도 하시려는 겁니까?」
「사무국장님, 한마디만, 단 한마디만이라도 마칠 수 있게 해주십시오. 나폴레옹 1세가 권좌에서 쫓겨났을 때, 부르봉 왕조는 상당수 장교들의 월급을 반으로 삭감했지요. 나폴레옹 황제 시절에 대한 추억을 충실히 간직했으며, 당시 정권의 의심을 사 경찰의 감시를 받았던 이들은 자기들의 우상인 나폴레옹의 형상을 모든 일용품에 새겨넣었습니다. 담뱃갑, 반지, 넥타이핀, 칼 등등……」

「그래서요?」

「그러니까 이 조각은 지팡이, 아니 머리 부분을 상아 조각으로 장식한 등나무 곤봉에서 떨어졌을 겁니다. 이 조각을 자세히 들여다보면, 바깥 선이 나폴레옹 1세의 옆얼굴을 그리고 있음을 알 수 있어요. 지금 국장님은 감봉당한 장교의 곤봉 위에 붙어 있던 상아 장식의 한 조각을 손에 들고 계신 겁니다」

「정말이군요……. 정말 옆얼굴이 보입니다……. 하지만 결론이 뭔지 잘 모르겠군요」

증거품을 햇빛에 열심히 비춰보던 프라스빌이 말했다.

「결론은 간단합니다. 도브렉에게 피해를 입은 사람들, 그러니까 그 유명한 명단에 이름이 올라 있는 사람들 중에 나폴레옹 덕에 부유해지고 귀족이 되었다가 왕정복고로 망해 버린, 나폴레옹을 섬기던 코르시카 혈통의 후예가 있을 겁니다. 몇 년 전까지 나폴레옹 당의 수뇌부였을 이 코르시카 혈통의 후예가 십중팔구 그 자동차 안에 있던 다섯번째 남자입니다. 그 사람의 이름을 말씀드릴 필요가 있을까요?」

「알뷔펙스 후작?」

프라스빌이 중얼거렸다.

「네. 알뷔펙스 후작입니다」

니콜 씨가 확언했다.

니콜 씨는 이제 더 이상 모자와 장갑, 우산 때문에 안절부절못하거나 당황하지 않는 것 같았다. 그는 일어나 프라스빌에게 말했다.

「국장님, 저는 제가 발견한 사실을 혼자만 간직하고 있다가 결정적인 승리를 거둔 후에, 그러니까 그 27인의 명단을 빼앗아 국장님께 가져온 후에 알려드릴 수도 있었습니다. 하지만 상황이 매우 급해요. 납치범들의 기대와는 달리 도브렉이 사라짐으로써, 우리가 피하려고 하는 위기가 오히려 앞당겨질 수 있습니다. 그러니 서둘러야 합니다. 곧바로 적절한 도움을 주셨으면 합니다, 국장님」

「무엇을 도와드리면 되겠습니까?」

이 희한한 사람에게 깊은 인상을 받은 프라스빌이 말했다.

「내일부터 당장 알뷔펙스 후작에 대한 정보들을 제게 주십시오. 저 혼자 그 정보들을 수집하려면 며칠씩 걸릴 테니까요」

프라스빌은 망설이다가 메르지 부인에게 고개를 돌렸다. 클라리스가 말했다.

「부탁입니다. 니콜 선생님의 제안을 받아들이세요. 이분은 뛰어나고 성실한 조력자예요. 제가 보장합니다」

「어떤 정보를 원하십니까?」

프라스빌이 물었다.

「알뷔펙스 후작에 대한 모든 것입니다. 가족이나 일, 친척 관계, 파리와 지방에 가지고 있는 재산 등」

프라스빌이 반대했다.

「후작이든 누구든 간에 도브렉을 납치한 사람은 결국 우리 편입니다. 그 명단을 빼앗으면 도브렉은 무기가 없어지니까요」

「하지만 그 사람이 자기 자신을 위해 명단을 사용하지 않으리라는 법이 있습니까?」

「그럴 수는 없습니다. 자신의 이름도 명단에 있을 테니까요」

「하지만 이름을 지워버린다면? 그래서 도브렉보다 정치적으로 더 유리한 위치에 있는 적수이자 더 지독하고 강력한 두번째 협박꾼에게 걸려들게 된다면 어떻게 합니까?」

사무국장은 할 말을 잃었다. 얼마간 고민을 한 후 그가 선언했다.

「내일 네시에 경찰국 제 사무실로 오십시오. 필요한 정보를 모두 드리겠습니다. 만일의 경우를 대비해서, 주소가 어떻게 되십니까?」

「클리쉬 광장 25번지입니다. 친구 하나가 집을 비우는 동안 그의 아파트에서 지내고 있습니다」

회담은 끝났다. 니콜 씨는 국장에게 사의를 표하고 머리 숙여 인사한 후 메르지 부인과 함께 나왔다.

「일이 아주 잘되었군. 이제 경찰국에 마음대로 드나들 수 있게 된데다가 경찰국 직원들도 전부 이 일에 전력 투구할 겁니다」

일단 밖으로 나오자, 만족한 듯 손을 비비면서 그가 말했다.

메르지 부인은 그다지 희망을 느끼지 못하고 반대했다.

「아! 제시간에 해낼 수 있을까요? 그 명단을 파기시키지 않을까 걱정이 돼요」

「누가 그런 짓을 한단 말이오? 도브렉이?」

「아니, 후작 말이에요. 그가 명단을 손에 넣는다면……」

「하지만 그는 아직 그것을 찾아내지 못했소. 도브렉은 꽤 오래

버틸 거요. 적어도 그가 비밀을 발설하기 전에 우리가 그를 찾아낼 거요. 생각해 보세요! 프라스빌도 내 명령대로 하게 되었잖소」

「프라스빌이 당신의 정체를 알아채면 어쩌죠? 조금만 조사해 봐도 니콜 선생은 존재하지 않는다는 것이 밝혀질 텐데……」

「하지만 니콜 선생이 아르센 뤼팽이라는 사실은 밝혀지지 않을 거요. 걱정하지 마십시오. 프라스빌은 경찰관으로서는 매우 무능해요. 그의 목표는 단 한 가지, 숙적인 도브렉을 파멸시키는 것뿐입니다. 이를 위해서 모든 수단을 강구하는 그가 도브렉의 모가지를 약속한 니콜 씨의 정체를 밝히느라 시간을 낭비하지는 않겠지요. 더구나 나를 데려온 사람은 당신이고 어쨌든 그는 분명 제 별 거 아닌 솜씨에 현혹당했어요. 그러니 과감하게 진행합시다」

클라리스는 자기도 모르게 뤼팽에 대한 믿음을 다시 한번 되찾았다. 앞날이 덜 끔찍해 보였고, 아무리 무시무시한 사형 언도가 내려졌다 해도 질베르를 구할 수 있는 기회가 줄어든 것은 아니라고 납득하려 애썼다. 그러나 그녀를 브르타뉴로 돌려보내기에는 역부족이었다. 그녀는 파리에 남아서 모든 희망과 근심을 함께하기를 원했다.

그 다음날, 경찰국의 정보는 뤼팽과 프라스빌이 알아낸 사실을 확인시켜 주었다. 나폴레옹 대군이라도 그를 프랑스 정치국장 자리에서 내몰았을 정도로 운하 사건에 크게 연루되어 있는 알뷔펙스 후작은 호화 생활을 지탱하기 위해서 임시 방편에 의존하고 사방에 부채를 지고 있었다. 다른 한 편 도브렉의 납치와 관련해서 볼 때, 후작은 평소와 달리 여섯시에서 일곱시 사이에 클럽에 나타나지 않았고 집에서 저녁 식사를 하지도 않았다. 그리고 자정이 되어서야 걸어서 집에 돌아왔다.

니콜 씨의 추리는 이렇게 해서 증거를 갖추기 시작했다. 하지만 불행히도, 뤼팽이 개인적으로 벌인 조사에서도 더 이상은 밝혀진 게 없어 자동차와 운전사, 그리고 도브렉의 저택에 잠입한 네 명의 남자에 대해서는 어떤 정보도 얻어내지 못했다. 그들도 후작처럼 이 일에 연루된 사람들인지 아니면 후작에게 매수된 자들인지 알 수가 없었다.

이제 후작과 그의 성, 집들에 대한 조사에만 집중해야 했다. 파리에서 어느 정도 떨어진 곳에 위치한 성과 집들까지의 거리는 자동차의 평균 속도와 꼭 필요한 휴식 시간을 고려할 때 거의 150 킬로미터 정도 되었다.

그런데 그곳에 가보니 알뷔펙스가 이미 모든 것을 다 팔아치워서 지방에는 성도 집도 남아 있지 않았다.

이번에는 후작의 부모와 친구들에게 눈을 돌렸다. 도브렉을 감금할 만한 확실한 은신처를 이 사람들에게서 얻지 않았을까?

마찬가지로 아무런 소득도 없었다.

날짜가 지나갔다. 클라리스 메르지에게는 얼마나 끔찍한 나날이었는지! 하루하루 질베르의 참혹한 최후가 다가왔고 자신도 모르게 머릿속에 박혀 있는 날짜에서 하루하루 24시간씩 줄어들었다. 그녀는 뤼팽에게 늘 똑같은 걱정이 머릿속을 떠나지 않는다고 호소했다.

「55일……, 50일……, 날짜가 이렇게 얼마 남지 않았는데 그 사이에 무엇을 할 수 있나요? 아……, 제발……, 제발……」

사실 무엇을 할 수 있겠는가? 뤼팽은 누구에게도 맡기지 않고 후작을 직접 감시하면서 잠도 자지 않았다. 그러나 규칙적인 생활을 되찾은 후작은 빈틈없이 주위를 경계하면서 한 번도 집을 비우지 않았다.

단 한 번, 낮에 몽모르 공작 집에 갔는데 일행은 뒤를렌 숲에서 멧돼지 사냥을 즐겼다. 후작은 공작과 단지 운동을 함께 하는 관계일 뿐이었다.

프라스빌이 말했다.

「자기 영지와 사냥밖에 모르고 정치는 전혀 관여하지 않는 백만장자 몽모르 공작이 자기 성 안에 도브렉 의원을 감금하도록 했을 리 없을 것 같군요」

뤼팽 역시 같은 의견이었으나 어느 것 하나 소홀히 할 수 없었으므로 그 다음 주 어느 날 아침, 알뷔펙스가 승마 복장으로 집을 나서자 북부역까지 쫓아가 그와 함께 기차에 올랐다.

그는 오말 역에서 내리더니 자동차를 타고 몽모르의 성으로 갔다.

느긋하게 점심을 먹고 자전거를 빌린 뤼팽은 손님들이 자동차나 말을 타고 정원에서 빠져나오고 있을 즈음 성이 보이는 곳에 이르렀다. 알뷔펙스 후작은 승마복을 입은 사람들 틈에 섞여 있었다.

뤼팽은 말을 타고 질주하는 후작의 모습을 종일 세 번 보았다. 저녁에 후작은 사냥터지기 하인과 함께 역까지 말을 타고 돌아갔다.

결과는 확실했다. 이쪽에는 수상한 점이 없었다. 그런데 왜 뤼팽은 이런 겉모습에 넘어가지 않기로 결심했을까? 왜 다음날 르발뤼를 보내어 몽모르의 주변을 조사하게 했을까? 그는 어떠한 이성적 근거가 아니라 체계적이고 세심한 특유의 행동 방식에 따라 이렇게 더욱 신중을 기한 것이었다.

이틀 후, 르 발뤼가 별 가치 없는 몇몇 정보들과 함께 몽모르의 손님, 하인, 산지기들의 명단을 보내왔다.

사냥터지기 하인 중 한 사람의 이름이 눈에 들어왔고, 뤼팽은 곧장 전보를 쳤다.

세바스티아니라는 하인에 대해 조사할 것

르 발뤼는 재빨리 답장을 했다.

세바스티아니(코르시카 출신)는 알뷔펙스 후작이 몽모르 공작에게 추천한 하인으로, 성에서 4킬로미터 가량 떨어진, 몽모르 가문의 발상지였던 중세 성채의 폐허 사이에 있는 사냥막에 삽니다.

「맞았어! 세바스티아니라는 이름에서 곧 알뷔펙스가 코르시카 출신임을 생각해 내고 그 둘을 연관시켜 봤지요……」
뤼팽은 르 발뤼의 편지를 클라리스 메르지에게 보이며 말했다.
「그럼 이제 어떻게 하실 생각이세요?」
「도브렉이 그 폐허 안에 갇혀 있다면 그와 대화를 시도해야지요」
「당신을 경계할 텐데요」
「아닙니다. 최근에 경찰에서 확보한 정보를 통해, 생제르맹에서 당신의 어린 아들 자크를 납치했다가 베일을 쓴 채 아이를 다시 뇌이이로 데려왔던 두 노부인을 찾아냈죠. 그들은 도브렉의 사촌 자매로, 그에게 매달 약간의 생활 보조금을 받고 있습니다. 저는 이 루슬로 자매(이름과 주소를 기억해 두십시오. 바크 거리 134-2번지요.)를 찾아가서 그들의 신뢰를 얻은 다음 후원자인 사촌을 되찾아주겠다고 약속했지요. 언니인 유프라지 루슬로가 니콜 씨를 믿고 따르라고 간청하는 편지를 써주었습니다. 보시다시피 만반의 준비가 되어 있어요. 오늘 밤에 출발하겠소」

「저도 함께 가요」

클라리스가 말했다.

「당신이?」

「어떻게 이렇게 아무것도 하지 않고 두려움에 떨며 지낼 수 있겠어요?」

그리고 그녀는 힘없이 말했다.

「이제 더 이상 날짜도 세지 않아요……. 기껏해야 38일 또는 40일……. 이제는 시간을 센다고요……」

뤼팽은 그녀의 결심이 너무나 확고해서 설득할 수 없으리라는 걸 알았다. 새벽 다섯시, 그들은 함께 자동차를 타고 출발했다. 그로냐르가 동행했다.

의심을 사지 않기 위해 큰 도시를 거점으로 정한 뤼팽은 클라리스를 몽모르 성에서 30여 킬로미터밖에 떨어져 있지 않은 아미앵에 머물게 했다.

여덟시쯤, 그 지방에서는 모르트피에르라고 불리는 그 옛 성채에서 멀지 않은 곳에서 르 발뤼를 만나 그의 안내를 받으며 주변을 점검했다.

숲의 경계 지역에서는 리지에 강이 매우 깊은 계곡을 이루며 흘렀고 모르트피에르라는 거대한 절벽이 굽이쳐 흐르는 강줄기를 내려다보고 있었다.

「이쪽에서는 어떻게 해볼 도리가 없군. 깎아지른 듯한 절벽은 높이가 60, 70미터나 되고 강에 둘러싸여 있으니」

그들은 좀더 멀리 떨어진 곳에서 작은 길로 이어지는 다리 하나를 발견했다. 떡갈나무와 전나무 사이로 난 그 구불구불한 길을 따라가자 조그마한 평지가 나오고, 두 개의 탑 사이에 철갑을 두르고 못으로 뒤덮인 육중한 문이 가로막았다.

「여기가 바로 사냥터지기 세바스티아니가 사는 곳이로군」

뤼팽이 말했다.

「네. 폐허 한가운데 위치한 이 집에서 부인과 함께 삽니다. 그밖에 세 명의 장성한 아들이 있는데 그의 말로는 세 명 모두 여행을 떠났다고 합니다. 그것도 도브렉이 납치된 바로 그날 말입니다」

르 발뤼가 대답했다.

「그래? 그런 우연이라면 새겨둘 만하지. 이 아들들과 아버지가 납치범일 가능성이 매우 크군」

오후가 다 지날 무렵, 뤼팽은 틈새들을 이용해 탑의 오른쪽으로 성벽을 기어올라 갔다. 거기에선 경비 초소와 오래된 성채의 폐허가 내려다보였다. 가까이에는 벽난로 위쪽의 장식 선반이 드러나보이는 벽면이, 좀 멀리에는 저수통이 있었고, 이쪽에는 성당의 아치형 회랑, 저쪽에는 무너진 돌 더미가 보였다.

전면에는 절벽을 따라 순찰로가 이어지고, 이 길의 한쪽 끝에는 거의 바닥까지 헐린 커다란 탑의 잔해가 남아 있었다.

그때부터 뤼팽은 저녁마다 클라리스 메르지에게 돌아가면서 아미앵과 모르트피에르 사이를 정기적으로 왕래했다. 그로냐르와 르 발뤼는 지속적인 감시를 맡았다.

그렇게 엿새가 지났다……. 세바스티아니의 일상은 전적으로 직업상의 임무에 따라 돌아가는 것 같았다. 그는 몽모르 성에 가고, 숲속을 산책하고, 짐승들이 다니는 길을 찾아내고, 밤에는 순찰을 돌았다.
 이레째 되는 날, 사냥할 예정으로 차 한 대가 아침에 오말 역으로 떠난 것을 알고 있던 뤼팽은 성문 앞 평지를 에워싸고 있는 월계수와 회양목 숲속에 자리를 잡았다.
 두시에 사냥개가 짖는 소리가 들리더니 사람들의 아우성 소리와 함께 가까이 다가왔다가 멀어졌다. 오후 한창 때에 아까보다는 덜 분명하지만 그 소리가 다시 들려왔고, 그걸로 끝이었다. 그런데 적막 속에서 느닷없이 말발굽 소리가 들리더니 몇 분 후 말을 타고 강의 오솔길을 따라 올라오는 두 사람의 모습이 나타났다.
 알뷔펙스 후작과 세바스티아니였다. 평지에 도착한 두 사람이 말에서 내리자 틀림없이 세바스티아니의 부인일 어떤 여자가 문을 열었다. 세바스티아니는 뤼팽과 세 발자국 정도 떨어진 곳의 말뚝에 고정된 고리에 고삐를 묶고는 뛰어서 후작을 쫓아갔다. 그들 등 뒤에서 문이 닫혔다.
 대낮이기는 했지만 장소가 외진 곳이었으므로 뤼팽은 주저 없이 벌어진 벽 틈을 이용해 기어올라 갔다. 고개를 빼고 바라보니 두 남자와 세바스티아니의 부인이 무너진 탑 쪽으로 급히 걸어가고 있었다.
 세바스티아니가 송악으로 만든 덮개를 들어올리자 계단 입구가 드러났다. 부인이 망을 보도록 테라스에서 남겨놓고 그들은 아래로 내려갔다.
 그들을 따라 들어간다는 건 생각도 할 수 없는 일이었으므로 뤼팽은 다시 본래 위치로 돌아가 숨었다. 오래 기다리지 않아 문이 다시 열렸다.

알뷔펙스 후작은 굉장히 화가 난 듯했다. 거리가 조금 가까워졌을 때, 그가 승마용 채찍으로 승마 부츠의 목 부분을 내리치면서 거칠게 내뱉는 몇 마디 말이 들려왔다.

「저런 지독한 놈! 내 이놈을 반드시……, 오늘 밤에, 세바스티아니, 알아듣겠나? 오늘 밤 열시에 다시 돌아오겠다……. 본때를 보여주자고……. 저 짐승 같은 놈!……」

세바스티아니는 묶여 있던 말을 풀었다. 알뷔펙스가 부인 쪽으로 돌아서며 말했다.

「아들들이 보초를 잘 서게 하도록……, 만일 누군가 그를 풀어주려 했다가는 큰 코 다칠 거야……. 저곳에는 함정이 있거든……. 아들들을 믿어도 되겠지?」

「애들 아비인 저를 믿는 만큼 믿으셔도 됩니다. 후작님이 제게 어떻게 해주셨는지, 자기들을 위해 어떻게 해주실지 애들도 잘 알고 있으니까요. 무슨 일이 있어도 그 애들은 끄떡없습니다」

세바스티아니가 자신 있게 대답했다.

「말에 오르게! 다시 사냥터로 돌아가는 거야」

알뷔펙스가 말했다.

결국 뤼팽이 생각했던 대로였다. 사냥을 하는 동안 알뷔펙스는 아무에게도 의심을 받지 않고 말을 몰아서 모르트피에르에까지 다녀갔던 것이다. 이전에 받은 은덕이건 뭐건 굳이 알 필요도 없는 어떤 이유로 후작에게 몸과 마음을 다해 충성하는 세바스티아니가 알뷔펙스와 함께 포로를 보러 오고, 그의 세 아들과 부인은 포로를 엄격하게 감시하는 임무를 맡았다.

뤼팽은 근처 여인숙에서 클라리스 메르지를 만나 말했다.

「여기까지가 우리가 알아낸 바입니다. 후작은 오늘 밤 열시에 도브렉을 추궁할 겁니다……. 좀 난폭하게 다루겠지만 꼭 해야 할 일이고 나라도 그렇게 할 겁니다」

「도브렉이 비밀을 털어놓으면……」

벌써부터 당황한 클라리스가 말했다.

「나도 걱정이오」

「그럼 어떻게 하죠?」

「그래서 두 가지 계획 중 무엇을 택할지 고민하는 중이죠. 오늘 밤의 심문을 막던지……」

뤼팽이 대답했다. 그는 매우 침착해 보였다.

「어떻게요?」

「알뷔펙스를 앞질러 가야지요. 그로냐르, 르 발뤼와 함께 아홉 시에 성벽을 넘어서 성채에 침입, 탑을 습격하고 보초들을 무장해제하면……, 결판이 납니다……. 도브렉은 우리 수중에 들어오는 거지요」

「하지만 세바스티아니의 아들들이 도브렉을 후작이 암시한 함정에다 빠뜨려버린다면……」

「그래서 이러한 방법은 최후의 수단으로, 즉 다른 작전이 실행 불가능할 때 쓸 생각이오」

「다른 작전은 뭔가요?」

「심문을 엿듣는 겁니다. 도브렉이 말을 하지 않는다면, 우리가 더 유리한 상황에서 그를 다시 납치하기 위해 준비하는 데 필요한 시간을 벌 수 있고, 만일 그가 말을 한다면, 그러니까 27인의 명단이 어디에 있는지가 밝혀진다면, 그 내용을 알뷔펙스와 동시에 알게 되겠지요. 그렇게 되면 맹세코 내가 알뷔펙스보다 먼저 명단을 찾아낼 수 있을 것입니다」

「음……, 그래요……. 하지만 어떻게 엿듣겠다는 거죠?」
클라리스가 물었다.
「아직 모르겠소. 르 발뤼가 가져올 정보와 내가 알아낼 정보에 달렸소」
뤼팽은 솔직히 대답했다.
그리고 그는 여인숙에서 나갔다가 한 시간 후 밤이 되었을 때 돌아왔다. 르 발뤼도 그쪽으로 왔다.
「책을 구했나?」
뤼팽이 르 발뤼에게 물었다.
「네, 두목님. 오말에 있는 신문 판매대에서 본 바로 그 책이었어요. 10수를 주고 사왔습니다」
「어디 보자」
르 발뤼는 그에게 낡고 닳아 더러운 소책자를 넘겼다. 표지에는 이렇게 씌어 있었다.

모르트피에르 방문 가이드, 1824, 그림과 지도 포함

뤼팽은 즉시 탑의 지도를 찾았다.
「바로 이거야. 지금은 무너졌지만 지상에는 3층 탑이 있었고, 지하에는 바위에 구멍을 내어 두 층을 만들어놓았어. 그 중 한 층에는 부서진 잔해가 쌓여 있고, 다른 한 층은……, 그렇군. 우리의 친구 도브렉이 갇혀 있는 곳이 바로 여기야. 고문실이라…… 의미심장한 이름이군……. 불쌍한 친구……! 계단과 그 방 사이에 두 개의 문이 있고 이 두 문 사이에 작은 방이 있어. 그 3형제는 틀림없이 여기서 총을 들고 있겠군」

「그렇다면 들키지 않고 들어갈 수 없겠네요」

「그렇습니다……. 무너진 위층을 통해서 천정을 가로지르는 길을 찾아내지 못한다면 말이죠……. 하지만 이것 역시 매우 위험……」

그는 책을 계속 뒤적였다. 클라리스가 물었다.

「그 방에는 창문이 없나요?」

「있소. 아래쪽, 강 쪽으로 조그마한 구멍이 표시되어 있군요. 하지만 거기까지의 높이는 수직으로 50미터나 되는데다가 바위가 물 위로 뾰족하게 솟아 있어요. 그러니까 역시 불가능합니다」

그는 책을 살펴보다가 〈연인의 탑〉이라는 제목이 붙어 있는 장에서 놀랐다는 듯이 딱 멈추었다. 그리고 처음 부분을 읽었다.

「옛날, 중세 시대에 탑을 피로 물들인 한 비극적인 사건을 기념하기 위해 마을 사람들은 이 탑을 〈연인의 탑〉이라고 불렀다. 모르트피에르 백작은 부인이 정절을 지키지 않았다는 사실을 알고 그녀를 고문실에 가두었다. 그녀는 거기서 20년을 살았던 것 같다. 어느 날 밤, 그녀의 애인인 탕카르빌 경이 대담하게도 강에다 사다리를 놓고 고문실의 창까지 절벽을 기어올라 갔다. 창살을 톱으로 잘라서 사랑하는 여인을 구출하는 데 성공한 그는 그녀와 함께 줄을 타고 내려가기 시작했다. 두 사람이 친구들이 지키고 있던 사다리의 꼭대기에 도착했을 때, 순찰로 쪽에서 발사한 총알이 남자의 어깨를 관통했다. 두 연인은 허공 속으로 추락했다……」

여기까지 읽고 나자 오랜 침묵이 이어졌다. 각자 조용히 이 비극적인 탈출을 머릿속에 재현하고 있었다. 그러니까 3, 4세기 전에 한 남자가 한 여인을 구하기 위해 목숨을 걸고 믿을 수 없는 곡예를 펼쳤는데, 만일 주의 깊은 어떤 보초가 소리를 듣지 못했더라면 성공할 수 있었을 것이다. 감히 그런 일을 시도했을 뿐 아니라 실제로 해낼 뻔한 사람이 있었다!

뤼팽은 눈을 들어 클라리스를 바라보았다. 그녀도 그를 바라보았다. 그 시선에는 얼마나 격렬한 애원이 담겨 있었는지! 아들을 위해 모든 것을 희생할 어머니, 불가능한 것까지도 요구하는 어머니의 시선.

마침내 뤼팽이 말했다.

「르 발뤼, 내 허리에 묶을 수 있도록 튼튼하고 부드러운 밧줄을 찾아오게. 50, 60미터쯤 되는 아주 긴 것으로. 그리고 그로냐르, 자네는 사다리를 서너 개 구해서 서로 연결하게」

「무슨 말씀이십니까, 두목님? 설마……, 그건 말도 안 돼요」

두 부하가 소리쳤다.

「말이 안 된다고? 왜지? 누군가가 이미 했던 일이라면 나도 물론 할 수 있어」

「떨어져서 머리가 깨질 확률이 99퍼센트예요」

「바로 그거야, 르 발뤼. 다치지 않을 확률이 1퍼센트 있다고」

「하지만 두목님……」

「잡담은 이제 됐네, 친구들. 한 시간 후 강변에서 만나세」

준비하는 데 오랜 시간이 걸렸다. 절벽의 첫번째 돌출부에 닿을 수 있도록 15미터가량의 사다리 만들 재료를 찾아내기도 어려웠고 또, 그 서로 다른 사다리들을 연결하는 데에도 많은 노력과 주의를 기울여야 했다.

마침내 아홉시가 조금 넘어서야 강 한가운데 작은 배로 고정시킨 사다리가 세워졌다. 배의 앞쪽은 사다리의 세로대 사이에, 뒤쪽은 벼랑 틈에 끼워넣었다.

골짜기에 난 길은 사람의 출입이 거의 없어서 아무도 작업을 방해하지 않았다. 하늘에는 움직이지도 않는 구름이 무겁게 껴 있어 매우 어두운 밤이었다.

뤼팽은 마지막으로 르 발뤼와 그로냐르에게 지시를 내렸다. 그는 웃으면서 말했다.

「도브렉의 머리 가죽을 벗기고, 살갗으로 가는 끈을 만드는 광경을 보면 얼마나 즐거울지 자네들은 상상도 못할 거야. 이 여행은 정말 가치가 있다고!」

클라리스도 배 안에서 자리를 잡고 있었다. 그는 그녀에게 말했다.

「곧 돌아오겠소. 그리고 절대 움직이지 마시오. 무슨 일이 있어도 꼼짝하지 말고, 소리도 내지 마시오」

「무슨 일이 생길 가능성이 있다는 뜻인가요?」

「그야 그렇지요! 탕카르빌 경을 생각해 보십시오. 연인을 팔에 안고 목적을 이루려는 바로 그 찰나에 우연이 그를 배반했소. 하지만 어쨌든 진정하시오. 모든 게 잘 될 겁니다」

그녀는 아무 대답도 하지 않았다. 그의 손을 잡고 꼭 쥐었을 뿐이다.

그는 사다리에 발을 올려 너무 흔들리지 않는지 확인해 보았다. 그러고는 올라가기 시작했다.

마지막 가로대까지는 매우 빨리 도착했다.

거기부터 위험한 등반이 시작되었다. 처음에는 경사가 너무 심해서 오르기가 매우 힘들었고 중간에 이르자 진짜 벽 타기가 시작되었다.

다행히도 벽에는 군데군데 조그마한 틈이 나있어서 발을 디딜 수가 있었고, 튀어나온 돌부리를 손으로 잡을 수 있었다. 하지만 돌부리가 부서져 두 번을 미끄러졌는데, 그때마다 뤼팽은 모든 게 끝났다는 생각을 했다.

깊게 패인 구멍을 만나면 거기에서 좀 쉬곤 했다. 점점 진이 빠진 그는 작업을 포기하기 직전까지 가서 정말 이렇게 위험을 무릅쓸 필요가 있는지 자문해 보기도 했다.

〈빌어먹을! 늙다리 뤼팽, 많이 약해졌군. 작업을 포기해? 그러면 도브렉이 비밀을 털어놓아서 후작이 명단의 새 주인이 되고 뤼팽은 성과 없이 돌아가게 될 거야. 그러면 질베르는……〉

허리에 감은 긴 밧줄은 그가 벽을 타는 데 방해가 되었고 쓸데없이 피로만 증가시켰기 때문에, 뤼팽은 한 끝을 바지의 버클에 고정시켰다. 그렇게 하면 밧줄은 그가 등반을 함에 따라 풀어져서 돌아오는 길에 받침 난간이 되어줄 것이다.

그런 다음, 그는 다시 울퉁불퉁한 절벽을 기어 등반을 계속했다. 손가락에는 피가 맺혔고, 발가락은 멍이 들었다. 매 순간 피할 수 없는 추락을 예상할 수 있었고 작은 배에서 들려오는 속삭임은 더욱 그의 용기를 꺾었다. 그 소리가 너무 뚜렷해서 동료들로부터 쉽게 멀어지지 않는 것 같은 느낌이 들었다.

그는 자기와 마찬가지로 어둠 속에 혼자 돌이 떨어져 튀는 소리에 전율했을 탕카르빌 경을 떠올렸다. 깊은 정적 속에선 아주 작은 소리도 크게 울려퍼졌다. 도브렉을 지키는 보초 중 하나가 연인의 탑 꼭대기의 그림자를 발견한다면 총을 발사할 것이고 죽음……

그는 오르고 또 올랐다⋯⋯. 너무 오랫동안 오르다보니 목표 지점을 지났다는 생각이 들었다. 틀림없이 자신도 모르게 오른쪽이나 왼쪽으로 비껴 올라온 것이다. 이렇게 가다가는 결국 순찰로에 이르게 되리라! 우스운 결말이군! 하기는, 모든 일이 그토록 빨리 진행되어 연구, 준비할 시간도 없었으니 달리 어떤 결과가 나올 수 있겠는가?

화가 난 뤼팽은 한층 더 노력을 기울여 몇 미터를 올라갔지만 곧 미끄러졌고 다시 올라갔다가는 잡초 몇 뿌리만 손에 쥔 채 또 미끄러져서 결국 낙담해서 포기하려 했다. 순간 갑자기 그의 전 존재가, 모든 근육과 모든 의지가 경련을 일으키며 뻣뻣하게 굳어 꼼짝할 수가 없었다. 그가 껴안고 있는 바위에서 목소리가 들려오는 것 같았다!

그는 귀를 기울였다. 소리는 오른쪽에서 들렸다. 머리를 뒤로 젖히자 어둠을 뚫고 한줄기 빛이 새어 나오는 것 같았다. 무슨 힘이 솟아서, 어떤 무의식적인 움직임으로 거기까지 갔는지 뤼팽으로서도 정확히 알 수 없었지만 돌연 그는 적어도 3미터 정도 깊이로 파여진 꽤 큰 구멍의 가장자리에 있었다. 그 구멍은 절벽의 암반을 복도처럼 파서 만들었는데 다른 쪽 끝은 훨씬 좁고 세 개의 창살로 막혀 있었다.

뤼팽은 기어갔다. 머리가 창살에 닿았다. 그는 안을 들여다보았다⋯⋯.

연인의 탑

고문실은 그의 눈 밑에 둥글게 펼쳐져 있었다. 둥근 천장을 떠받치는 육중하고 투박한 네 개의 기둥이 널찍하고 울퉁불퉁한 방을 불규칙하게 나눠놓았다. 물이 스며든 벽과 포석에서 곰팡이와 습기 냄새가 배어나왔다. 그곳의 광경은 언제나 음산했으리라. 하지만 지금은 세바스티아니와 그 아들들의 기다란 실루엣과 기둥들 위로 비스듬히 흔들리는 희미한 빛, 초라한 침상에 묶인 포로의 모습 때문에 더욱 기괴하고 강렬한 인상을 주었다.

도브렉은 뤼팽의 정면, 즉 뤼팽이 웅크리고 있는 천창 아래 5,6미터 되는 곳에 낡은 쇠사슬로 침대에 묶여 있었고, 침대 역시 쇠사슬에 묶여 벽에 고정된 쇠 갈고리에 매달려 있었다. 그 외에도 가죽 끈이 그의 발목과 손목을 조이고 있었고 그가 조금이라도 움직이려고 한다면, 정교한 기계 장치에 의해 옆쪽 기둥에 매달린 경보 음이 울리도록 되어 있었다.

나무 의자 위에 놓인 램프가 그의 얼굴 전체를 비추었다.

알뷔펙스 후작의 창백한 얼굴과 희끗희끗한 수염, 키가 크고 마른 몸체가 보였다. 그는 도브렉 옆에 서서 원한을 갚게 되어 후련하다는 표정으로 포로를 바라보았다.

깊은 정적 속에서 몇 분이 흘렀다. 이윽고 후작이 명령했다.

「세바스티아니, 이 횃불 세 자루를 밝히게. 이놈의 꼴을 더 잘 볼 수 있도록 말이야」

세바스티아니가 세 개의 횃불을 밝히자 그는 도브렉을 뚫어지게 바라보면서 몸을 숙이고 부드럽게 말했다.

「우리들에게 앞으로 어떤 일이 일어날지는 잘 모르지만 어쨌든 이 방 안에서는 아주 유쾌한 시간을 가지게 될걸세. 도브렉, 네 놈이 나를 얼마나 괴롭혔는지! 네 놈 때문에 내가 눈물을 흘렸단 말이다! 그래……, 진정한 눈물……. 절망해서 땅을 치며 오열했지……. 네 놈은 내 재산을 앗아갔어! 어마어마한 재산을! 그러고도 네 놈이 폭로할까 봐 두려워해야 했지! 내 이름이 발설되면, 그것은 완전한 파멸이요, 치욕이 될 테니까. 이 비열한 자식……!」

도브렉은 꼼짝도 하지 않았다. 그는 코안경을 빼앗겼지만 안경은 여전히 쓰고 있었는데 그 위로 불빛이 아른거리며 비쳤다. 그는 굉장히 야위었고 움푹 팬 볼 위로 광대뼈가 튀어 나와 있었다.

알뷔펙스가 계속 말했다.

「자, 이제는 끝내야지. 이 근방을 돌아다니는 불량배들이 있는 것 같거든. 그 녀석들이 네 놈 때문에 이곳을 얼쩡거리는 게 아니길 바라네. 네 놈을 구출하려는 시도도 하지 말아야겠지? 짐작하겠지만, 그러면 자네는 즉시 끝장날 테니까……. 세바스티아니, 함정은 여전히 제대로 작동하겠지?」

세바스티아니가 다가와 무릎으로 앉더니, 뤼팽이 미처 보지 못했던 침대 발치의 고리 하나를 들어올려 돌렸다. 그러자 포석 하나가 움직이면서 시커먼 구멍이 드러났다.

후작이 다시 말했다.

「봤지? 모든 준비가 돼 있다고. 필요한 건 모두 내 손안에 있어. 지하 함정들까지도 말이지……. 이 성에 전해 내려오는 전설에 따르면 이 지하 함정들은 깊이를 짐작할 수도 없다네……. 그러니 구출될 수 있다는 희망은 아예 품지 말게나. 이제 털어놓겠나?」

도브렉은 아무런 대답도 하지 않았다. 알뷔펙스 후작이 계속했다.

「네 놈에게 네번째로 묻고 있어, 도브렉. 네 놈의 협박에서 벗어나기 위해, 네 놈이 가진 서류를 얻기 위해 벌써 네 번이나 일부러 여기까지 왔다고. 이번이 네번째인 동시에 마지막이다. 이제 말하겠나?」

침묵이 계속되었다. 알뷔펙스가 세바스티아니에게 신호를 보냈다. 그가 앞으로 나서자 그의 아들 중 두 명이 그 뒤를 따랐다. 한 명은 손에 막대기를 들고 있었다.

「시작해」

몇 초를 기다린 후 알뷔펙스가 명령했다.

세바스티아니는 도브렉의 손목을 묶고 있던 가죽 끈을 느슨하게 하고, 가죽 끈 사이에 막대를 넣어 고정시켰다.

「돌릴까요, 후작님?」

또다시 침묵이 이어졌다. 후작은 기다렸다. 도브렉이 까딱도 하지 않자 그는 중얼거렸다.

「말하란 말이야! 쓸데없이 고문은 왜 당하려 하나?」
대답이 없었다.
「돌리게, 세바스티아니」
세바스티아니는 막대를 완전히 한바퀴 틀었다. 끈이 조여졌다. 도브렉은 신음을 내뱉었다.
「이래도 말하지 않을 텐가? 나는 결코 포기하지 않아. 그럴 수도 없지. 너는 내 손아귀에 있다. 필요하다면 고문으로 너를 죽일 수도 있어. 이 모든 걸 네 놈도 잘 알고 있겠지? 그래도 말하지 않을 테냐? 안 해……? 세바스티아니, 한 바퀴 더 돌리게」
보초는 그의 말을 따랐다. 도브렉은 고통으로 경련을 일으켰고, 괴롭게 숨을 몰아쉬며 침대 위로 털썩 쓰러졌다.
화가 끓어 오른 후작이 소리를 질렀다.
「어리석은 놈! 그러니까 말을 해! 뭐야, 그 명단을 더 써먹어야겠다는 건가? 하지만 이제 다른 사람의 차례야. 자, 말을 해……. 그것이 어디 있나? 한마디만……, 단 한마디만 하라고……. 그러면 너를 괴롭히지 않겠다……. 그리고 내일 내가 그 명단을 손에 넣기만 하면 넌 자유의 몸이 되는 거야. 자유라고, 알아듣겠나? 하지만 먼저, 말을 해야 돼……! 에잇! 짐승 같은 놈! 세바스티아니, 한 바퀴 더」
세바스티아니가 다시 한번 틀기 시작했다. 뼈가 우두둑거렸다.
「살려줘! 살려줘!」
꽉 조인 가죽 끈에서 팔을 빼내려고 되지도 않는 몸부림을 치면서 도브렉이 쉰 목소리로 외쳤다.
그리고 가느다란 목소리로 더듬거리며 말했다.
「제발……, 제발……」

끔찍한 광경이었다. 세 아들의 얼굴엔 경련이 일었다. 저렇게 혐오스러운 일을 자신은 절대로 할 수 없으리라 생각한 뤼팽은 오한과 구역질을 느끼며, 곧 튀어나올 이야기를 기다렸다. 이제 곧 모든 것을 알게 된다. 도브렉은 고통에 못 이겨 한마디 한마디 비밀을 토해 낼 것이다. 뤼팽은 벌써 이곳에서 빠져나가 그를 기다리고 있는 자동차를 타고 파리를 향해 필사적으로 질주하는 상상을 하고 있었다. 그리고 손에 잡힐 듯 가까워진 승리에 대한 상상을······!

「말해······. 어서······, 그러면 다 끝난다」

알뷔펙스가 중얼거렸다.

「그래······. 알겠네······」

도브렉이 더듬거리며 말했다.

「자, 그럼······」

「나중에······, 내일······」

「아니 뭐야! 미쳤나? 내일이라니! 무슨 소리를 지껄이는 거야? 세바스티아니, 한 바퀴 더 틀게」

「아니, 아니, 그만해」

도브렉이 울부짖었다.

「그럼 말해!」

「좋아······, 그 서류는 감춰두었다······」

하지만 통증이 너무 심했다. 도브렉은 필사적으로 머리를 다시 치켜들고 알아들을 수 없는 소리를 웅얼거리다가 가까스로 두 번 〈메리······, 메리······〉라고 말하더니 기진하여 쓰러진 후 꼼짝도 하지 않았다.

알뷔펙스가 세바스티아니에게 명령했다.

「풀어. 제기랄! 너무 지나쳤나?」

하지만 급히 도브렉을 살펴보니 그는 단지 기절한 것뿐이었다. 알뷔펙스 자신도 지쳐서 이마에 흐르는 땀을 닦으며 침대 다리에 쓰러지듯 걸터앉으며 중얼거렸다.

「아! 고약한 일이군!」

「오늘은 이만하면 충분합니다. 내일이나 모레 다시 시작하지요」

세바스티아니가 냉엄한 얼굴에 흥분을 드러내며 말했다.

후작은 아무 말도 없었다. 한 아들이 후작에게 코냑 병을 내밀었다. 그는 코냑을 잔에 반쯤 따르더니 단숨에 들이켰다.

「내일은 안 돼. 지금 즉시! 다시 한번 해보게. 지금 같은 상황이라면 그리 어렵지 않을 거야」

그리고 따로 보초에게 말했다.

「자네 들었나? 〈메리〉가 무슨 뜻일까? 그 말을 두 번이나 했단 말이야」

「예. 두 번이나 그렇게 말했습니다. 후작님이 찾으시는 그 서류를 메리라는 이름의 여인에게 맡겨놓은 게 아닐까요?」

세바스티아니가 대답했다.

「절대로 그렇지 않아! 이 녀석은 아무도 믿지 않아……. 분명히 다른 의미가 있을 거야」

알뷔펙스가 단호하게 반박했다.

「그렇다면 그게 뭘까요, 후작님?」

「뭐냐고? 바로 그것을 빨리 알아내려는 거야. 자네에게 곧 대답해 주지」

그때 도브렉이 숨을 길게 들이쉬고 침대 위에서 몸을 뒤척였다.

냉정을 되찾은 알뷔펙스가 적에게서 눈을 떼지 않으며 다가가서 말했다.

「잘 듣게, 도브렉······. 반항은 쓸데없는 짓이야······. 패배했을 때에는 어리석게 고문을 당하는 대신 오직 승리자의 명령에 따르는 길밖에 없어······. 자, 현명하게 처신하라고」

그리고 세바스티아니에게 말했다.

「끈이 살짝 느껴지도록 조이게······. 그러면 이 녀석 정신이 번쩍 들 거야······. 지금 죽은 체하는 거라고······」

세바스티아니는 막대를 다시 쥐고 퉁퉁 부어오른 살에 끈이 닿을 때까지 돌렸다. 도브렉이 움찔했다.

후작이 명령했다.

「그만. 세바스티아니. 우리의 친구 분께서 타협의 필요성을 깨닫고 준비를 다한 것처럼 보이는군. 그렇지 않은가, 도브렉? 이제 그만하는 게 좋겠지? 거 잘 생각했군!」

막대를 쥔 세바스티아니와 도브렉의 얼굴을 비추기 위해 램프를 든 알뷔펙스가 고통으로 신음하는 이에게 몸을 기울였다.

「입술이 달싹거리는군······. 말을 하려는 것 같아······. 끈을 좀 늦추어주게. 세바스티아니, 이분의 고통은 원치 않거든······. 아니, 다시 좀더 조이게······. 이 친구가 망설이는 것 같아······. 한 바퀴 더······. 그만······! 됐네······. 아! 친애하는 도브렉, 더 또박또박 이야기하지 않으면, 시간만 낭비할 뿐이야. 뭐? 뭐라고 말했나?」

아르센 뤼팽은 조그맣게 욕설을 내뱉었다. 도브렉이 무슨 말인가를 했는데 뤼팽은 들을 수 없었던 것이다! 심장과 관자놀이의 박동 소리까지 죽여가며 아무리 귀를 기울여도 소용이 없었다.

그가 있는 곳까지는 아무런 소리도 들리지 않았다.

「제기랄! 여기까지는 미처 생각하지 못했군. 이제 어떻게 하지?」

그는 도브렉의 입을 막기 위해 막 권총을 겨누려 했다. 하지만 그렇게 하면 알뷔펙스뿐 아니라 자기 자신도 더 이상 비밀을 알아낼 방법이 없어지므로 무슨 일이 일어나는지 지켜보다가 그것을 최대한 활용하는 게 낫겠다고 생각했다.

그동안 아래쪽에서는 신음소리가 섞인 알아들을 수 없는 실토가 띄엄띄엄 이어졌다. 알뷔펙스는 자신의 먹잇감을 놓아주지 않았다.

「다시 한번……. 그러니까 말을 끝까지 마치란 말이야……」

그러더니 감탄하며 칭찬을 늘어놓았다.

「잘했네! 좋았어! 거 보라고, 아주 쉽지 않나? 다시 한번 말해보게, 도브렉……. 아! 정말 재미있군……. 아무도 그 생각을 못했다니! 프라스빌조차도 말이야……. 참 멍청하군! 끈을 풀어주게, 세바스티아니……. 이 친구가 고통으로 헐떡거리고 있지 않나……. 진정하게, 도브렉……. 너무 진을 빼지 말라고……. 소중한 나의 친구여, 말을 계속해 보지」

그것이 마지막이었다. 도브렉은 꽤 오랫동안 귓속말을 속삭였고 알뷔펙스는 다시 끼어드는 일 없이 귀 기울여 들었다. 아르센 뤼팽에게는 한마디도 들리지 않았다. 마침내 후작이 일어나서 기쁜 목소리로 외쳤다.

「됐어……! 고맙네, 도브렉. 자네가 해준 일은 절대 잊지 않겠네. 믿어도 좋아. 도움이 필요하면, 우리 집 문만 두드리라고. 주방에는 언제나 자네를 위한 빵과 깨끗한 물이 준비되어 있을 거야. 세바스티아니, 이 하원의원 양반을 친아들처럼 극진하게 돌보도록. 무엇보다도, 우선 끈부터 풀어주게. 그도 우리와 같은 사람인데, 쇠꼬챙이에 꿴 닭처럼 무자비하게 묶어놓아서는 안 돼지」

「저자에게 마실 것을 좀 줄까요?」

보초가 제안했다.

「그렇지! 마실 것을 갖다주게나」

세바스티아니와 그의 아들들은 가죽 끈을 풀고 아픈 손목을 문질러주고 연고를 바른 붕대로 손목을 감아주었다. 그러고 나서 도브렉은 브랜디를 몇 모금 마셨다.

「훨씬 낫군. 까짓것, 아무것도 아니야. 몇 시간 후면 상처는 보이지도 않을걸세……. 마치 이단 재판 시절처럼 무시무시한 고문을 견디어냈다고 자랑할 수도 있고 말이야. 운 좋은 줄 알라고!」

후작은 이렇게 말하고 시계를 들여다보았다.

「할 말은 다했군, 세바스티아니. 아들들에게 번갈아 이자를 감시하도록 하고 자네는 막차를 탈 수 있도록 나를 역까지 데려다주게」

「그러면 이자는 이렇게 마음대로 움직일 수 있게 내버려둘까요, 후작님?」

「안 될 게 뭐 있나? 저자를 죽을 때까지 붙잡아 둘 거라고 생각했나? 아니지. 도브렉, 얌전히 있게. 내일 오후 내가 자네 집으로 가보겠네. 그 서류가 정말로 자네가 말한 장소에 있으면 즉시 전보를 쳐서 자네를 풀어주도록 하지. 설마 거짓말을 한 것은 아니겠지?」

알뷔펙스는 도브렉에게 다가가서 다시 그에게 몸을 숙이고 말했다.
「서툰 짓은 용납하지 않아. 그랬다면 네 놈이 어리석은 거지. 나는 하루를 손해 보면 그만이지만 네 놈은 남아 있는 생애 전부를 잃게 될 테니까. 하지만 절대 그럴 리가 없어. 장난삼아 꾸며 댔다고 생각하기에는 너무 훌륭한 은닉처거든. 떠나자고, 세바스티아니. 내일 자네에게 전보를 치겠네」
「하지만 후작님, 이자의 집에 들어가는 길을 막는 사람들이 있으면 어쩌죠?」
「왜 그렇게 생각하나?」
「라마르틴 공원의 저택은 프라스빌의 부하들이 진 치고 있어요」
「걱정 말게, 세바스티아니. 나는 거기에 반드시 들어갈걸세. 문을 열어주지 않는다면, 창문이 있지 않나. 창문도 열리지 않는다면, 프라스빌의 부하 중 한 놈과 친해지는 방법을 알고 있지. 돈만 있으면 돼. 그리고 다행히도, 이제부터는 돈도 충분하다고. 잘 자게, 도브렉!」

세바스티아니와 함께 그가 나가고 육중한 문이 닫혔다.

그들을 지켜보는 사이 뭔가 계획을 세운 뤼팽은 곧바로 거기서 빠져나오기 시작했다.

계획은 간단했다. 해안 절벽 아래까지 밧줄을 타고 내려가서 친구들과 함께 차에 올라탄다. 오말 역까지 이어지는 한적한 도로에서 알뷔펙스와 세바스티아니를 공격한다. 싸움의 결과는 말할 것도 없다. 알뷔펙스와 세바스티아니는 포로가 될 것이고 그들 중 한 사람의 입을 열게 만들면 된다. 어떻게 해야 하는지는 방금 전 알뷔펙스에게 배웠고, 아들의 목숨을 구하기 위해서라면 클라리스 메르지도 결코 굽히지 않을 것이다.

그는 미리 준비해 온 밧줄을 잡아당기고는 바위의 뾰족한 부분을 더듬어 찾아 그곳에 밧줄을 건 다음, 양쪽 끝의 길이를 똑같이 맞추어 매달았다. 그 밧줄을 양손에 꼭 붙잡고 내려가면 된다. 하지만 정말 필요한 일이 무엇인지 깨달은 그는 상황이 매우 급한데도 신속히 움직이는 대신 깊은 생각에 빠져 꼼짝도 하지 않았다. 마지막 순간 그 계획이 그다지 훌륭하지 않다고 생각했던 것이다.

〈어리석었군. 내가 하려던 일은 터무니없이 비논리적이야. 알뷔펙스와 세바스티아니가 내게서 빠져나가지 못하리라고 누가 보장하지? 그들이 내 손아귀에 들어온다 해도 입을 열라는 보장은 없지 않은가? 안 되겠군. 나는 여기에 남아야겠다. 시도해 볼 만한 방법이 있어. 그게 훨씬 낫지. 그 두 놈이 아니라 도브렉을 공격하는 거야. 그는 저항에 지쳐 기진해 있어. 후작에게 비밀을 털어놓았다면, 클라리스와 내가 똑같은 방법을 사용할 경우 우리에게 비밀을 말하지 않을 이유가 없지. 결정했다! 도브렉을 빼내자!〉

그는 계속 생각했다.

〈게다가 위험할 게 뭐가 있겠는가? 이 시도가 실패하면, 클라리스 메르지와 함께 파리로 달려가서 프라스빌과 협력하여 알뷔펙스가 도브렉에게서 캐낸 정보를 이용하지 못하도록 라마르틴 공원의 저택을 철저히 감시하면 된다. 중요한 일은 프라스빌에게 위험을 예고하는 거야. 좋아, 그에게 알려야겠군.〉

옆 마을 성당에서 자정을 알리는 종소리가 울렸다. 뤼팽이 여섯, 일곱 시간 이내에 새로운 계획을 실행해야 한다는 뜻이었다. 그는 즉시 일을 시작했다.

아래쪽으로 창문이 열려 있는 구멍에서 몸을 옮겨, 절벽의 움푹 들어간 안쪽, 키 작은 나무 덤불로 다가간 그는 열두 그루 정도의 나무를 똑같은 길이로 잘랐다. 그런 다음 밧줄을 잘라 길이가 똑같은 두 개의 줄을 만들었다. 그것은 사다리의 세로대가 되었다. 그는 세로대 사이로 열두 개의 나무 막대를 고정시켜 6미터 가량 되는 줄사다리를 완성했다.

본래의 자리로 돌아와서 보니, 고문실에는 세 아들 중 한 명만이 도브렉의 침대 곁에 남아 램프 옆에서 파이프 담배를 피우고 있었다. 도브렉은 잠들어 있었다.

〈이런! 저 소년은 밤새 보초를 설 작정인가? 그러면 몰래 달아나는 수밖에 아무것도 할 수 없는데 말이야……〉

뤼팽은 알뷔펙스가 비밀을 손에 넣었다는 생각에 참을 수 없이 괴로웠다. 그가 엿들은 대화에 따르면 후작은 〈자기 자신을 위해〉 일을 꾸미고 있으며, 그 명단을 빼앗음으로써 도브렉의 협박을 피하는 데 그치지 않고 도브렉이 했던 대로 해서 도브렉이 누렸던 권력을 쟁취하고 자신의 재산을 되찾으려 하는 게 분명했다.

뤼팽으로서는 새로운 적을 향한 새로운 전투의 시작이었다. 사건의 빠른 진전은 이와 같은 가능성을 생각해 볼 틈도 주지 않았다. 이제 무슨 수를 써서라도 프라스빌에게 미리 주의를 주어 알뷔펙스 후작을 막아야 했다.

하지만 뤼팽은 행동을 개시할 기회를 끈질기게 기다리면서 머물러 있었다.

열두시 30분을 알리는 종이 울렸다. 다시 한시. 골짜기에서 피어오르는 얼음처럼 찬 안개와 뼈 속까지 스미는 추위 때문에 기다리는 일은 점차 힘들어졌다.

그때, 멀리서 말발굽 소리가 들려왔다.

〈세바스티아니가 역에서 돌아오는군.〉

그는 생각했다.

그런데 고문실을 지키던 아들이, 담배 상자가 비자 문을 열고 형제들에게 마지막 파이프를 채울 담배가 있는지 물었다. 그들이 뭐라 대답을 하자 그는 사냥막까지 가기 위해 문을 나섰다.

순간 뤼팽은 깜짝 놀랐다. 문이 채 닫히지도 않았는데, 그토록 깊이 잠들었던 도브렉이 침대에 걸터앉더니 바깥에 귀를 기울여 보고 한발 한발 차례로 땅을 디디고 일어섰다. 약간 비틀거리기는 했지만 믿을 수 없을 정도로 기력이 있었다. 그는 자신의 힘을 시험해 보았다.

〈자, 저 녀석이 기운을 차렸군. 저 녀석을 빼내는 데 큰 도움이 되겠어. 다만 한 가지……, 저 녀석이 과연 순순히 굴복할까? 나를 따라오려 할까? 하늘에서 뚝 떨어진 이 기적적인 구출이 후작의 함정이라고 생각지는 않을까?〉

그때 불현듯 뤼팽은 도브렉의 늙은 사촌 누이들에게 써달라고 했던 편지를 기억해 냈다. 루슬로 자매 중 언니인 유프라지의 서명이 있는 그 편지는 말하자면 일종의 추천서였다.

그것은 주머니 속에 있었다. 그는 그것을 꺼내고 귀를 기울였다. 포석 위를 걷는 도브렉의 작은 발소리 외에는 아무 소리도 들리지 않았다. 좋은 기회라고 판단한 뤼팽은 재빨리 철창 사이로 팔을 넣어 편지를 던졌다.

도브렉은 매우 놀란 듯했다.

편지 봉투가 팔랑거리며 그에게서 세 발자국 정도 떨어진 땅에 떨어졌다. 이게 어디에서 왔을까? 그는 창을 향해 얼굴을 들고 어둠에 가려진 방의 윗부분을 꿰뚫어보려고 애썼다. 그러고 나서 함정이 아닐까 의심이 드는지 봉투에 손도 대지 않고 바라만 보았다. 이윽고 갑자기 문 쪽을 한번 살피더니 눈 깜짝할 사이에 몸을 숙여 봉투를 집어들고 뜯어보았다.
「아!」
그는 서명을 보더니 기쁨의 한숨을 내쉬었다.
그는 나지막한 목소리로 편지를 읽었다.

 이 글을 전하는 사람을 전적으로 믿고 따르렴. 후작의 비밀을 알아내고 탈출 계획을 세우도록 우리가 돈을 줬단다. 탈출을 위한 준비가 다돼 있어. 유프라지 루슬로 씀.

그는 또 한 번 편지를 읽고 중얼거렸다.
「유프라지……, 유프라지……」
그리고 다시 고개를 들어 위를 쳐다보았다.
뤼팽이 속삭였다.
「철창을 자르는 데 두세 시간은 걸릴 겁니다. 세바스티아니와 그의 아들들이 다시 돌아올까요?」
「물론이오. 하지만 나를 방에 혼자 내버려둘 것 같소」
도브렉 역시 조용조용 말했다.
「어쨌든 바로 옆에서 잠을 청하겠지요?」
「그렇소」
「밖으로 소리가 들리지는 않을까요?」
「문제없소. 문이 꽤 육중하니까」
「좋아요. 그렇다면 별로 오래 걸리지 않겠군요. 제게 줄사다리가 있습니다. 혼자서 올라오실 수 있겠습니까? 도와드리지 않아도 될까요?」

「글쎄……, 한번 해보지요……. 놈들이 손목을 부러뜨려놓아서……. 저런 잔인한 놈들! 거의 손을 움직일 수가 없소……. 기운도 다 빠졌다오! 어쨌든 노력은 해보리다……. 그래야만 하니……」

갑자기 그가 말을 멈추고 귀를 기울이더니 손가락을 입술에 대고 속삭였다.

「쉿!」

세바스티아니와 그의 아들들이 들어왔을 때, 도브렉은 편지를 숨기고 침대 위에 누워 있다가 놀라서 잠이 깬 척했다. 보초는 포도주 한 병과 잔 그리고 먹을 것을 좀 가져왔다.

「잘 지내시나, 하원의원 나으리. 저런! 좀 심하게 조였던 것 같은데……. 손목 나무 주릿대는 정말 가혹하지. 대혁명과 보나파르트 때 유행한 방법이라고들 하더군……. 〈쇼페르〉(18세기 말에서 19세기 초, 프랑스의 중부와 동부 등지에서 불로 희생자들을 고문하여 돈이 어디 있는지 알아내던 강도들을 일컫는 말──옮긴이)들이 있던 시절 말이야. 얼마나 멋진 발명품인가! 게다가 깨끗하지……. 피를 흘리지 않아도 되니까……. 하하! 오래 걸리지도 않고 말이야! 네 놈도 20분 만에 수수께끼의 해답을 실토했으니」

세바스티아니는 큰 소리로 떠들며 웃음을 터뜨렸다.

「그건 그렇고, 하원의원 양반, 정말 축하하네! 그 은닉처는 아주 훌륭했어. 누가 짐작이나 했겠나……? 이봐, 당신이 처음으로 내뱉은 메리라는 이름이 후작님과 나를 헷갈리게 했지. 하지만 거짓말은 아니었어. 단지 뭐랄까……. 말을 하다 말았을 뿐이지.

끝까지 마쳤어야 했는데 말이야. 아니, 어쨌든 얼마나 재미있었는지 모르네! 그것도 바로 당신 서재의 책상 위에! 정말로 우스웠다고」

보초는 일어서서 두 손을 비비며 방 안을 성큼성큼 걸었다.

「후작님은 매우 만족하셔서 내일 저녁 몸소 당신을 풀어주러 오실 거야. 물론 곰곰이 생각하셨지. 몇 가지 절차를 거칠 거야……. 당신은 수표 몇 장에 서명을 하고, 불법적으로 얻은 돈을 토해 내야 해. 후작님에게서 빼앗아간 돈과 그간의 고통에 대해 보상을 해드려야지. 그런데 이게 뭐야? 당신에게는 과분하지! 이제는 사슬도, 손목을 묶는 가죽 끈도 없을 뿐 아니라, 질 좋은 포도주와 코냑까지 하사하라는 명을 받았으니, 간단히 말해 왕 같은 대우 아닌가!」

세바스티아니는 몇 마디 농담을 더 던졌다. 그리고 램프를 들고 마지막으로 방을 살펴본 다음 아들들에게 일렀다.

「저자는 자게 두고 너희 셋도 가서 쉬거라. 하지만 경계를 게을리 해서는 안 돼. 혹시 모르니까……」

그리고 그들은 물러갔다.

뤼팽은 기다렸다가 낮은 목소리로 말했다.

「시작해도 되겠습니까?」

「좋소. 하지만 조심하시오……. 그들이 한두 시간 후에 순찰을 돌 수도 있으니까」

뤼팽은 작업에 착수했다. 그에게는 성능 좋은 줄칼이 있었고, 오랜 세월에 녹슬고 부식된 철창은 쉽게 부서졌다. 뤼팽은 두 번이나 일을 멈추고 망을 보며 귀를 기울였다. 하지만 위층의 건물 잔해 속에서 쥐가 후다닥 지나가는 소리거나 야행성 새가 날아가는 소리였다. 그는 문 옆에서 귀를 쫑긋 세우고 아주 작은 위험 징후까지도 알려주는 도브렉의 도움을 받으며 일을 계속했다.
 그가 마지막 줄칼질을 하면서 말했다.
「야아! 반가운 일이군. 추위는 고사하고라도 사실 이 고약한 터널에 들어앉아 있는 것이 갑갑했는데……」
 그는 아래 부분을 절단해 놓은 철창에 온 힘을 실어 한 남자가 미끄러져 나올 수 있도록 두 개의 철창 사이를 충분히 벌리는 데 성공했다. 이어서 줄사다리를 놓아두었던 통로의 끝 쪽, 보다 넓은 부분으로 되돌아갔다. 줄사다리를 철창에 고정하고서 그가 말했다.
「휴……, 다됐군……. 준비됐습니까?」
「그렇소……. 곧 가겠소……. 잠시 바깥 기척을 살피고……, 좋아요……. 놈들은 잠들었소……. 사다리를 내려주시오」
 뤼팽은 그것을 늘어뜨려 주며 말했다.
「제가 내려가야 할까요?」
「아니오……. 힘이 좀 없긴 하지만……, 그래도 이건 할 수 있을 거요」
 실제로 그는 통로의 입구에 꽤 빨리 도달했고 이어서 구출자를 따라서 통로로 진입했다. 하지만 실외의 공기에 현기증이 난 것 같았다. 게다가 좀 전에 기력을 되찾기 위해 포도주를 반 병이나 마신 덕에 실신해서 30분 동안이나 통로의 바위 위에 누워 있었다. 뤼팽은 가만히 기다리지 못하고 도브렉의 몸을 철창에 묶인 줄의 다른 한쪽 끝에 묶었다. 그러고 나서 도브렉을 짐 꾸러미처럼 미끄러져 내려가게 할 준비를 마쳤을 때 기운을 차린 도브렉이 깨어났다.

「이제 괜찮소. 상태가 좀 좋아진 것 같소. 내려가는 데 오래 걸리겠소?」

도브렉이 중얼거렸다.

「꽤 오래 걸릴 겁니다. 높이가 50미터 정도 되니까요」

「알뷔펙스는 어째서 이리로 탈출할 가능성을 예측하지 못했지?」

「이곳은 깎아지른 절벽이랍니다」

「그러면 당신은 어떻게……?」

「당신의 사촌누이들이 어찌나 간청하던지요……. 또, 어쨌든 생계는 꾸려나가야 하니까요. 당신 누이들이 아주 후하게 쳐주었답니다」

「고마운 누이들이군! 누이들은 어디 계시오?」

도브렉이 물었다.

「아래쪽 작은 배에 계십니다」

「그러니까 여기 강이 있단 말이오?」

「그렇지요, 하지만 이제 얘기는 그만합시다. 그들이 말소리를 들으면 위험해요」

「한마디만 더. 내게 편지를 던지기 전에 여기서 오래 머물렀소?」

「아닙니다. 그렇지 않아요……. 기껏해야 15분쯤……. 내려가서 다 설명하지요……. 우선 지금은 서둘러야 해요」

뤼팽은 도브렉에게 밧줄을 단단히 붙들고 뒷걸음질로 내려오라고 당부하고, 먼저 내려가기 시작했다. 좀더 힘든 지점에서는 그를 지탱해 주기 위해서였다.

절벽 단층의 평평한 면에 도착하기까지는 40분이 걸렸다. 뤼팽은 고문을 받아 멍들고 힘이 빠진 팔목을 자유롭게 움직일 수 없는 도브렉을 여러 번 도와야만 했다.

도브렉은 계속해서 투덜거렸다.

「아! 이 악당들! 네 놈들이 나를 이 꼴로 만들었겠다……. 나쁜 놈들……! 알뷔펙스, 네 놈은 대가를 톡톡히 치를 것이다」

「가만!」

뤼팽이 말했다.

「뭐요?」

「위쪽에서……, 소리가……」

그들은 땅 위에서 꼼짝 않고 귀를 기울였다. 뤼팽은 탕카르빌 경과 그를 화승총으로 쏘아 죽인 파수병을 생각했다. 어둠과 정적 때문에 생겨난 극도의 불안에 등골이 오싹했다.

「아닙니다……. 제가 착각했나 봅니다……. 바보 같은 소리였어요……. 여기 있는 우리를 맞추지는 못할 겁니다……」

뤼팽이 말했다.

「누가 우리를 맞춘다는 말이오?」

「아니, 아무것도 아닙니다……. 쓸데없는 생각이었어요……」

손을 더듬어 사다리의 세로대를 찾은 뒤 그가 다시 말했다.

「자, 이것이 강바닥에 세워놓은 사다리입니다. 당신 사촌들과 제 친구가 아래에서 붙들고 있지요」

그는 휘파람을 획 한 번 불고는 작은 목소리로 말했다.

「지금 내려간다. 사다리를 단단히 잡아」

그리고 도브렉에게 말했다.

「제가 먼저 가겠습니다」

도브렉이 반대했다.

「내가 당신보다 먼저 내려가는 게 더 낫겠소」
「왜요?」
「나는 매우 지쳤소. 당신이 줄을 내 허리띠에 묶어서 나를 붙들어주시오……. 그렇지 않으면 나는 위험하오……」
「그렇군요. 당신 말이 옳습니다. 이리로 가까이 오십시오」
뤼팽이 말했다.
도브렉이 다가와서 바위 위에 무릎으로 앉았다. 뤼팽은 몸을 숙여 그를 묶은 뒤 사다리가 흔들리지 않도록 세로대 하나를 손으로 꽉 잡았다.
「자, 가시지요」
뤼팽이 말했다.
그런데 순간, 그는 어깨에 극심한 고통을 느끼고 주저앉으며 소리쳤다.
「빌어먹을!」
도브렉이 그의 목덜미 오른쪽에 칼을 꽂았던 것이다.
「이 비열한 놈……, 비열한……」
어둠 속에서 줄을 푸는 도브렉의 모습이 어렴풋이 보였고 중얼거리는 소리가 들렸다.
「어리석기도 하지! 네 놈이 가져온 루슬로 자매의 편지를 보는 즉시 언니인 아델라이드의 필체인 것을 한눈에 알아보았어. 하지만 교활한 노인네 아델라이드는 너를 신뢰하지 않았고, 필요하다면 경계를 하라고 알리기 위해 신중하게도 동생 유프라지의 이름으로 서명을 했더군. 일그러지는 내 표정을 자네도 보았겠지……. 잠시 생각해 보니……, 네 놈은 아르센 뤼팽이었어. 그렇지 않나? 클라리스의 보호자, 질베르의 구원자……. 가련한 뤼팽, 안됐지만 자네 일이 잘 안 풀리는군……. 나는 칼을 자주 휘두르지는 않지만 한번 휘두르면 아주 정확하거든」

그는 몸을 숙여 부상당한 뤼팽의 주머니를 뒤졌다.

「권총을 이리 내놓으시지. 아시다시피 자네 부하들은 내가 두목이 아니라는 것을 즉시 알아보고 나를 붙잡으려 하겠지. 내 기력도 떨어진 참이니 한두 방쯤은 필요할 거야. 잘 있게, 뤼팽! 다음 세상에서나 서로 만나겠군. 나를 위해 최신 시설을 갖춘 저승의 방 한 칸을 잡아놓게……. 잘 가게, 뤼팽. 그리고 매우 감사하네……. 자네가 아니었다면 정말 내가 어떻게 되었을지 상상도 할 수 없다네……. 제길! 알뷔펙스에게 제대로 당했군. 나쁜 놈……. 어디 두고 보자!」

도브렉은 모든 채비를 마치고 다시 휘파람을 불었다. 작은 배에서 응답을 해왔다.

「지금 내려가네」

그가 말했다.

죽을힘을 다해 뤼팽은 그를 잡으려고 팔을 뻗었지만 허공을 휘저을 뿐이었다. 부하들에게 소리를 질러 알리려 했으나 목소리도 목구멍 안에서만 맴돌았다.

그는 자신의 존재 자체가 무섭게 마비되어 오는 것을 느꼈다. 관자놀이가 지끈지끈 울렸다.

갑자기 아래쪽이 시끌벅적해졌다. 이어 두 발의 총성이 울리더니 냉소적인 승리의 웃음이 뒤따랐다. 여인의 비명과 신음소리가 들리는가 싶더니 이어 다시 두 발의 총성…….

뤼팽은 부상을 입고 죽었을지도 모르는 클라리스와 승리하여 달아난 도브렉, 알뷔펙스와 수정마개를 생각했다. 이제 두 적수중 한 명이 아무런 방해도 받지 않고 간단히 수정마개를 손에 넣을 것이다. 그리고 불현듯 연인과 함께 쓰러지는 탕카르빌 경의 환영이 떠올랐다. 그는 몇 번이고 중얼거렸다.
「클라리스……, 클라리스……, 질베르……」
점차 깊은 고요가 번져갔고 무한한 평안함이 몸에 스며들었다. 탈진하여 무엇으로도 지탱할 수 없는 몸이 아무런 저항 없이 암벽의 가장자리, 깊은 수렁을 향해 굴러가는 듯한 느낌을 받았다…….

어둠 속에서

 아미앵에 있는 저택의 방이었다……. 뤼팽이 처음으로 의식을 조금 되찾았다. 클라리스가 르 발뤼와 함께 그의 머리맡에 앉아 있었다.
 둘은 이야기를 나누고 있었고, 뤼팽은 눈을 뜨지 않은 채 듣기만 했다. 그들은 뤼팽이 목숨을 잃을까 두려워했지만 큰 위기는 넘겼다는 얘기를 주고받았다. 그들의 대화를 듣다보니 모르트피에르의 비극적인 밤에 어떤 일이 일어났는지 밝혀주는 몇몇 단어들이 귀에 들어왔다. 도브렉이 내려왔고, 두목이 아니라는 것을 알아본 부하들은 당황했다. 그리고 순식간에 벌어진 싸움. 클라리스는 도브렉에게 몸을 날렸다가 어깨에 총 한 방을 맞아 부상을 입었고, 도브렉은 강물로 뛰어들었다. 그로냐르는 총을 두 방 쏜 후 도브렉을 쫓아 강물에 몸을 던졌고 르 발뤼는 사다리를 타고 올라가 실신한 두목을 발견했다.

르 발뤼가 설명했다.

「두목님이 어떻게 굴러떨어지지 않았는지 아직도 의아하다니까요. 그곳에 푹 파인 구덩이가 있긴 했지만 그 구덩이는 경사져 있었거든요. 반쯤 죽어가면서도 열 손가락으로 꽉 매달려 있었던 것에 틀림없어요. 빌어먹을! 정말 큰일 날 뻔했어요!」

뤼팽은 필사적으로 귀를 기울였다. 그는 단어들을 주워듣고 이해하려고 전력을 다했다. 그때 갑자기 충격적인 말 한마디가 들려왔다. 클라리스가 흐느끼며 18일이 흘러가 버렸다고, 질베르를 구조할 수 있었던 18일이 또 사라져버렸다고 말했다.

18일이라니! 그 숫자에 뤼팽은 몸서리를 쳤다. 모든 것이 끝났다는 생각이 들었다. 건강을 회복하여 싸움을 계속할 수가 없을 것만 같았다. 질베르와 보슈레는 죽게 된다……. 그는 머리가 멍해졌다. 다시 열이 나고 헛소리를 했다.

며칠이 지나갔다. 아마도 그때가 그의 생애에 있어서 가장 끔찍하게 기억하는 시기일 것이다. 그는 의식을 되찾았고 때로는 상황을 정확히 이해할 정도로 정신이 또렷해졌다. 하지만 아직 생각을 정리하고 추론하여 부하들에게 무엇을 명령하거나 금지하는 행동 지침을 내릴 수는 없었다.

혼수 상태에서 깨어날 때면 종종 클라리스가 그의 손을 붙잡고 있었다. 열에 시달리며 정신이 혼미한 상태에서 그는 이상한 말들을 내뱉었다. 그녀에게 애원하다가 감사하기도 했고, 어둠 속에 그녀가 가져다준 모든 빛과 기쁨을 찬양하기도 하면서 애정의 말을 퍼부었다.

그리고 좀 진정이 되면 자기가 무슨 말을 했는지도 잘 모르고 장난처럼 가볍게 넘어가려고 애썼다.

「제가 헛소리를 했군요? 분명 말도 안 되는 소리들만 늘어놓았겠죠!」

하지만 클라리스가 가만히 있자, 뤼팽은 고열로 인한 바보스런 소리들이 클라리스에게는 아무 상관도 없다는 것을 알아차렸다……. 그녀는 듣고 있지 않았다. 그녀가 아낌없는 정성과 헌신을 다해 환자를 보살피고 조금만 악화되어도 안절부절못했던 것은 환자인 뤼팽을 위해서가 아니라, 아직도 질베르를 구할 수 있을 거란 희망을 가지고 있기 때문이었다. 그녀는 걱정스럽게 회복의 추이를 살폈다. 그가 언제쯤 다시 활동을 재개할 수 있을까? 하루하루 질베르를 구출할 가망이 줄어들고 있는데도 그의 곁에 머무는 것은 미친 짓이 아닐까?

뤼팽은 마음가짐에 따라 회복이 빨라질 수 있다는 신념을 가지고 끊임없이 되풀이해 말했다.

「나는 나을 것이다……. 나는 나을 것이다……」

그리고 상처에 감은 붕대가 흐트러지지 않도록, 최대한 신경에 자극을 주지 않도록 온종일 가만히 누워 있었다.

또 더 이상 도브렉에 대해서 생각하지 않으려고 애썼다. 하지만 섬뜩한 적의 모습이 그를 떠나지 않았다.

어느 날 아침, 아르센 뤼팽은 다른 때보다 원기에 넘쳐 깨어났다. 상처는 아물었고 체온도 거의 정상이었다. 파리에서부터 매일 오던 그의 의사 친구가 모레쯤에는 자리에서 일어나도 된다고 말했다. 그날이 되자 뤼팽은, 정보를 모으기 위해 이틀 전 그곳을 떠난 부하들과 메르지 부인의 도움 없이 혼자 활짝 열린 창문으로 다가갔다.

햇볕을 쬐고 봄이 가까이 왔음을 알리는 따뜻한 공기를 쐬면서 그는 자기 안에서 되살아나는 생명을 느꼈다. 생각의 연결 고리를 되찾았고, 사건들이 논리적 순서와 내적인 은밀한 관계에 따라 머릿속에서 정리되었다.

저녁이 되자 클라리스에게서 전보가 도착했다. 상황이 좋지 않으며 그로냐르, 르 발뤼와 함께 파리에 머물겠다는 내용이었다. 전보를 읽고 번민에 싸인 뤼팽은 그날 밤을 편히 보낼 수 없었다. 대체 어떤 일들이 있기에 클라리스가 그런 전보를 쳤을까?

그런데 다음날 클라리스가 창백한 얼굴과 눈물로 붉게 충혈된 눈을 하고 그의 방에 나타났다. 그녀는 기진맥진하여 쓰러졌다.

「최고 재판소에 상소한 것이 기각되었어요」

그녀가 더듬거리며 말했다.

그는 감정을 억누르며 의외란 듯이 물었다.

「상소에 기대를 걸고 있었단 말입니까?」

「그렇지는 않지만……, 그래도 마음속으로는 바라고 있었어요……」

「기각된 것이 어제입니까?」

「1주일 전이에요. 르 발뤼가 제게 그 사실을 숨겨왔어요. 저는 신문을 읽을 엄두가 나지 않았고요」

뤼팽이 넌지시 말했다.

「사면이 남아 있습니다……」

「사면이요? 아르센 뤼팽의 패거리들을 사면해 줄 것이라고 생각하세요?」

그녀는 격한 어조로 신랄하게 내뱉었다. 그런 어조를 알아채지 못한 듯 뤼팽이 말했다.

「보슈레는 안 되겠지만, 아마도……, 질베르는 딱하게 여길 겁니다……. 너무 어리니까……」

「그들은 질베르를 동정하지 않아요」

「어떻게 아시죠?」

「변호사를 만났어요」

「변호사를 만났다고요! 그에게 무슨 말씀을……」

「질베르의 어미라고 말하고 아들의 신원을 밝혔어요. 그것이 재판 결과에 영향을 줄 수는 없는지, 적어도 판결을 늦출 수 없는지 물었고요」

「그런 일을 하다니? 당신이 다 털어놓다니……」

뤼팽이 중얼거렸다.

「질베르의 목숨이 무엇보다도 우선이에요. 제 명예 따위가 뭐 중요하겠어요! 남편의 명예도 마찬가지에요!」

「어린 자크의 이름은? 사형을 선고받은 이의 동생이 되게 해 자크를 망쳐도 괜찮단 말이오?」

그녀는 고개를 떨구었다. 그가 다시 말을 이었다.

「변호사가 당신에게 무어라고 답했소?」

「이러한 제 행동이 질베르에게 조금도 도움이 되지 않는다고 하더군요. 법원에 항소하면서도, 그는 상황을 냉철하게 판단하고 있었고 저는 결국 사면 위원회가 사형을 선고하리라는 것을 확인했어요」

「위원회는 그렇다고 치고, 대통령은 어떻소?」

「대통령은 항상 위원회의 의견을 따르잖아요」

「이번에는 그렇지 않을 거요」

「왜죠?」

「우리들이 그에게 압력을 넣을 테니까요」

「어떻게요?」

「27인의 명단을 넘겨주는 조건으로」

「당신이 그것을 가지고 있나요?」

「아니오」

「그러면요?」

「곧 가지게 될 거요」

그의 확신은 흔들리지 않았다. 한없이 강한 의지를 드러내는 확신에 찬, 매우 침착한 단언이었다.

그를 그렇게까지 신뢰하지 않는 그녀는 살짝 어깨를 으쓱했다.

「알뷔펙스가 명단을 빼내가지 않았다면, 오직 단 한 사람만이 행동을 취할 수 있겠군요. 바로 도브렉 말이에요」

이렇게 말하는 그녀의 낮고 멍한 목소리에 뤼팽은 전율을 느꼈다. 그렇다면 그가 종종 예감했던 것처럼, 그녀는 다시 도브렉에게 돌아가 질베르의 목숨에 대한 대가를 지불하려는 생각을 하고 있단 말인가?

「당신은 내게 맹세를 했소. 그것을 다시 상기시킬 필요가 있겠군요. 도브렉과의 싸움은 내게 맡기고 당신은 도브렉과 결코 합의하지 않겠다고 약속하지 않았소」

그가 말했다.

「저는 그가 어디 있는지조차도 몰라요. 제가 그것을 안다면, 당신이 모를 리가 있겠어요?」

그녀가 대답했다.

이 대답은 매우 애매모호했다. 하지만 그는 적당한 때까지 그녀를 지켜보기로 결심하고 더 이상 추궁하지 않았다. 그리고 아직 자세한 이야기를 듣지 못했으므로 그녀에게 질문을 던졌다.

「그렇다면 그 후에 도브렉이 어떻게 되었는지 모릅니까?」

「몰라요. 그로냐르가 쏜 총알에 맞은 건 확실해요. 그가 탈출한 다음날 덤불 숲에서 피로 범벅이 된 손수건을 주웠거든요. 게다가 오말 역에서 매우 지쳐서 힘겹게 걷는 남자를 본 사람들이 있어요. 그 남자는 파리행 기차표를 끊고 역에 도착하는 첫 열차를 탔다더군요……. 이것이 우리가 아는 전부예요」

「틀림없이 심하게 다쳤을 겁니다. 안전한 은신처에서 상처를 치료하고 있겠군요. 경찰이나 알뷔펙스, 당신과 나를 비롯한 모든 적들이 덫을 놓았을지도 모르니 몇 주 동안 피해 있는 것이 현명한 처사라고 생각했겠지요」

뤼팽이 말했다.

깊은 생각에 잠겼던 그가 다시 말했다.

「탈출한 후에 모르트피에르에서 무슨 일이 일어났습니까? 그곳 사람들은 아무 말도 않던가요?」

「네. 새벽 무렵에 이미 밧줄이 사라졌어요. 도브렉이 탈출한 바로 그날 밤 세바스티아니와 그 아들들이 모든 걸 알아차렸다는 뜻이지요. 그리고 세바스티아니는 그날 하루 종일 모습을 보이지 않았어요」

「그렇군. 그자가 후작에게 이 일을 알렸을 겁니다. 그런데 후작은 어디 있습니까?」

「자기 집에 있어요. 그로냐르가 알아본 바에 따르면, 의심스러운 점도 전혀 없고요」

「분명히 그가 라마르틴 공원의 저택에 침입하지 않았습니까?」

「확실해요」

「도브렉도?」
「도브렉도 그곳에 들어가지 않았어요」
「프라스빌은 만나보았습니까?」
「프라스빌은 휴가 기간이라 여행을 떠났어요. 하지만, 이 사건을 맡은 주임 형사 블랑숑과 저택에 주둔한 경관들은 프라스빌의 명령에 따라 물샐틈없이 감시를 하고 있다고 주장하더군요. 밤에도 한 명씩 번갈아 서재에서 보초를 서기 때문에 그 누구도 몰래 침입할 수 없다고요」
「그렇다면 이론상으로는 수정마개가 아직도 도브렉의 서재에 있겠군요?」
「도브렉이 납치당하기 전에 거기 있었다면, 틀림없이 아직도 거기 있겠지요」
「서재 안, 책상 위일 겁니다」
「책상 위라고요? 왜 그렇게 단정하시지요?」
「기억하고 있기 때문입니다. 세바스티아니가 한 말을 한마디도 잊지 않았거든요」
「그렇지만 수정마개가 어떤 물건 속에 숨겨져 있는지 모르잖아요?」
「그렇습니다. 하지만 책상은 제한된 공간입니다. 20분이면 다 뒤질 수 있고 필요하다면 10분 내에 결판 낼 수도 있지요」
뤼팽은 오랜 대화로 약간 피로했다. 경솔한 짓을 저지르고 싶지 않은 그는 클라리스에게 말했다.
「제게 2, 3일만 시간을 더 주십시오. 오늘이 3월 4일 월요일이니 모레 수요일, 늦어도 목요일이면 걸을 수 있을 겁니다. 우리의 성공을 확신해도 좋습니다」

「그러면 그동안은……?」
「그동안은 파리로 돌아가서 그로냐르, 르 발뤼와 함께 트로카데로 근처의 프랭클린 호텔에 머물면서 도브렉의 집을 잘 감시하십시오. 당신은 그 집에 자유롭게 드나들 수 있으니 경관들이 열심히 일하도록 격려해 주시고요」
「만일 도브렉이 돌아오면요?」
「그러면 더 잘됐지요. 그를 붙잡는 겁니다」
「잠시 들르기만 했다가 그냥 빠져나가면요?」
「그럴 경우엔 그로냐르와 르 발뤼가 그를 뒤쫓아야지요」
「하지만 미행에 실패하면요?」
뤼팽은 대답하지 않았다. 방에 틀어박혀 꼼짝도 하지 못하는 게 얼마나 치명적인지, 자기가 전장에 출전했더라면 얼마나 도움이 됐을지 가장 뼈저리게 느끼는 사람은 바로 뤼팽 자신이었다. 아마도 이런 복잡한 생각 때문에 평소 이상으로 병이 오래 가는지도 몰랐다.
마침내 그가 중얼거리듯 대답했다.
「부탁이니 제발 혼자 있게 해주시오」
무시무시한 그날이 다가올수록 둘 사이는 더욱 불편해졌다. 메르지 부인은 부당하게도, 아들을 앙쟁의 모험에 밀어넣은 당사자가 본인이라는 사실은 잊었지만, 또는 잊기를 원하면서, 경찰 당국이 질베르를 단순한 범죄자가 아닌 뤼팽의 일당으로서 그토록 가혹하게 다루고 있다는 점은 잊지 않았다. 더구나 뤼팽 아무리 노력하고 놀라운 힘을 쏟아 부었다 해도 아무런 성과가 없지 않은가? 그가 개입해서 질베르에게 도움이 된 적이 있던가?
침묵이 흐른 뒤, 그녀는 일어나 그를 남겨두고 나왔다.

다음날, 그는 상태가 몹시 안 좋았다. 그 다음날인 수요일, 의사가 주말까지는 쉬어야 한다고 말하자 뤼팽이 물었다.
「쉬지 않으면 어떻게 되지?」
「열이 다시 오르겠지요」
「다른 증상은 없고?」
「그렇습니다. 상처는 충분히 아물었거든요」
「그렇다면 상관없네. 자네와 함께 차에 오르겠네. 정오에는 파리에 도착하겠지」
 무엇보다도 클라리스의 편지를 받고 뤼팽은 당장 떠날 결심을 굳혔다. 편지에는 〈도브렉의 움직임을 포착했어요……〉라고 씌어 있었다. 또, 아미앵의 신문에는 운하 사건에 연루된 알뷔펙스 후작의 체포를 알리는 기사가 게재되어 그를 부추겼다.
 도브렉이 복수를 한 것이다.
 도브렉이 복수를 했다는 것은, 복수를 사전에 막을 수 있는 책상 위의 서류를 후작이 수중에 넣지 못했다는 뜻이다. 즉 블랑숑 주임 형사와 경관들이 프라스빌의 명령에 따라 라마르틴 공원의 저택을 철저히 감시했다는 뜻이기도 하다. 간단히 말해 수정마개는 아직 라마르틴 공원의 저택에 있다는 것이다.
 그것이 아직 거기 있다면 도브렉이 집으로 돌아올 엄두를 내지 못하고 있거나, 건강 상태가 허락치 않거나, 번거로운 발걸음을 할 필요가 없을 만큼 은닉처에 대해 자신감을 가지고 있음을 의미한다.
 어쨌든 어떤 행동을 취해야 하는지 확실해졌다. 가능한 한 빨리 움직여야만 한다. 도브렉보다 먼저 수정마개를 낚아채야 한다.
 자동차가 블로뉴 숲을 빠져나가 라마르틴 공원 근처에 도착하자마자, 뤼팽은 의사에게 작별을 고하고 차를 멈추었다. 미리 약속했던 그로냐르와 르 발뤼가 그와 합세했다.

「메르지 부인은?」

그가 물었다.

「어제부터 돌아오지 않고 있습니다. 도브렉이 사촌 누이들 집에서 나와 차에 올라타는 것을 보았다고 속달 우편으로 우리에게 알려왔어요. 차량 번호를 알아냈고 정탐 결과를 알려주겠다고 했습니다」

「그러고 나서는?」

「그 이후로는 연락이 없습니다」

「그 밖의 다른 소식은 없나?」

「있습니다. 《파리-미디》지(誌)에 따르면 어젯밤 알뷔펙스가 상테 교도소의 감방에서 유리 조각으로 팔목 혈관을 그었답니다. 긴 유서를 남겼는데, 자신의 죄를 고백하는 자백서인 동시에 자신을 죽음으로 몰고 간 도브렉을 고발하고 운하 사건에서 도브렉의 역할을 백일하에 드러내는 고발장이기도 한 것 같습니다」

「그게 전부인가?」

「아니오, 다른 소식이 더 있습니다. 같은 신문에 실린 기사로, 서류 검토를 마친 사면 위원회가 십중팔구 보슈레와 질베르의 사면을 거부할 것이며, 금요일에 대통령이 그들의 변호사를 접견한다고 합니다」

뤼팽은 오한을 느꼈다.

「그들은 시간을 끌지 않을 거네. 처음부터 도브렉이 노쇠한 판사 양반들에게 압력을 넣었으니까. 순식간에 한 주가 지나고 나면, 단두대의 날이 내리치게 돼. 아! 불쌍한 질베르! 내일 모레 변호사가 대통령을 만나러 갈 때 무조건 27인의 명단을 제시하겠다는 제안을 하지 않으면, 가엾은 질베르는 끝장이야」
「아니, 두목님, 희망을 포기하시는 겁니까?」
「내가? 무슨 소리! 한 시간 후에 수정마개를 손에 넣고 말겠어. 두 시간 후에는 질베르의 변호사를 만나고. 그러면 악몽은 끝난다」
「좋아요! 역시 두목님이십니다! 이제야 두목님다워요. 저희는 여기서 기다릴까요?」
「아니. 자네들은 숙소에 돌아가 있게. 내가 그리로 가겠네」
그들은 헤어졌다. 뤼팽은 도브렉의 저택 대문을 향해 곧장 걸어가서 벨을 울렸다.
한 경찰이 그를 알아보고 문을 열어주었다.
「니콜 씨 맞으시죠?」
「예, 니콜입니다. 블랑숑 주임형사 계십니까?」
뤼팽이 말했다.
「예, 계십니다」
「그와 이야기 좀 할 수 있을까요?」
뤼팽이 서재로 안내받아 들어가자 블랑숑 주임형사가 눈에 띄게 정중한 태도로 그를 맞았다.
「니콜 씨, 무엇이든 당신 뜻에 따르라는 명령을 받았습니다. 무엇보다도, 오늘 당신을 뵙게 되어 눈물 나도록 기쁘군요」
「왜 그러십니까, 주임 형사님?」
「새로운 일이 벌어졌어요」
「심각한 일입니까?」
「아주 심각한 일이에요」

「빨리 말씀해 주시지요」
「도브렉이 돌아왔습니다」
「뭐, 뭐라고요? 도브렉이 돌아왔어요? 여기 있습니까?」
뤼팽이 소스라치게 놀라 소리쳤다.
「지금은 없습니다. 다시 떠났어요」
「이 서재에도 들어왔나요?」
「예」
「그게 언제입니까?」
「오늘 아침입니다」
「그런데 그를 막지 않았습니까?」
「무슨 권한으로 막겠습니까?」
「그러면 도브렉을 혼자 두었나요?」
「하도 강압적으로 나오는 바람에 혼자 있게 두었습니다」
뤼팽은 눈앞이 캄캄해지는 것을 느꼈다.
도브렉이 수정마개를 찾으러 돌아왔다!

그는 한참 동안 침묵을 지키며 혼자 생각했다.
〈도브렉이 물건을 찾으러 돌아왔다……. 우리가 그것을 찾아낼까 봐 두려웠던 거야. 결국 다시 도브렉의 손에 들어갔군……. 제기랄! 불가피한 일이었어……. 체포에 기소까지 당한 알뷔펙스가 도브렉의 죄를 고발했으니 도브렉으로서는 당연히 자신을 지켜야 했겠지. 그에게도 만만치 않은 게임이거든. 오랫동안 수수께끼에 싸여 있던 세월이 흘러 마침내, 27인과 관련된 비극 전반을 계획하고 그들의 명예를 더럽히고 살인을 저지른 악마 같은 존재가 바로 도브렉임이 밝혀졌다. 기적이 일어나, 더 이상 27인의 명단

이라는 부적의 보호를 받을 수 없다면 그는 어떻게 될까? 하지만 그는 그것을 다시 손에 넣었어.〉

애써 담담한 척하며 그가 말했다.

「도브렉이 오래 머물렀습니까?」

「아마 20초 정도요」

「예? 20초라고요? 그 정도밖에 머물지 않았습니까?」

「네, 더 오래 있지 않았습니다」

「그때가 몇 시였습니까?」

「열시였어요」

「알뷔펙스 후작의 자살을 알고 있었을까요?」

「아마 그랬을 겁니다. 그 기사가 실렸던 《파리-미디》지의 특별판이 주머니에 꽂혀 있었거든요」

「그래……, 그랬겠지……」

뤼팽이 중얼거리고는 다시 물었다.

「도브렉이 돌아올 경우를 대비해 프라스빌 씨가 특별 지시를 내리지는 않았나요?」

「그런 건 없었습니다. 프라스빌 씨가 자리를 비웠기 때문에, 경찰청에 전화를 걸고 지시를 기다리는 중입니다. 아시다시피 도브렉 하원의원의 실종은 세상을 시끄럽게 했지요. 그가 실종 상태인 동안에는 우리가 여기 머물러도 사람들 눈에 이상하게 보이지 않았지만 도브렉이 돌아왔고 감금되거나 죽은 게 아니라는 것이 밝혀진 이상, 우리가 이 집에 머물 수 있겠습니까?」

「그런 건 아무래도 상관없습니다! 이 집을 감시하든 안 하든 뭐가 달라지겠습니까? 도브렉은 다녀갔으니 이미 수정마개는 더 이상 여기 있지 않는데 말이오……」

뤼팽은 건성으로 대답하다가 문득 머릿속에 한 가지 의문이 떠올라 말끝을 흐렸다. 수정마개가 없어졌다면 물리적인 증거가 뚜렷이 남아 있지 않을까? 그 물건은 분명 다른 물건 안에 들어 있었을 테니 그것이 없어지면 빈 공간이 남지 않겠는가?

확인하기는 쉬웠다. 세바스티아니가 도브렉을 희롱하는 소리를 듣고 그것이 책상에 숨겨져 있다는 사실을 알아냈으므로 책상만 조사하면 되었다. 더구나 도브렉이 서재에 머문 시간은 단 20초, 말하자면 들어오고 나가는 데 드는 시간밖에 걸리지 않은 셈이니 은닉처는 의외로 간단한 장소임에 틀림없다.

뤼팽은 책상을 보자마자 즉각 알아차렸다. 뤼팽의 기억 속에는 책상과 그 위에 놓여 있던 모든 물건들의 모습이 정확하게 저장되어 있어서 그중 하나라도 없어지면, 마치 그 물건 하나가 여타의 책상과 도브렉의 책상을 구별 짓는 특징인 양 즉시 알아챌 수 있었다.

〈역시! 모든 것이……, 모든 것이 딱 맞아떨어지는군……. 모르트피에르의 탑에서 도브렉이 고문에 못 이겨 맨 처음 털어놓았던 단어까지도 말이야! 수수께끼는 풀렸어! 이번에야말로 더 이상 망설이거나 헤맬 일은 없다. 우리는 목표에 거의 도달했어.〉

그는 기쁨에 떨며 생각했다.

그는 형사의 질문에는 응답조차 않은 채 이 간단한 은닉처에 대해 생각하고 있었다. 그토록 찾았던 도둑맞은 편지가 실상은 모든 사람들의 눈에 띄는 장소에 있었다는 에드가 포의 훌륭한 소설이 떠올랐다. 절대 숨기지 않았을 것 같은 장소는 오히려 의심을 사지 않는 법이다.

도브렉이 또 한 번 빠져나간 것을 알고 흥분한 뤼팽은 저택을 나오면서 말했다.

「이 빌어먹을 사건에서는 끝까지 지독한 실망을 맛봐야 하는 운명인가. 이제까지 쌓아온 모든 것이 단번에 무너지고 모든 승리가 참담한 실패로 돌아갔군」

하지만 그는 낙담하지 않았다. 한편으로는 도브렉 하원의원이 수정마개를 어디에 숨겼는지 알아냈고 다른 한편으로는 클라리스 메르지를 통해 도브렉이 어디 숨어 있는지도 알 수 있으니 이제부터 나머지는 누워서 떡 먹기였다.

그로냐르와 르 발뤼는 트로카데로 근처의 작은 가족 호텔인 프랭클린 호텔 로비에서 그를 기다렸다. 메르지 부인에게서는 아직 아무런 소식이 없었다.

뤼팽이 말했다.

「뭐, 나는 그녀를 믿네! 그녀는 확실한 정보를 얻을 때까지 도브렉을 뒤쫓을 거야」

하지만 그런 그도 오후가 다 저물 무렵이 되자 초조해지기 시작했다. 그는 다시 전투를 개시했고 이번이 마지막 전투가 되길 바랐다. 하지만 조금이라도 지체하면 모든 게 위태로워질 위험이 있었다. 메르지 부인이 도브렉을 놓쳤다면 어떻게 그를 다시 붙잡을 것인가? 이미 저지른 실수를 만회할 시간이 몇 주, 몇 일씩 남아 있지 않았다. 단 몇 시간, 극히 제한된 몇 시간뿐이었다.

그가 호텔 주인을 불러 세웠다.

「내 친구들 이름으로 온 속달 우편이 정말 없소?」

「확실합니다」

「내 이름, 그러니까 니콜 앞으로 온 것은?」

「없습니다」

「이상하군. 오드랑 부인(클라리스는 호텔에 투숙할 때 이 이름을 사용했다)에게서 편지가 오기로 되어 있는데」

「그 부인은 아까 다녀가셨는데요」

주인이 말했다.

「뭐라고요?」

「좀 전에 오셨다가 손님들이 안 계셔서 방에 편지 한 통을 남겨두고 가셨습니다. 종업원이 얘기하지 않던가요?」

뤼팽과 동료들은 서둘러 방으로 올라갔다.

정말로 탁자 위에 편지 한 통이 놓여 있었다.

「아니, 편지가 이미 개봉되어 있잖아! 어떻게 된 일일까? 이 가위질은 또 뭐지?」

뤼팽이 외쳤다.

편지 내용은 다음과 같았다.

　　이번 주에 도브렉은 상트랄 호텔에 묵었는데 오늘 아침 ──역으로 짐을 옮기고 전화를 걸어 ──행 열차의 침대 칸 한 자리를 예약했어요.
　　기차 시간은 모르겠어요. 하지만 오후 내내 역에 있을 거예요. 세 분 모두 가능한 한 빨리 오세요. 그를 납치할 준비를 해야지요

「이게 뭐야! 어떤 역으로 오라는 거죠? 그리고 어디 가는 열차의 침대 칸이죠? 정확히 그 단어들이 있던 자리를 오려냈군요」

르 발뤼가 말했다.

「맞아요. 두 군데에 가위질을 해서 꼭 필요한 단어들만 삭제했네요. 믿을 수가 없어요! 메르지 부인이 정신 나간 걸까요?」

그로냐르도 거들었다.

뤼팽은 꼼짝도 하지 않은 채 혈압이 올라 지끈거리는 관자놀이에 두 손을 대고 있는 힘을 다해 눌렀다. 불덩이처럼 몸에 열이 올랐다. 고통이 몸으로 나타날 만큼 격노한 그는 이 교활한 적에 대한 결의를 다졌다. 다시 패배하지 않으려면 즉시 그놈의 숨통을 끊어놓아야만 했다.

뤼팽이 매우 조용하게 중얼거렸다.

「도브렉이 여기 왔던 거야」

「도브렉이요?」

「메르지 부인 스스로 그 두 단어를 오려냈다고 상상할 수나 있나? 도브렉이 여기 왔어. 메르지 부인은 자신이 도브렉을 미행한다고 믿고 있었지만 실은 오히려 도브렉이 그녀를 감시했던 거지」

「어떻게 말입니까?」

「틀림없이 그 종업원을 통해서야. 메르지 부인이 다녀간 것을 도브렉에게만 알리고 우리에게는 전해 주지 않은 종업원 말이네. 도브렉은 여기 와서 편지를 읽고 우리를 조롱하기 위해 중요한 단어들만 오려내면서 매우 즐거워했겠지」

「그 종업원에게 물어본다면 우리도 뭔가 알아낼 수……」

「그래 봤자 무슨 소용인가? 그 작자가 여기 왔다는 것을 안 이상, 어떻게 여기에 왔는지 알아서 뭐하겠나?」

그는 편지를 이리저리 돌려가며 오랫동안 살펴보았다. 그리고 일어나 말했다.

「가세」

「어디로요?」

「리용 역」

「그자가 확실히 그리로 갔을까요?」

「도브렉에 대해서는 어떤 것도 확신할 수 없네. 하지만 편지 내용에 비추어볼 때 파리 동부역과 리용 역 중 하나를 선택해야 하고(원문의 빈칸은 gare de( ). de 다음에 올 수 있는 역 이름은 Lyon 리용 역과 l' Est 동부역뿐이다——옮긴이), 도브렉의 일과 유흥거리, 건강 상태 등을 고려해 보면 프랑스 동부보다는 마르세이유나 지중해 연안으로 갈 것이라고 생각하네」

뤼팽과 그의 부하들은 저녁 일곱시가 넘어서 프랭클린 호텔을 떠났다. 자동차 한 대가 그들을 태우고 전속력으로 파리를 가로질렀다. 하지만 클라리스 메르지는 역 바깥에도, 대기실에도, 플랫폼에도 없었다.

뤼팽이 투덜거렸다.

「그렇지만……, 그렇지만……, 도브렉이 침대 칸을 예약했다면 틀림없이 저녁 열차일 텐데……. 게다가 아직 일곱시 반밖에 되지 않았는데!」

야간 급행 열차가 출발했다. 그들은 뛰어가면서 열차의 복도를 쭉 확인해 봤다. 하지만 아무도 없었다……. 메르지 부인도, 도브렉도.

그들 셋이 역을 떠나려 할 때, 구내식당 앞에서 짐꾼 한 명이 다가왔다.

「르 발뤼라는 분이 계십니까?」

「예. 그렇소. 나요. 빨리 말하시오……. 무슨 일이오?」

뤼팽이 대답했다.

「아! 당신이군요! 그 부인께서 신사 분 세 명이나 두 명이 오실 거라고 일러주었어요……. 잘은 모르지만……」

어둠 속에서 217

「뭐라고? 세상에! 말해 봐요. 어떤 부인이었소?」

「온종일 짐을 가지고 플랫폼에서 누군가를 기다리던 부인인데」

「그런데……? 어서 말해요! 그 부인이 열차를 탔소?」

「예. 여섯시 30분 발 특급 열차를 탔지요……. 마지막 순간에야 저더러 당신들에게 말을 전해 달라고 부탁했어요……. 그 남자도 같은 열차에 탔고 모나코 몬테카를로로 향한다고 전해 달라고 하더군요」

「이런, 제기랄! 방금 전에 그 급행열차를 탔어야 했는데! 이제 밤 기차밖에 남지 않았군. 하지만 그 기차는 너무 느려! 세 시간 이상을 낭비하겠어」

시간은 끝나지 않을 것처럼 길게 느껴졌다. 그들은 자리를 예약하고 프랭클린 호텔 주인에게 전화를 걸어 그들에게 오는 편지를 몬테카를로로 보내달라고 말했다. 그리고 저녁을 먹은 뒤 신문을 읽었다. 마침내 아홉시 30분 열차가 덜컹거리며 출발했다.

불행한 상황이 연속되는 가운데, 이렇게 해서 뤼팽은 전투의 가장 중대한 순간에 싸움터에서 등을 돌렸다. 그리고 어디 있는지도 어떻게 굴복시켜야 하는지도 모르는 적을, 이제까지 싸워본 상대 중 가장 무시무시하고 가장 손에 잡히지 않는 적을 찾아 무작정 길을 나섰다.

피할 수 없게 된 질베르와 보슈레의 처형일까지는 나흘, 기껏해야 닷새가 남아 있었다.

그날 밤은 뤼팽에게 가혹하고 고통스런 밤이었다. 지금의 상황에 대해서 깊이 생각하면 할수록 끔찍하게 느껴졌다. 모든 면에서 상황은 불확실했고 앞날을 알 수 없었으며 혼란스럽고 속수무책인 상태였다.

수정마개의 비밀은 확실히 알고 있지만, 도브렉이 전략을 바꿀지 아니면 이미 바꾸었는지 어떻게 알겠는가? 27인의 명단이 아직 수정마개 속에 있는지, 수정마개가 아직 도브렉이 처음에 그것을 숨겨두었던 물건 안에 있는지 어떻게 알 수 있겠는가?
　뿐만 아니라 클라리스 메르지는 자신이 도브렉을 미행하고 감시한다고 믿었지만 실은 반대로 도브렉이 그녀를 감시하면서 자신을 쫓아오도록 만들어버렸다. 그리하여 그녀를 구조되기 힘든, 아니 구조에 대한 희망도 가질 수 없는 먼 장소를 골라 끌고 가버린 이 마당에 어떻게 다른 걱정거리가 있겠는가?
　아! 도브렉의 장난은 속이 훤히 들여다보였다. 뤼팽은 그 불행한 여인의 망설임을 너무도 잘 알고 있었다. 그로냐르와 르 발뤼가 강변했듯이, 클라리스가 도브렉과 비열한 거래를 하는 것을 심각하게 고려하고 있다는 것을……. 그렇게 되면 뤼팽이 어떤 도움을 줄 수 있겠는가? 도브렉의 농간으로 일어난 일련의 사건들은 이제 필연적인 결말에 다다르고 있었다. 어머니는 아들의 목숨을 구하기 위해서 자신을 희생하고 양심의 가책이나, 혐오감, 심지어 명예까지도 내던져야 했다.
　「으! 비열한 놈! 네 놈의 목덜미를 붙잡기만 하면 가만 두지 않겠다. 정말로 피도 눈물도 없을 줄 알아!」
　분노가 폭발한 뤼팽은 이를 갈았다.
　그들은 오후 세시에 도착했다. 하지만 몬테카클로의 플랫폼에서 클라리스의 모습이 보이지 않자 뤼팽은 곧 실망했다.
　편지를 전달해 주는 사람이 있을까 기다려보았지만 아무도 다가오지 않았다.
　철도 작업원과 개찰원에게 물어보아도 수많은 사람들 중에서 도브렉이나 클라리스와 인상착의가 비슷한 여행자는 보지 못했다고 했다.
 무작정 추적에 나서 모나코 공국의 호텔과 민박을 뒤져보는 수밖에 없었다. 얼마나 많은 시간 낭비인가!
 다음날 저녁 뤼팽은 도브렉과 클라리스가 의심할 여지없이 몬테카를로뿐만 아니라, 모나코 전체, 캅다이유, 라 튀르비, 캅마르탱 어디에도 없다는 것을 깨달았다.
「그렇다면 어떻게 된 일인가?」
 분노로 부들부들 떨며 뤼팽이 말했다.
 토요일이 되어서야 마침내 프랭클린 호텔의 주인이 재발송한 전보가 우체국에 도착했다. 전보에는 다음과 같이 씌어 있었다.

　　그는 칸에서 내려, 이탈리아의 산레모, 〈앙바사데르〉라는 호화 호텔로 떠났어요. 클라리스.

 전보에는 전날 날짜가 찍혀 있었다.
「빌어먹을! 그들은 몬테카를로를 통과해서 갔잖아. 우리들 중 한 명은 남아서 망을 봤어야 했어! 그 생각을 하기는 했는데 너무 정신이 없는 바람에……」
 뤼팽과 그의 부하들은 첫번째 열차에 올라타고 이탈리아로 향했다.
 정오에 국경을 넘어 열두시 40분에 산레모 역에 들어섰다.
 장식 줄이 달리고 〈앙바사데르〉라는 글자가 수놓아진 모자를 쓴 도어맨이 곧 눈에 띄었다. 도착하는 사람들 중에서 누군가를 찾고 있는 모습이었다.

뤼팽이 다가갔다.
「혹시 르 발뤼 씨를 찾고 있지 않소?」
「예, 그래요……. 르 발뤼씨와 두 신사 분을 찾습니다만……」
「어떤 부인이 보냈지요? 그렇지 않습니까?」
「맞아요. 메르지 부인이 보냈습니다」
「그 부인이 당신 호텔에 있소?」
「아니요. 열차에서 내리지 않은 채 제게 오라고 손짓을 해서 갔더니 세 신사 분의 인상착의를 설명해 주고는 〈우리는 제노바 연안까지 간다고 알려주세요……. 콘티넨털 호텔로요〉라고 했어요」
「그녀는 혼자였소?」
「예」

뤼팽은 그에게 사례를 하고 돌려보낸 후 부하들을 향해 돌아서며 말했다.
「오늘이 토요일이니 만일 월요일에 처형이 집행된다면 할 수 있는 게 아무것도 없네. 하지만 월요일에 처형을 할 확률은 낮아……. 그러니까 오늘 밤 도브렉을 찾아내서 월요일에는 그 서류를 가지고 파리로 가야만 한다. 이번이 마지막 기회야. 그녀를 뒤쫓아가세」

그로냐르가 매표소로 가서 제노바행 표를 세 장 샀다.
기차가 기적을 울렸다.
뤼팽은 마지막 순간 망설였다.
「아니야, 정말로 이건 너무 어리석은 짓이야! 이게 뭔가? 우리가 무슨 짓을 하는 거지? 우리가 있어야 할 곳은 파리가 아닌가! 가만……, 가만……, 어디 잘 생각해 보자……」

그가 막 문을 열고 선로 위로 뛰어내리려는 순간에 부하들이 그를 붙잡았고 열차는 떠났다. 그는 다시 자리에 앉았다.
 그리고 그들은 미지의 곳을 향해 무모한 추적을 계속했다.
 질베르와 보슈레가 처형당하는 운명의 날까지 이틀이 흘러갔다.

엑스트라 드라이?

　니스를 둘러싸고 있는 가장 아름다운 언덕 위, 만테가 계곡과 생실베스트르 계곡 사이에 거대한 호텔이 앙쥬의 작은 만들과 도심지를 내려다보며 서 있다. 사방에서 찾아온 각 계층, 각 나라 사람들이 그곳으로 밀려들었다.
　뤼팽과 그로냐르, 르 발뤼가 이탈리아로 접어든 토요일 저녁, 클라리스 메르지는 그 호텔에 들어가 남향 방을 달라고 해서 그날 아침부터 비어 있던 3층, 130호를 얻었다.
　그 방은 129호와 이중문으로 분리되어 있었다. 방에 혼자 남자마자 클라리스는 이중문의 첫번째 문을 가리고 있던 커튼을 젖히고 소리 없이 빗장을 벗기고는 두번째 문에 귀를 가져다대었다.
　〈그가 저기 있어……. 어제처럼 클럽에 가기 위해 옷을 차려입는군…….〉
　그녀는 생각했다.

옆방 사람이 떠나자, 그녀는 복도로 나가 아무도 없는 틈을 타서 129호실의 문으로 다가갔다. 문은 열쇠로 잠겨 있었다.
저녁 내내 그녀는 옆방 사람이 돌아오기를 기다리다가 새벽 두 시가 되어서야 잠자리에 들었다. 다음날인 일요일 아침 그녀는 다시 염탐을 시작했다.
옆방 사람은 열한시에 외출했는데 이번에는 복도 쪽 문에 열쇠를 꽂아둔 채로 나갔다.
재빨리 열쇠를 돌린 클라리스는 용감하게 안으로 들어갔다. 그리고 자신의 방과 통하는 문 쪽으로 가 커튼을 젖히고 빗장을 풀어 자기 방으로 들어갔다.
몇 분 후 두 명의 청소부가 옆방을 치우는 소리가 들렸다.
그들이 나갈 때까지 기다렸다가 아무도 방해하지 않을 것이 확실해지자 그녀는 다시 한번 옆방으로 살며시 들어갔다.
가슴이 떨려서 잠시 안락의자에 기대야 했다. 절망과 희망이 번갈아 되풀이되는 며칠 밤낮을 악착스럽게 추적한 끝에 마침내 도브렉이 머무는 방에 잠입하는 데 성공한 것이었다. 이것저것 마음대로 뒤져볼 수도 있고 설사 수정마개를 발견하지 못한다 하더라도, 적어도 두 개의 문 사이에 몸을 숨기고 커튼 뒤에서 도브렉을 지켜보면서 그의 행동을 염탐하여 비밀을 알아낼 수 있을 것이다.
그녀는 찾기 시작했다. 작은 여행 가방 하나가 눈에 띄어 열어 보았으나 허사였다.
여행용 트렁크 안의 여러 칸들과 짐 가방의 주머니들을 마구 뒤져보고 벽장, 책상, 욕실과 옷장, 탁자, 가구들을 전부 조사했다. 하지만 아무것도 없었다.

그때 발코니에 아무렇게나 버려진 종이조각을 발견하고서 그녀는 소스라치게 놀랐다.

〈도브렉의 술책인가? 저 종이 조각들이 혹시……?〉

클라리스는 생각했다.

「그러면 안 돼지」

그녀가 빗장에 손을 대는 순간, 등 뒤에서 목소리가 들려왔다.

돌아서자 뒤에는 도브렉이 서 있었다.

그녀는 조금도 놀라거나 무서워하지 않았다. 그가 앞에 있다고 당혹스러워하지도 않았다. 지난 몇 달 동안 너무 많은 고통을 겪은 그녀는 도브렉이 어떻게 생각할지, 명백한 정탐의 현장을 덮친 그가 뭐라고 말할지 따위는 신경조차 쓰이지 않았다.

다만 그녀는 낙담하여 자리에 주저앉았을 뿐이다.

도브렉이 빈정거렸다.

「그렇지 않지요. 잘못 생각하셨소. 아이들 말로 하면 〈꽝〉인 걸. 허! 하나도 맞추질 못했소! 매우 쉬운 문제인데 말이요. 내가 도와줄까? 아름다운 숙녀 분, 당신 옆, 작은 원탁 위에……. 저런! 원탁 위에 뭐 그리 대단한 것은 없군……. 읽을거리, 필기구, 흡연 용품, 먹을 것, 그게 전부잖아……. 절인 과일 좀 들겠소? 아니, 당신은 내가 주문한 것보다 훨씬 잘 차려진 식사를 기다리고 있겠지?」

클라리스는 대답하지 않았다. 심지어 그의 말을 듣고 있지도 않은 것 같았다. 그의 입에서 반드시 튀어나올 보다 중요한 다른 말을 기다리고 있다는 듯이.

그는 원탁 위에 잔뜩 쌓여 있는 물건들을 모두 치워 벽난로 위에 옮겨놓고 나서 벨을 울렸다.

호텔 종업원이 들어왔다.
도브렉이 말했다.
「내가 주문한 점심 식사가 준비되었소?」
「예」
「식기는 두 벌이고?」
「그렇습니다」
「샴페인도?」
「예」
「엑스트라 드라이인가?」
「예」
다른 종업원이 쟁반을 날라와, 원탁 위에 두 벌의 식기와 차가운 점심 식사, 과일, 얼음 바구니 속의 샴페인 한 병을 내려놓았다.
그러고 나서 두 종업원은 물러갔다.
「식탁으로 오시지요, 부인. 보시다시피 미리 당신을 고려해서 두 사람 용으로 준비해 두었지요」
클라리스가 초청에 응할 생각이 전혀 없다는 것을 깨닫지 못한 듯이, 그는 자리에 앉아 먹기 시작했다. 그리고 계속 말했다.
「그렇소. 우리끼리 단 둘이 만나 결국은 당신이 내 뜻에 동의하기를 정말 바라고 있었다오. 당신이 끈질기게 나를 감시하던 1주일 전부터 나는 생각했지요. 〈어디 보자……. 그녀가 무엇을 좋아할까? 단 맛이 강한 샴페인? 단 맛이 약한 샴페인? 아니면 엑스트라 드라이(단 맛이 전혀 없는 샴페인——옮긴이)?〉 정말로 나는 어찌할 바를 몰랐다오. 파리에서 출발한 이후에는 특히 그랬지요. 당신의 발자취를 놓쳤거든. 당신이 나를 놓친 것은 아닌지, 그토록 즐겁던 미행당하기 노릇이 끝나지나 않았는지 걱정되었소. 회색빛이 도는 머리칼 아래 증오로 반짝이는 당신의 아름다운 검은 눈, 이리저리 돌아다니는 동안 내내 그 눈이 그리웠다오. 그런데 비어 있던 옆방에 내 친구 클라리스가 투숙했을지도 모른다는 것을 오늘 아침에야 깨달았지요……. 뭐라고 말해야 할까……? 바로 내 머리맡에 말이요. 그때부터 나는 안심했다오. 내 방에서 당신 방식과 취향대로 내 물건들을 정리하고 있을 당신의 모습을 기대하면서, 평소처럼 식당에서 밥을 먹지 않고 여기로 돌아왔지요. 그래서 식기도 두 벌을 주문했소……. 하나는 당신의 미천한 하인을 위해, 하나는 아름다운 숙녀 분을 위해」

그녀는 이제 경악에 휩싸여 그의 말을 듣고 있었다. 그러니까 도브렉은 미행당하는 것을 알고 있었다! 1주일 전부터 그녀와 그녀의 계획을 농락했던 것이다!

불안한 눈빛으로 조용히 그녀가 말했다.

「그렇다면 일부러 그랬군요? 단지 나를 끌고 오기 위해서 여행을 떠난 것이군요?」

「그렇소」

그가 대답했다.

「하지만 왜? 무엇 때문이죠?」

「그것이 궁금하시오, 부인?」

도브렉은 만족하여 낄낄거리며 말했다.

그녀는 의자에서 반쯤 일어나 그에게 몸을 숙인 채 매순간 생각했던 살인을 떠올렸다. 살인을 저지를 수 있고 저지를 것이다. 권총 한 방이면 저 추악한 짐승은 사라진다.

그녀는 웃옷 속에 넣어둔 총을 향해 천천히 손을 뻗었다.

도브렉이 말했다.

「잠깐만요, 부인……. 방아쇠는 조금 있다 당기고 부탁이니 지금 막 받아온 이 전보를 먼저 읽어보시지요」

어떤 덫에 걸릴지 몰라 그녀는 망설였다. 하지만 그는 주머니에서 전보 용지를 꺼내며 그녀에게 다시 한번 말했다.

「당신 아들과 관련이 있는 것인데」

「질베르라고요?」

그녀는 아연실색해서 소리쳤다.

「그렇소. 질베르의 일이지……. 받으시오. 읽어보라니까」

그녀는 그것을 읽더니 공포에 질려 절규했다.

처형은 화요일에 행해짐

그녀는 곧 도브렉에게 달려들며 소리를 질렀다.

「사실이 아니야……! 나를 공포에 빠뜨리려는 거짓말이야……. 아! 나는 당신을 잘 알아……. 당신은 뭐든 할 수 있는 사람이지! 사실대로 말해 봐요……! 화요일이 아니지, 그렇지? 이틀 후라니! 아니야, 아니야……. 아직 4,5일은 남았어……. 그 안에 질베르를 구할 수 있어……. 그렇지?」

그녀는 미친 듯이 격분한 나머지 기진하여 더 이상 힘이 남아 있지 않았다. 그래서 결국 알아들을 수 없는 소리만 웅얼거렸다.

도브렉은 잠시 그녀를 바라보다가 샴페인을 한 잔 따르더니 단숨에 들이켰다. 그리고 오른쪽에서 왼쪽으로 몇 걸음 옮기다가 다시 그녀에게 돌아와 말했다.

「이봐, 잘 들어, 클라리스……」

그녀는 반말을 들어야 하는 치욕에 뜻밖에 힘이 돌았다. 그래서 몸을 부르르 떨며 분개해서 다시 몸을 일으키고 가쁜 숨을 내쉬었다.

「나에게……, 나에게 그런 투로 말하지 말아요. 이런 모독은 용납할 수 없어. 아아! 이 무슨 비참한 일인가!」

그는 어깨를 으쓱하더니 다시 말을 꺼냈다.

「아직 벼랑 끝까지 몰리지는 않았다 이거요? 아마도 구출의 희망이 남아 있다고 생각해서겠지. 프라스빌 말이오? 당신은 그 훌륭하신 프라스빌의 오른팔 노릇을 했는데……. 운이 나쁘시군. 프라스빌이 운하 사건에 연루되었다고 생각해 보시오! 직접적으로는 아니지만, 다시 말해 27인의 명단에 이름이 올라 있지는 않지만 말이오……. 하지만 그의 친구이자 꼭두각시인 전(前) 하원 의원 스타니슬라스 보랭글라드의 이름이 있으니 그의 이름이 있는 것이나 마찬가지요. 그럴 만한 이유가 있어서 아직까지는 그 불쌍한 인간을 내버려두었소. 오늘 아침 프라스빌의 가담을 증명하는 서류 꾸러미가 있다는 편지가 도착하기 전에는 아무것도 모르고 있었지 뭡니까! 그런데 누가 나에게 그것을 알려주었겠소? 바로 보랭글라드 자신이오! 궁핍한 생활을 견디다 못한 그는 자기가 체포될 위험도 무릅쓰고, 나와 협력해서 프라스빌을 협박하고자 한 거지요. 프라스빌이 이걸 알면 펄쩍 뛸 거요! 하! 하! 그것 참 멋진 물건 아니오? 장담하건대 그 악당은 펄펄 뛰겠지. 빌어먹을! 네 놈이 나를 얼마나 오랫동안 귀찮게 했는지! 하! 프라스빌, 하지만 네 놈은 그것을 훔쳐가지 못했어……」

그는 새로운 복수를 예상하며 흡족해서 손뼉을 비비며 계속 말했다.

「친애하는 클라리스, 보시다시피……, 프라스빌 쪽에는 더 이상 기대할 게 없소. 이제 어떻게 하겠소? 어떤 지푸라기를 잡으시겠소? 아! 잊고 있었군……! 아르센 뤼팽! 그로냐르! 르 발뤼……! 쳇! 변변치 못한 실력으로 그들이 아무리 재주를 부려봐야 내 일을 막을 수 없었다는 것을 인정하시지. 할 말 있소? 그들은 자기들이 최고라고 생각하지만 나처럼 기세등등한 적수를 만나면 상황은 바뀌게 되지요. 상대를 훌륭하게 요리하고 있다고 생각하면서 실은 실수를 하나하나 쌓아가는 거요. 하! 풋내기들! 그런데도 뤼팽이라는 놈에 대해 환상을 가지고 있다면, 그 불쌍한 녀석이 나를 박살 내고 죄 없는 질베르를 위해 기적을 일으킬 수 있다고 믿는다면, 좋아, 마음대로 하시구려. 아! 구세주 뤼팽! 이 여인은 네 놈을 철석같이 믿고 있군! 네 놈에게 마지막 희망을 걸고 있어! 뤼팽! 조금만 기다려라. 내가 네 놈의 과대포장을 벗겨주도록 하지. 이름 값도 못하는 속 빈 강정 같은 놈!」

그러고 나서 호텔의 로비로 연결되는 전화 수화기를 들고 말했다.

「아가씨, 129호실이요. 당신 책상 앞에 앉아 있는 사람을 좀 올려 보내주시오……. 여보세요……! 그래요……. 회색 중절모를 쓴 신사 분 말이오. 그가 기다리고 있을 거요……. 고맙소, 아가씨」

그는 수화기를 내려놓은 후 클라리스에게 돌아섰다.

「두려워하지 마시오. 그 사람은 입에 자물쇠를 채운 자니까. 그것은 직업상 신조이기도 하지. 〈신속한 처리와 비밀 보장〉. 파리 경찰국의 전직 경관인 그는 벌써 여러 번 나를 도왔소. 당신이 나를 뒤쫓는 동안 당신을 뒤쫓는 일도 그중 하나였지. 남프랑스 지역에 도착한 이후로 그가 당신에게 신경을 덜 쓴 것은 다른 일로 바빴기 때문이오. 들어오게, 자콥」

그가 직접 문을 열어주자, 마르고 작은 키에 다갈색 수염을 기른 한 남자가 들어왔다.

「자콥, 이 부인께 지난 수요일 저녁부터 한 일에 대해서 짧게 보고해 주게. 그날 리용 역에서 이 부인이 내가 탄 남프랑스행 특급 열차에 올라탄 후, 자네는 플랫폼에 남았지. 아, 물론 내가 자네에게 맡긴 임무와 이 부인에 관련된 내용만 이야기하면 되네」

자콥은 상의 안쪽 주머니에서 작은 수첩을 꺼내어 한 장 한 장 넘기더니 보고서를 읽듯이 읽어 내려갔다.

「수요일 저녁 일곱시 15분. 리용 역. 그로냐르와 르 발뤼를 기다림. 잘은 모르지만 니콜인 것 같은 다른 남자와 함께 그들이 도착. 10프랑을 주고 나는 짐꾼의 모자와 상의를 빌림. 그들에게 다가가 부인이 몬테카를로로 떠났다고 전함. 이어 프랭클린 호텔의 종업원에게 전화. 호텔 주인이 받아서 재발송하는 모든 전보는 그 종업원이 읽어보도록, 필요할 경우 가로채도록 함.

목요일. 몬테카를로. 그 세 남자가 호텔마다 뒤지고 다님.

금요일. 라 튀르비, 캅다이유, 캅마르탱에 다녀옴. 도브렉 씨에게서 전화가 옴. 도브렉 씨는 더 신중을 기해 남자들을 이탈리아로 보내야겠다고 판단. 프랭클린 호텔의 종업원을 이용해 그들에게 산레모에서 만날 것을 기약하는 전보를 보냄.

토요일. 산레모, 역 플랫폼. 10프랑을 지불하고, 앙바사데르 호텔 도어맨의 모자를 빌림. 세 남자 도착. 그들에게 다가감. 메르지 부인이라는 여행객이 제노바에 있는 호텔 콘티넨털로 갔다는 소식을 전함. 그들은 망설임. 니콜이 차에서 내리려 했으나 다른 이들이 만류함. 열차 출발. 신사 분들, 잘해 보시오. 한 시간 뒤, 프랑스행 열차를 타고 니스에서 내려 새 지시를 기다림」
 자콥은 수첩을 덮고 말을 맺었다.
「이게 전부입니다. 오늘 일은 밤에나 기록할 거고요」
「지금부터 다음의 일들을 적으면 되겠군. 정오. 〈도브렉 씨가 침대차 회사로 보냄. 두시 48분 파리행 침대차 표 두 장을 예약. 도브렉 씨에게 속달로 표를 보냄. 그 후, 열두시 58분 기차를 타고 국경 지방의 뱅티미유 역으로 가서 하루 종일 프랑스로 입국하는 모든 여행객들을 감시. 니콜과 그로냐르, 르 발뤼가 이탈리아를 떠나 니스를 경유해 파리로 되돌아오려 한다면, 파리 경찰청에 전화를 걸어 몇 호 열차에 아르센 뤼팽과 두 명의 부하가 있다고 신고〉」
 말하면서 자콥을 문까지 데려다준 도브렉은 등 뒤로 문을 닫아 잠그고 빗장을 채운 후 클라리스에게 다가오면서 말했다.
「이봐, 잘 들어, 클라리스」
 그녀는 이번에는 아무런 저항도 하지 않았다. 아주 작은 부분까지 미리 예측해서 상대방을 마음대로 가지고 노는 이토록 강하고 능숙한 적에게 맞서서 무엇을 할 수 있겠는가? 뤼팽이 허깨비를 쫓아 이탈리아에서 헤매고 있는 그 시각에 과연 그녀가 아직도 뤼팽의 개입에 기대를 품을 수 있겠는가?
 프랭클린 호텔로 보낸 세 번의 전보에 왜 아무런 답이 없었는지 이제야 이해가 되었다. 도브렉이 어둠 속에서 그녀를 지켜보며, 함께 싸우는 동료들로부터 고립시키고, 차츰차츰 포로로, 패배자로 만들어 이 방 안으로 몰아왔던 것이다.
 그녀는 무력함을 느꼈다. 이 괴물은 자신을 마음 내키는 대로 할 수 있었다. 조용히 포기해야만 했다.

그는 잔인한 즐거움을 만끽하며 다시 말했다.

「잘 들어, 클라리스. 내가 지금부터 하는 말들은 다시는 뒤집을 수 없어. 그러니 똑똑히 들어두라고. 지금은 낮 열두시다. 두시 48분에 떠나는 기차는 월요일인 내일까지, 그러니까 네 아들을 구할 수 있는 시간까지 나를 파리로 데려다줄 마지막 열차야. 특급 열차는 자리가 꽉 찼어. 따라서 두시 48분에 떠나야만 한다……. 내가 가야겠지?」

「그래요」

「〈우리의〉 침대 칸을 예약하도록 했어. 같이 가겠지?」

「그래요」

「내가 개입하는 조건은 알고 있지?」

「알아요!」

「받아들이겠나?」

「그래요」

「내 아내가 되겠어?」

「네」

아! 그것은 소름 돋는 대답이었다! 이 불행한 여인은 자기가 어떤 일에 뛰어들고 있는지조차 생각하지 않고, 고통스럽게 넋이 나간 채로 대답을 했다. 우선은 그를 파리로 보내자, 밤낮으로 머리에서 떠나지 않던 피 묻은 단두대에서 그가 질베르를 구해내도록 하자……. 그러고 나서……, 그 후에는 올 것이 오겠지…….

그는 웃음을 터뜨렸다.

「아! 부정한 여인이여! 모든 것을 받아들일 준비가 되었다고 했겠다? 중요한 건 질베르의 구출이지, 안 그런가? 그 후에 이 순진한 도브렉이 약혼 반지를 건네주면, 제길! 그때는 나를 완전히 무시해 버리겠지······. 자, 자, 그러니 애매모호한 말 따위는 집어치우자고. 지키지 않을 약속따윈 필요 없어······. 행동으로, 지금 당장 행동으로 보여야지」

그리고 그녀 바로 곁에 앉더니 또박또박 말했다.

「내 제안을 들어봐. 반드시 그렇게 되어야 하고 또, 그렇게 될 거야. 나는 질베르의 사면이 아니라 집행 유예를 요청, 아니 강력히 주장하겠어. 즉 형 집행을 3,4주 정도 연기하는 것이지. 그쪽에서 어떤 구실을 만들어내든 상관없어. 그리고 메르지 부인이 도브렉 부인이 되고 나면, 그때 사면을 요구하겠어. 그러면 형을 다른 것으로 바꿔주겠지. 안심해도 돼. 나라면 승인을 받아낼 수 있으니까」

「좋아요······. 그렇게 하겠어요······」

그녀가 더듬거리며 말했다.

그는 다시 한번 웃어젖혔다.

「그래, 수락할 테지. 한 달 후에나 일어날 일이니까······. 그때까지 어떤 꾀를 짜낼 셈이겠지······. 그 사이에 어떤 식으로든 구출해 내려고······. 아르센 뤼팽의 도움을 받아서······」

「아들의 목숨을 걸고 맹세하겠어요」

「아들의 목숨이라······! 가엾군, 아들의 목숨을 구하기 위해서는 지옥에라도 가겠나······」

「아! 그래요, 기꺼이 내 영혼이라도 팔겠어요」

덜덜 떨면서 그녀가 중얼거렸다.

그가 슬며시 그녀를 향해 다가와 작은 목소리로 말했다.

「클라리스, 내가 요구하는 것은 당신의 영혼이 아니야······. 사랑하는 사람 주위를 맴돌면서 20년이 넘게 기다렸지. 당신이야말로 단 하나뿐인 내 사랑……. 나를 경멸하고 마음껏 저주해도 좋아……. 그런 건 내가 상관할 바가 아니야……. 하지만 나를 밀쳐내지는 마……. 기다려야 하나? 아직도 한 달을 더 기다려야 해……? 아니지, 클라리스, 나는 너무 오랫동안 기다렸어……」

그는 뻔뻔스럽게 그녀의 손을 만졌다. 클라리스가 질색하여 손을 빼자 그는 미친 듯이 화를 내며 소리 질렀다.

「흥! 하늘에 맹세컨대, 사형 집행인은 당신의 아들을 아주 거칠게 다룰걸……? 그런데도 점잔이나 빼고 있다니! 생각해 봐, 40시간밖에 남지 않았어! 앞으로 단 40시간. 그런데도 몸을 사리다니! 아들에 관한 일인데도 주저하다니! 이봐, 어리석은 감상에 취해 엄살 부리지 마……. 코앞에 닥친 일들을 보라고. 네가 맹세한 대로 너는 이제 내 여자고 약혼녀야……. 클라리스, 클라리스, 내게 입을 맞춰……」

그녀는 팔을 뻗어 가까스로 그를 밀쳐냈다. 하지만 곧 기운을 잃었다. 도브렉은 가증스런 성격을 보여주는 듯 파렴치하게도, 잔인한 말과 열렬한 사랑의 밀어를 뒤섞어 횡설수설했다.

「아들을 살려야지……. 아들의 마지막 아침을 상상해 보라고……. 죽을 차비를 하겠지……. V자로 잘려진 셔츠……. 짧게 깎인 머리카락……. 클라리스, 클라리스, 나는 그를 구해 낼 수 있어……. 믿어줘……. 내 인생은 전부 당신 거야……. 클라리스……」

그녀는 더 이상 저항하지 않았다. 끝났다. 그 남자의 더러운 입술이 그녀의 입술을 덮치려 했다. 그렇게 될 게 분명했다. 아무것도 그것을 막을 수 없었다. 운명의 지시에 따르는 것이 그녀의 의무였다. 그녀는 오래전부터 그것을 알고 있었고 이해했다. 자신의 얼굴을 향해 쳐드는 그의 비열한 얼굴을 보지 않기 위해서 눈을 감은 채 같은 말만 계속했다.

「내 아들……, 가엾은 내 아들……」

10초, 또는 20초가량의 시간이 흘렀다. 그런데 도브렉은 움직이지 않았다. 아무 말도 없었다. 그녀는 이 깊은 침묵과 돌연한 소강 상태에 놀랐다. 이 짐승 같은 작자가 마지막 순간에 양심의 가책이라도 느꼈단 말인가?

그녀는 눈을 떴다.

눈앞에 펼쳐진 광경에 그녀는 어안이 벙벙해졌다. 찌푸린 얼굴을 보게 되리라 생각했는데, 그 대신 극도의 공포 때문에 알아보기 힘들 정도로 뒤틀린 얼굴이 미동도 않고 있었다. 이중 안경에 가려 보이지 않는 눈은 그녀가 탈진하여 앉아 있는 의자 너머 위쪽을 보는 것 같았다.

클라리스는 얼굴을 돌렸다. 안락의자 위 오른쪽에서 도브렉을 향해 겨눈 총신 두 개가 나타났다. 무시무시하고 거대한 두 개의 권총과 그것을 움켜쥐고 있는 두 개의 손, 그리고 두려움 때문에 얼굴이 새파랗게 질려 점점 납빛으로 변해 가는 도브렉의 얼굴밖에는 눈에 들어오지 않았다. 찰나, 도브렉의 뒤쪽에서 누군가가 미끄러지듯 불쑥 나타나 팔로 목을 감아 거칠게 쓰러뜨리고는 솜뭉치를 얼굴에 들이댔다. 갑자기 클로로포름 냄새가 퍼졌다.

클라리스는 니콜을 알아보았다.

그가 소리쳤다.

「날 도와주게, 그로냐르! 르 발뤼! 권총은 내려놔. 이놈을 잡았네! 이놈은 힘이 다 빠졌어. 그를 묶게!」

도브렉은 몸을 앞으로 수그렸고 망가진 꼭두각시 인형처럼 땅에 무릎을 꿇었다. 클로로포름의 효과 덕에 이 무시무시한 짐승은 순한 양처럼 우스꽝스럽게 쓰러졌다.

그로냐르와 르 발뤼는 그를 침대 보 위로 굴려서 단단히 묶었다.
「됐다! 끝났어!」
뤼팽이 펄쩍 뛰어 일어나며 말했다.

그리고 돌연 환희에 차서 방 한가운데서 몸을 흔들며 마구 춤을 추기 시작했다. 캉캉, 과장된 몸짓의 마치슈(20세기 초 유행한 2박자의 브라질 춤 —— 옮긴이), 이슬람 수도승들의 빙글빙글 돌기, 광대의 곡예, 주정뱅이의 비틀거림이 아무렇게나 뒤섞인 춤이었다. 또 음악이 흘러나오는 양 곡목을 외쳐댔다.

「죄수의 무곡……, 포로의 난잡한 춤곡……, 하원의원의 시체 환상곡……! 클로로포름 폴카……! 패배한 안경잡이의 보스턴 왈츠……! 좋고! 잘한다! 공갈범 대장의 팡당고 무곡……! 다음엔 곰의 무도곡……. 그 다음은 티롤 춤곡! 랄랄라! 자, 춤을 추자고! 쿵쿵짝 쿵쿵짝……」

연속된 실패와 걱정에 오랫동안 억눌려 왔던 반항적인 성격과 희열에 대한 본능이 급격히 되살아나면서, 웃음이 터져 나오고 흥이 솟구치고 어린아이 같은 활기와 생생한 원기가 흘러넘쳤다.

그는 마지막으로 앙트르샤(공중으로 뛰어올라 발뒤축을 여러 번 맞부딪치는 무용 동작 —— 옮긴이)를 살짝 선보이더니, 재주를 넘으면서 방을 한 바퀴 돌았다. 그리고 끝으로 허리에 두 손을 얹고 우뚝 서서, 축 늘어진 도브렉의 몸 위에 한 발을 올려놓았다.

「한 편의 우화로군! 선(善)의 대천사가 악(惡)의 히드라를 물리치다!」

뤼팽은 옹졸하고 고지식한 가정교사의 얼굴과 옷차림에 좁은 소맷부리 때문에 불편해하는 니콜 씨의 모습으로 꾸미고 있어서 이 모든 게 더욱 우스꽝스러웠다.

메르지 부인의 얼굴에 서글픈 미소가 번졌다. 몇 달만에 처음 보는 미소였다. 하지만 곧 현실을 깨닫고 그녀는 울먹였다.

「제발 부탁이에요……. 질베르를 생각해 주세요」

뤼팽은 그녀에게 달려가 두 팔로 그녀를 붙잡고 자연스럽게, 웃음이 날 수밖에 없을 정도로 천진하게 그녀의 볼에 쪽 소리를 내며 두 번 뽀뽀했다.

「자, 이것이 진정한 신사의 입맞춤이야. 도브렉 대신 내가 당신에게 입맞춤을 해준 거지……. 말만 하면 다시 해주리다. 그러고 보니 내가 당신에게 말을 놓았군……. 화를 내도 좋아……. 아! 얼마나 행복한지……!」

그러더니 그녀 앞에 무릎을 꿇고 정중히 말했다.

「부인, 용서해 주십시오. 이제 흥분이 진정되었소이다」

그리고 일어나면서 다시 한번 빈정거리는 투로 말을 이었다. 클라리스는 도대체 그가 어떻게 할 작정인지 궁금해하며 듣고 있었다.

「부인, 무엇을 원하십니까? 아마도 아들의 사면이겠지? 좋습니다! 부인, 당신에게 아들의 사면 즉, 종신 노역으로의 감형과 궁극적으로는 그에 이은 탈출을 승인하게 되어서 영광입니다. 동의하지, 그로냐르? 르 발뤼도? 우리가 질베르보다 먼저 누메아(뉴칼레도니아의 수도──옮긴이)로 가서 모든 것을 준비해 놓겠습니다. 아! 존경하는 도브렉 씨, 우리는 당신에게 큰 은혜를 입었군! 그런데 은혜를 제대로 갚지 못했지. 하지만 당신은 지나치게 제

멋대로 굴었어! 뭐가 어째! 문 앞에서 듣고 있자니 이 몸을 아주 애송이, 불쌍한 녀석으로 취급하더군! 이름 값도 못하는 속 빈 강정이라고? 어때, 이 속 빈 강정이 꽤 멋지게 해내지 않았나? 벌벌 떠는 것 같군, 하원의원 양반……. 이 우스꽝스러운 낯짝이라니! 뭐라고? 뭘 요구하는 거야? 비쉬 산(産) 목캔디? 아닌가? 그럼 담배? 자, 여기 있네!」

벽난로 위의 파이프 하나를 집어든 뤼팽은 포로에게 몸을 숙여 솜 뭉치를 밀어내고 이빨 사이에 파이프 끝을 밀어 넣었다.

「들이마셔, 이 친구야, 들이마시라니까. 코에는 솜 뭉치를 달고, 주둥이에는 파이프를 문 꼴이 정말 볼 만하군. 자, 피우게, 이런! 파이프 채우는 것을 잊었잖아! 네 담배는 어디 있지? 네 놈이 좋아하는 메릴랜드 산 담배 말이다……. 아! 여기 있군, 그래……」

그는 벽난로 위에서 노란 담뱃갑을 집었다. 그것은 아직 개봉하지 않은 채여서 그는 담뱃갑에 둘러진 띠를 뜯었다.

「자, 이분의 담배를 잘 보십시오! 중요한 순간입니다. 이분의 파이프를 채워드리다니! 이럴 수가! 대단한 영광이지요! 이제부터 놓치지 말고 잘 지켜보세요! 손에 아무것도 없지요? 주머니에도 아무것도 없지요……?」

그는 담뱃갑을 연 다음, 마치 입을 딱 벌린 구경꾼들 앞에서 요술을 펼쳐보이는 마술사처럼 입술에 웃음을 머금고 팔꿈치가 드러나도록 소매를 걷어올린 채 엄지와 검지를 이용해서 천천히 조심스럽게 담뱃잎들 사이에서 빛나는 물체를 끄집어내어 관객들에게 보여주었다.

클라리스가 비명을 질렀다.

그것은 수정마개였다.

그녀는 뤼팽에게 달려들어 그것을 빼앗더니 열에 들떠 말했다.
「이거야! 이거! 몸체에 긁힌 상처도 없고 도금된 면이 끝나는 곳을 반으로 가르는 이 선……. 이거야! 여기가 틀어져요……! 아! 손이 떨려서……」

그녀가 몹시 떨었기 때문에 뤼팽은 마개를 다시 빼앗아 직접 열어보았다.

머리 부분 안쪽에는 구멍이 있고, 빈 공간 속에 둥글게 말린 종이 조각이 들어 있었다.

「아주 얇은 종이군」

역시 흥분하여 손을 떨며 그가 조용히 말했다.

긴 침묵이 흘렀다. 네 명 모두 터질 듯이 뛰는 가슴을 안고 다음에 일어날 일을 숨죽여 기다렸다.

「제발……, 어서……」

클라리스가 더듬거렸다.

뤼팽이 종이를 펼쳤다.

한 줄 한 줄 이름이 적혀 있었다.

그 유명한 명단에 실린 27인의 이름이었다. 랑주루, 드쇼몽, 보랭글라드, 알뷔펙스, 라이바크, 빅토리앵 메르지 등등.

그리고 아래에는 운하 회사 사장의 핏빛 서명이 있었다.

뤼팽이 시계를 보았다.

「한시 15분전이군. 20분 여유가 있군……. 음식을 듭시다」

「하지만, 잊지 마세요……」

거의 넋이 나간 클라리스가 말했다.

뤼팽은 간단히 대답했다.

「나는 배가 고파 죽겠습니다」

그리고 둥근 탁자 앞에 앉아 고기 파이를 크게 자르며 부하들에게 말했다.

「그로냐르, 르 발뤼, 배를 채워야지?」

「거절할 리가 없지요, 두목님」

「좋아, 친구들, 빨리 서두르게. 자, 샴페인 한잔하지. 클로로포름에 취한 자가 한턱내는 거야. 도브렉, 당신의 건강을 위해 건배. 단 맛이 강한 샴페인인가? 아니면 약한 것? 아니면 엑스트라 드라이?」

로렌의 십자가

 식사를 끝내자 뤼팽은 갑자기 평정과 권위를 되찾았다. 더 이상 장난칠 시간이 없었다. 연극적인 몸짓과 마술로 사람들을 놀라게 하는 일은 그만두어야 했다. 확실히 있을 거라 예상했던 은닉처에서 수정마개를 찾아내고 27인의 명단을 소유한 지금, 지체 없이 마지막 시합을 치러야 했다.
 물론 어린애 놀이 수준인 나머지 일은 전혀 어렵지 않았다. 하지만 결정타를 날리는 일엔 신속하고 과감하고 절대적인 통찰력이 있어야 했다. 아주 작은 실수도 돌이킬 수 없다는 걸 뤼팽은 잘 알고 있었다. 하지만 기이하리만치 맑은 정신으로 뜻밖의 사건이 생길 모든 가능성들을 이미 검토해 두었다. 따라서 이제 신중하게 계획한 말과 행동만을 행할 것이다.
 「그로냐르, 강베타 대로에서 심부름꾼이 우리가 산 트렁크와 짐수레를 가지고 기다리고 있네. 그를 이리로 데려와서 트렁크를 올려보내게 해. 호텔에서 뭐라고 물어보면 130호에 머무는 부인을 위한 것이라고 말하고」

그리고 다른 부하에게 말했다.

「르 발뤼, 주차장으로 돌아가서 자동차를 건네받게. 가격은 1만 프랑으로 합의했네. 운전사들이 쓰는 모자와 웃옷을 산 후 문 앞까지 차를 몰고 오게」

「돈은요, 두목님?」

뤼팽은 도브렉의 상의에서 꺼낸 지갑을 들고 두툼한 지폐 뭉치에서 열 장을 뺐다.

「자, 만 프랑이네. 이 친구, 클럽에서 단단히 한 몫 잡은 모양이군. 출발하게, 르 발뤼」

두 사람은 클라리스의 방을 통해 나갔다. 뤼팽은 클라리스 메르지가 보지 않는 틈을 타서 아주 만족스럽게 지갑을 주머니에 넣으며 말했다.

「일이 나쁘게 되지만은 않을 거 같군. 이제까지 든 비용을 다 제하고도 충분히 이득을 보겠어. 이게 끝이 아니야」

그리고 클라리스 메르지에게 물었다.

「가방을 가지고 있습니까?」

「예, 파리에서 준비할 새도 없이 떠났기 때문에 니스에 도착해서 가방과 내의, 세면도구들을 마련했어요」

「그것들을 다 챙기고 로비로 내려가서 이렇게 말씀하십시오. 심부름꾼이 수하물 보관소에서 트렁크를 가지고 올 텐데 방에서 짐을 다시 싸야 하니 올려보내 달라고 말이오. 곧 떠난다는 얘기도 하시고요」

홀로 남은 뤼팽은 도브렉을 주의 깊게 관찰하고 주머니를 샅샅이 뒤져 이익이 될 만한 것들은 모두 빼앗았다.
 그로냐르가 먼저 돌아왔다. 버드나무 가지의 골조에 검은 모조 피혁을 덮은 아주 큰 트렁크를 클라리스의 방에 놓았다. 뤼팽은 클라리스와 그로냐르의 도움을 받아 도브렉을 옮겨 트렁크 안에 넣은 뒤 뚜껑을 닫을 수 있도록 고개를 숙이게 하고 잘 앉혔다.
 「친애하는 하원의원님, 침대 칸의 침구들만큼 편안하지는 않겠지만 관보다는 훨씬 나을 거요. 적어도 숨은 쉴 수 있으니까. 각 면에 세 개의 작은 구멍이 있소. 불평할 테면 해보시지!」
 그러고 나서 작은 병의 뚜껑을 열었다.
 「클로로포름을 좀더 하시려나? 꽤 즐기시는 것 같군……」
 클라리스와 그로냐르가 지시에 따라 트렁크 속에 속옷과 여행용 침대 커버, 쿠션 등을 조심스럽게 빽빽이 채워 도브렉을 고정시키는 사이 뤼팽은 다시 한번 솜뭉치를 적셨다.
 그가 말했다.
 「좋았어! 자, 이 정도 꾸러미면 세계 일주를 해도 되겠군. 뚜껑을 닫고 잠그게」
 운전수 차림을 한 르 발뤼가 도착했다.
 「아래쪽에 차가 있습니다, 두목님」
 「잘했네. 호텔 종업원들에게 맡기면 위험하니 자네 둘이 트렁크를 끌고 내려가게」
 「중간에 다른 사람들을 마주치면요?」
 「보게, 르 발뤼, 자네는 운전사 아닌가? 자네는 130호 손님인 여주인의 트렁크를 옮기는 거야. 그녀는 곧 따라 내려가서 차에 올라탄 후 200미터쯤 떨어진 곳에서 나를 기다릴걸세. 그로냐르, 르 발뤼를 돕게. 참! 그 전에 두 방 사이의 문을 닫아야지」

반대편 방으로 가서 문을 닫고 빗장을 지른 뤼팽은 방에서 나와 엘리베이터를 타고 로비로 내려가 알렸다.
「도브렉 씨는 급한 일이 생겨 몬테카를로로 떠나면서 내일 모레까지는 돌아오지 못한다고 전하라고 했소. 그의 물건들이 있으니 방은 그대로 두시오. 자, 열쇠는 여기 있소」
 그리고 조용히 호텔을 나와 자동차가 기다리는 곳으로 갔다. 클라리스가 한탄했다.
「내일 아침까지 절대로 파리에 도착할 수 없을 거예요! 말도 안 돼요! 작은 고장이라도 발생한다면……」
「당신과 나는 기차를 탑니다……. 그 편이 훨씬 확실하니……」
 뤼팽이 말했다.
 합승 마차에 오르면서 그는 두 부하에게 마지막 지시를 내렸다.
「평균 시속 50킬로미터 달리는 거야, 알겠나? 운전을 번갈아 하면서 쉬도록 하게. 그렇게 하면 내일 저녁, 그러니까 월요일 저녁 여섯시나 일곱시쯤에는 파리에 도착할 수 있을 거야. 하지만 속도를 너무 내지는 말게. 도브렉을 계속 붙잡아두는 이유는 내 계획에 필요해서가 아니라 만약의 경우에 인질로 삼으려는 거네……. 신중을 기해야 하니까……. 앞으로 얼마 동안은 내 수중에 둬야겠어. 그러니 이 친구를 잘 살피도록……. 서너 시간에 한 번씩 클로로포름을 몇 방울씩 떨어뜨리게. 그가 미치도록 좋아하는 것이니까. 자, 떠나게, 르 발뤼……. 도브렉, 그 위에서 너무 씩씩거리지 말게나……. 차의 지붕은 튼튼하니까……. 속이 울렁거리거든 어려워 말고 그 안에서 해결하라고……. 떠나게, 르 발뤼!」
 그는 멀어져 가는 차를 바라보았다. 그 후 우체국에 가서 다음과 같은 전보를 작성했다.
    파리 경찰청. 프라스빌 씨 앞.
    그자를 발견. 내일 아침 열한시까지 서류를 가지고 가겠음. 긴급. 클라리스.

두시 30분, 클라리스와 뤼팽은 역에 도착했다.
「제발 좌석이 남아 있어야 할 텐데!」
모든 것이 다 걱정된다는 듯 클라리스가 말했다.
「좌석이라니요? 우리가 쓸 침대 칸은 이미 예약되어 있습니다」
「누가 예약을 했나요?」
「자콥이 했지요……. 도브렉의 지시에 따라……」
「네?」
「그렇습니다……! 호텔 로비에서 도브렉에게 속달로 배달된 우편물을 받았습니다. 자콥이 보낸 침대 칸 표 두 장이더군요. 게다가 나는 도브렉의 하원의원 신분증도 가지고 있죠. 우리는 도브렉 부부의 이름으로 여행을 하면서 신분에 걸맞는 대접을 받을 겁니다. 보십시오, 부인. 모든 준비가 다 되었습니다」
    뤼팽에게 이번 여행은 짧게 느껴졌다. 그가 묻자 클라리스는 지난 며칠 간 있었던 일을 모두 이야기했다. 뤼팽도, 뤼팽 일행이 이탈리아에서 헤매고 있다고 믿고 있던 도브렉의 방에 기적같이 잠입했던 일을 설명해 주었다.
「기적이 아닙니다. 하긴, 산레모에서 제노바를 향해 출발할 때 기차에서 뛰어내리라고 충동질하는 신비스러운 직관 같은 것이 있긴 했지요. 설명할 수 없는 현상이었습니다. 그때 르 발뤼가 나를 말렸죠. 그래서 나는 출입구 쪽으로 달려가 유리창을 내리고 당신의 메시지를 전해 준 앙바사데르 호텔의 도어맨을 눈으로 쫓았습니다. 그런데 바로 그 순간, 앞서 말한 도어맨이 만족한 태도로 손을 비비고 있더군요. 그것만으로도 나는 모든 것을 깨달았습니다. 당신이 그랬듯이, 나도 도브렉에게 골탕을 먹었다는 사실을 말이오. 사소했던 여러 가지 사건들이 머리를 스쳐가고 적의 계획이 완전히 그 모습을 드러냈지요. 1분만 늦었어도 우리는 돌이킬 수 없이 패배하고 말았을 겁니다. 솔직히, 이제껏 저지른 실수를 모두 바로 잡을 수 없다는 생각에 잠시 무척 절망했었습니다. 도브렉의 밀정을 산레모 역에서 다시 만나느냐 만나지 못하느냐는 오직 기차 시간표에 달려 있었죠. 이번에는 마침내 운명이 우리의 편이 되어주었습니다. 첫번째 역에서 내리자마자 프랑스행 기차를 잡아탈 수 있었죠. 산레모에 도착하니 그 남자가 있더군요. 내 짐작이 맞았던 거지요. 그는 도어맨의 모자와 코트가 아닌 평범한 신사모와 상의 차림으로 2등칸에 올라탔습니다. 그때부터 승리는 확실했지요」

「하지만……, 어떻게……?」

여러 가지 생각이 머릿속을 떠나지 않았지만 그래도 뤼팽의 이야기에 흥미를 느끼며 클라리스가 물었다.

「어떻게 당신이 있는 곳까지 찾아왔냐는 말씀이십니까? 저런! 틀림없이 자콥이 도브렉에게 임무를 보고하러 갈 테니 그를 자유롭게 내버려두고 바짝 뒤쫓았지요. 그는 니스의 작은 호텔에서 하룻밤을 보낸 후, 오늘 아침 정말로 앙글레 산책로에서 도브렉을 만나더군요. 그들은 꽤 오랫동안 이야기를 나눴습니다. 나는 그들을 미행했지요. 도브렉은 호텔로 돌아와 자콥을 전화가 있는 프론트 앞, 1층 복도에서 기다리게 하고는 엘리베이터를 탔습니다다. 10분 뒤 나는 그의 방 번호와 어떤 부인이 전날부터 그 옆방 130호에 묵고 있다는 것도 알아냈죠. 그로냐르와 르 발뤼에게〈이제 때가 왔다〉고 말했지요. 당신 방문을 살짝 두드렸지만 대답이 없었습니다. 문은 열쇠로 잠겨 있었죠」

「그래서요?」

클라리스가 물었다.

「문을 열었지요. 하나의 자물쇠를 열 수 있는 열쇠가 세상에 단 하나뿐인 건 아니니까요. 이렇게 해서 나는 당신 방으로 들어갔습니다. 방에는 아무도 없었죠. 하지만 옆방으로 통하는 문이 반쯤 열려 있어 그리로 들어갔지요. 그때부터 당신과 도브렉, 그리고 나는 한 겹의 커튼을 사이에 두고 있었을 뿐입니다……. 나는 곧 벽난로의 대리석 위에 놓인 담뱃갑을 알아보았죠」

「그러면 당신은 은닉처를 알고 있었단 말이에요?」

「파리에서 도브렉의 책상을 조사한 결과, 그 담뱃갑이 사라졌음을 알았지요. 게다가……」

「게다가?」

「연인의 탑에서 들은 도브렉의 자백으로 미루어볼 때, 메리라는 단어가 수수께끼를 푸는 열쇠임에 분명했습니다. 그런데 사라진 담뱃갑을 떠올린 순간 생각난 어떤 단어의 첫 두 음절이 바로 메리였어요」

「어떤 단어요?」

「메릴랜드……. 메릴랜드 산 담배……, 도브렉은 그것만 피우지요」

뤼팽은 웃기 시작했다.

「정말 한심하지 않습니까? 하지만 도브렉의 입장에서는 꽤나

잔머리를 굴렸지요! 우리는 어디든 샅샅이 뒤지고 조사했지요! 나만 해도 수정마개가 숨겨 있는지 살펴보기 위해 전구의 구리 소켓을 죄다 뽑아보기까지 했으니! 하지만 어찌 상상이나 했습니까? 아무리 통찰력이 있는 사람이라 하더라도 어느 누가 메릴랜드 담뱃갑의 종이 띠를 찢어볼 생각을 하겠습니까? 국세청의 통제 하에 주정부가 날인하고 풀칠하고 봉인하여 날짜를 찍고 인지를 붙인 종이 띠를 말입니다. 생각해 보십시오! 주정부가 이런 수치스러운 일에 가담했겠습니까? 아니면 국세청의 이사회가 이와 같은 계략에 동참했겠습니까? 아니지! 말도 안됩니다! 물론, 전매청에서 잘못을 할 수도 있죠. 불 붙지 않는 성냥이나, 피울 수 없는 줄기만을 넣은 담배를 제조할 때도 있지요. 하지만 그렇다고 해서 전매청이 도브렉과 공모했다고 가정한다면 위험하죠. 자, 보십시오. 이 띠를 살짝 밀어 느슨하게 해서 빼낸 다음 노란 종이를 펼쳐 담배를 꺼내고 다시 차곡차곡 반대로 하기만 하면 도브렉처럼 담뱃갑 안에 수정마개를 넣을 수 있는 겁니다. 파리에서 이 담뱃갑을 손에 들고 자세히 살펴보기만 했어도 은닉처를 발견할 수 있었을 겁니다. 아무래도 좋습니다! 주정부와 국세청이 제조하고 승인한 이 메릴랜드 담뱃갑은 신성하고 건드릴 수 없는, 의심의 여지가 없는 물건이었으니까! 어느 누구도 그것을 열어보지 않았지요」

그리고 뤼팽은 결론지었다.

「그놈의 악독한 도브렉은 수개월 동안 책상 위, 뜯지 않은 다른 담뱃갑들과 파이프들 틈에 이렇게 아무도 손대지 않는 이 담뱃갑을 놓고 다닌 겁니다. 세상 누구도 이 대수롭지 않은 상자를 주목할 생각은 꿈에도 하지 못했고 말입니다. 또……」

뤼팽은 메릴랜드 담뱃갑과 수정마개에 관한 얘기를 오랫동안 계속 했다. 결국은 자기가 상대방을 누르고 이겼다는 생각에 적의 능란한 솜씨와 통찰력이 더욱 흥미를 끌었다. 하지만 그런 문제보다는 아들을 구하기 위해 앞으로 어떻게 해야 할지가 훨씬 걱정됐던 클라리스는 자신만의 생각에 몰두해서 뤼팽의 이야기를 거의 듣고 있지 않았다.

　그녀는 끊임없이 똑같은 질문만을 반복했다.

「정말 성공할까요?」

「틀림없습니다」

「하지만 프라스빌은 파리에 없어요」

「르 아브르에 있습니다. 어제 신문에서 읽었습니다. 어쨌든 우리의 전보를 받으면 당장 파리로 돌아올 겁니다」

「프라스빌이 충분한 영향력을 가지고 있다고 생각하세요?」

「그 개인에게는 보슈레와 질베르의 사면을 얻어낼 만한 영향력은 없습니다. 그랬으면 벌써 우리가 그를 움직이게 하지 않았겠습니까? 하지만 그는 우리가 가지고 가는 서류의 중요성을 잘 알고 있으므로 한시도 지체하지 않고 행동을 취할 정도의 머리는 돌아가지요」

「그것의 중요성을 당신이 착각하는 것은 아니겠죠?」

「그러면 도브렉도 잘못 생각했다는 건가요? 이 종이의 절대적인 힘에 대해서 도브렉보다 더 잘 알 사람이 누가 있겠습니까? 그 힘을 증명하는 결정적인 증거들이 수두룩하지 않습니까? 그 서류가 도브렉의 수중에 있다는 사실을 아는 사람들에게 그가 저지른 일들을 생각해 보십시오. 그들은 단지 그 사실을 알고 있었을 뿐입니다. 그는 명단을 사용하지 않고 단지 가지고만 있었습니다.

가지고만 있었는데 당신 남편을 죽였고 27인의 파멸과 오욕을 기반으로 재산을 축적했습니다. 최근에는 알뷔펙스 같은 대담한 자도 감옥에서 스스로 목숨을 끊었습니다. 제가 잘못 생각한 게 아니니 걱정 마십시오. 명단을 넘기는 조건으로 우리는 원하는 바를 요구할 수 있을 겁니다. 우리가 제시하는 조건에 비하면 요구사항이라는 게 뭐 대단하겠습니까? 그저 스무 살짜리 한 청년의 사면⋯⋯. 대수롭지 않은, 아주 하찮은 것이지요⋯⋯. 사람들은 우리를 바보 취급할 겁니다. 우리가 손에 넣은 물건은⋯⋯」

그는 입을 다물었다. 마음의 동요와 긴장에 지친 클라리스는 그 앞에서 잠들어 있었다.

아침 여덟시에 그들은 파리에 도착했다.

클리쉬 광장의 집으로 가자 두 통의 전보가 와 있었다.

하나는 르 발뤼가 아비뇽에서 그 전날 보낸 것으로, 모든 게 더할 나위 없이 잘 진행되고 있으며, 저녁 때 정확히 약속 시간에 맞추어 도착하겠다는 내용이었다. 다른 하나는 르 아브르 소인이 찍힌 프라스빌의 전보로, 클라리스 앞으로 온 것이었다.

내일, 월요일 아침까지는 돌아갈 수 없습니다. 다섯시에 내 사무실로 오시오. 당신을 믿습니다.

「다섯시는 너무 늦잖아요!」
「아주 적절한 시간입니다」
뤼팽이 주장했다.
「그렇지만, 만일⋯⋯」
「처형이 내일 아침에 집행된다면 어떻게 하느냐는 말씀이시지요……? 그런 일은 없을 테니 그렇게 걱정하지 않으셔도 됩니다」
「하지만 신문에서는……」
「신문 말씀입니까? 당신은 신문을 읽지도 못하지 않았나요. 앞으로도 신문을 읽는 것은 금지입니다. 신문에서 알려주는 소식은 아무런 의미가 없지요. 중요한 건 단 한 가지뿐입니다. 바로 프라스빌과의 회담. 게다가……」
그는 옷장에서 작은 병을 꺼내고는 클라리스의 어깨에 손을 얹으며 말했다.
「여기 긴 의자에 누우십시오. 그리고 이 물약을 몇 모금 드시지요」
「이게 뭐죠?」
「몇 시간 동안 다 잊고 잘 수 있게 해줄 겁니다……. 그동안 제대로 쉬지도 못했잖습니까」
「아니, 아니에요. 싫어요. 질베르도 못 자고 있을 텐데……. 그 아이는 잠시도 쉬지 못할 텐데……」
클라리스가 거부했다.
「자, 마시세요」
뤼팽이 부드럽게 다시 권했다.
그녀는 갑자기 뜻을 굽히더니, 극도의 고통과 무기력함을 견디지 못하고 순순히 의자에 누워 눈을 감았다. 몇 분 뒤 그녀는 잠이 들었다.
뤼팽은 하인을 불렀다.
「신문을……, 빨리……. 신문 사두었지?」
「여기 있습니다, 주인님」
뤼팽은 신문 하나를 펼쳐 다음과 같은 기사를 읽었다.

아르센 뤼팽의 공범

우리는 확실한 출처를 통해 아르센 뤼팽의 공범인 질베르와 보슈레가 화요일 아침에 처형된다는 정보를 입수했다.

데블레 씨는 단두대를 점검했다. 모든 준비가 완료됐다.

그는 고개를 들고 도전적인 태도로 말했다.

「아르센 뤼팽의 공범이라! 뤼팽의 공범을 처형한다! 얼마나 좋은 구경거리인가! 얼마나 많은 구경꾼들이 몰려들겠는가! 하지만 애석하게도 신사숙녀 여러분, 막은 오르지 않습니다. 최고 직권자의 명령으로 휴관하게 되었습니다. 그 직권자는 바로 나야!」

그는 거만하게 손으로 가슴을 탕탕 치며 자신을 가리켰다.

「직권자는 나라고!」

정오에 르 발뤼가 리옹에서 부친 전보가 도착했다.

모든 일이 순조로움. 짐은 별 탈 없이 도착할 예정

세시에 클라리스가 깨어났다.

눈을 뜨자마자 그녀가 말했다.

「내일인가요?」

뤼팽은 대답하지 않았다. 하지만 너무도 평안하게 미소 짓는 뤼팽을 보고 그녀 역시 깊은 평안이 밀려오는 것을 느꼈다. 모든 일이 자신의 곁에 있는 이 남자의 뜻대로 해결되고 끝난 듯한 느낌이 들었다.

네시에 그들은 집을 나섰다.

프라스빌에게 미리 전화로 연락을 받은 비서가 그들을 사무실로 안내하고 기다려달라고 부탁했다.

네시 45분이었다. 정확히 다섯시에 프라스빌이 뛰어들어오더니 소리쳤다.

「명단을 가지고 있소?」

「네」

「이리 주시오」

그는 손을 내밀었다. 클라리스는 일어선 채 움직이지 않았다.

프라스빌은 잠시 그녀를 쳐다보더니 머뭇거리며 자리에 앉았다. 그는 상황을 파악했다. 클라리스 메르지가 도브렉을 추적한 것은 복수욕과 증오 때문만은 아니었다. 그녀를 움직이는 다른 동기가 있었다. 그 종이를 넘겨주는 조건으로 뭔가 내걸겠지.

「앉으시죠」

거래를 수락한다는 표시로 그가 말했다.

프라스빌은 마르고 뼈가 튀어나온 얼굴을 하고 있었다. 끊임없이 깜박거리는 눈과 뒤틀린 입매는 위선자 같은 인상을 주었고 불안정해 보였다. 매번 그의 실수와 잘못을 바로잡아 줘야만 하는 경찰청 사람들은 그를 별로 달가워하지 않았다. 그는 특별한 임무를 위해 고용되었다가 곧 위로를 받으며 휴가를 떠나야 하는, 거의 존중받지 못하는 종류의 인간이었다.

클라리스가 자리에 앉았다. 그녀가 침묵을 지키자 프라스빌이 말을 꺼냈다.

「부인, 솔직히 다 털어놓고 말씀하시지요. 나는 그 종이를 원한다고 주저 없이 말할 수 있소」

「그저 원하는 정도라면 우리가 합의를 할 수 있을까 두렵군요」

뤼팽에게 자신의 역할을 세세하게 지도받은 클라리스가 지적했다.

프라스빌이 미소 지었다.

「우리가 원하는 것을 위해서 어느 정도 희생을 감수할 용의는 분명히 있소」

「전적인 희생입니다」

메르지 부인이 정정했다.

「물론 수락할 만한 범위 내에서는 전적인 희생을 감수하겠소」

「그 범위를 넘더라도 그래야 해요」

클라리스는 굽히지 않고 말했다.

프라스빌은 초조해졌다.

「그러니까 요컨대 무슨 얘기를 하시려는 겁니까? 말씀해 보시죠」

「잠시 양해를 구하지요, 프라스빌. 먼저 당신이 이 서류에 부여한 막대한 중요성을 주목해야겠군요. 즉각적인 타협점을 찾아내기 위해서는……, 뭐랄까……, 제가 가져온 물건의 값어치를 확실히해야지요……. 이 물건의 값어치가 무한한 만큼, 다시 말하지만, 또 다른 무한한 값어치를 가진 것과 교환되어야 합니다」

「잘 알았소」

머뭇거리면서 프라스빌이 말했다.

「한편으로는 당신이 이 문서를 소유함으로써 피할 수 있는 재앙과 다른 한편으로는 그것을 소유함으로써 얻게 될 헤아릴 수 없는 이득을 제가 구구절절이 늘어놓을 필요는 없겠지요?」

프라스빌은 스스로를 자제하며 예의 바르게 대답하려 노력했다.

「그것들을 모두 인정합니다. 이제 됐습니까?」

「죄송하지만 우리로서는 우리의 입장을 가능한 한 분명하게 설명해야 하니까요. 확실히해야 할 문제가 하나 더 있습니다. 당신은 개인적으로 교섭할 능력이 있나요?」

「무슨 뜻인지?」

「당신에게 지금 당장 사건을 해결할 능력이 있는지를 묻는 건 아니에요. 저와 대면하고 있는 당신이, 사건을 알고 그것을 해결할 권한이 있는 자들의 생각을 대변할 수 있는지가 궁금합니다」

「물론입니다」

프라스빌이 힘주어 주장했다.

「그럼 당신에게 조건을 통지한 뒤 한 시간 후면, 답변을 들을 수 있겠군요?」

「그렇소」

「그 대답은 곧 정부의 답변이겠지요?」

「그렇소」

클라리스는 몸을 숙이고 소리를 낮춰 말했다.

「그렇다면 엘리제 궁의 답변이겠지요?」

프라스빌은 놀란 듯이 보였다. 그는 잠시 생각한 후 말했다.

「그렇소」

그러자 클라리스가 결론지었다.

「이제 당신이 명예를 걸고 맹세하기만 하면 돼요. 제가 내거는 조건을 이해할 수 없더라도, 그 이유를 캐묻지 않겠다고 맹세하세요. 조건은 조건이에요. 〈예〉, 〈아니오〉로만 대답하세요」

「내 명예를 걸고 맹세하겠소」

프라스빌이 또박또박 말했다.

한순간 감격한 클라리스는 얼굴이 훨씬 창백해지는가 싶더니 곧 감정을 억누르고 프라스빌의 눈을 똑바로 쳐다보며 말했다.

「27인의 명단은 질베르와 보슈레의 사면을 조건으로 인수받게 될 겁니다」

「아니! 뭐요?」

놀라 어리둥절한 프라스빌이 벌떡 일어섰다.

「질베르와 보슈레의 사면이라니! 아르센 뤼팽의 부하들 말이오?」

「그래요」

그녀가 말했다.

「그들은 마리테레즈 별장의 살인범들이오! 내일이면 죽을 사람들인데!」

「그래요. 바로 그들이에요. 그들의 사면을 강력히 요구하고 주장하는 바예요」

그녀가 목소리를 높여 말했다.

「하지만 말도 안 돼요! 왜? 도대체 무엇 때문입니까?」

「당신의 맹세를 상기시켜 드려야겠군요, 프라스빌 씨」

「그래······, 그랬지······. 맞소······. 하지만 이건 전혀 예상치 못한 일이라······!」

「왜죠?」

「왜냐고요? 어느 모로 보나 당연하잖소!」

「어느 면에서 그렇죠?」

「그러니까······, 요컨대······, 생각해 보시오! 질베르와 보슈레는 이미 사형을 언도받았소!」

「그들을 종신 노역장으로 보내요. 요구 사항은 그것뿐입니다」

「불가능하오! 이 일은 세상을 시끄럽게 할 거요!. 그들은 아르센 뤼팽의 일당이란 말이오. 판결은 이미 온 세상에 알려졌소」

「그래서요?」

「법원의 판결에 맞설 수 없소. 그렇게 할 수는 없소」

「그렇게 하라는 뜻이 아니에요. 사면 조치를 취해 형벌을 변경해 달라고 요청하는 것이지요. 사면은 합법적이에요」

「사면 위원회는 이미 공표를 했소……」

「좋아요, 하지만 대통령이 남아 있지요」

「대통령도 이미 거절했소」

「거절을 철회하도록 해야죠」

「그럴 수 없소!」

「왜죠?」

「구실이 없소」

「구실은 필요 없어요. 사면 권한은 절대적이니까. 대통령은 어떠한 통제도, 근거도, 구실도, 설명도 없이 사면을 행할 수 있어요. 그것은 왕과 같은 특권이지요. 대통령은 자신이 원하는 바에 따라서, 아니 보다 정확히는, 자신의 판단에 따라 국익에 가장 도움이 되는 방향으로 그 특권을 행사할 수 있어요」

「하지만 너무 늦었소! 지금은 모든 준비를 마친 상태고 몇 시간 후면 처형이 이루어질 거요」

「이미 말씀하셨듯이 한 시간이면 답을 얻는 데 충분합니다」

「하지만, 제기랄, 이건 미친 짓이요! 당신의 요구는 뛰어넘을 수 없는 장애에 부딪쳤소. 다시 한번 말하지만 그것은 불가능하오. 사실상 불가능해」

「그래서 〈안 돼요〉라고 답하신 건가요?」

「안 돼요! 안 돼! 골백번을 물어도 〈안 돼〉요!」

「그렇다면 우리는 떠날 수밖에 없군요」

그녀는 문을 향해 가려 했다. 니콜이 그녀의 뒤를 따라 나섰다.
갑자기 프라스빌이 그들을 막았다.
「어디를 가시오?」
「맙소사! 프라스빌 씨, 우리의 대화는 끝난 것으로 보이는데요. 당신이 그 유명한 27인의 명단이 가치가 없다고 평가하는데다가, 대통령 또한 그럴 것이라고 확신하는 한……」
「가지 마시오」
프라스빌이 말했다.
그는 열쇠를 돌려 출입구를 잠그고 뒷짐을 지고 고개를 숙인 채 왔다갔다하기 시작했다.
그때 이제까지 한마디도 하지 않았고 조용히 눈에 띄지 않는 역에만 몰두했던 뤼팽이 입속으로 중얼거렸다.
〈복잡하기도 하군. 피할 수 없는 결론에 도달하기까지 어찌나 굴곡이 많은지! 천재는 아니지만 천치도 아닌 프라스빌 씨가 어떻게 숙명의 적에게 복수할 기회를 포기할 것인가? 아니, 그럴 리 없어! 도브렉을 파멸의 구렁텅이로 밀어넣는다는 생각만 해도 프라스빌 씨는 벌써 미소를 짓지 않는가? 자, 이건 이긴 게임이야〉
그 순간 프라스빌이 개인 비서의 사무실로 통하는 내부의 작은 문을 열고 큰 소리로 명령했다.
「라르티그 씨, 매우 중대한 상황을 보고하기 위해 접견을 요청한다고 엘리제 궁에 전화를 넣으시오」
문을 닫고 그는 클라리스에게 다시 다가와서 말했다.
「어쨌든 나는 당신의 제안을 전달하기만 하겠소」
「전달하기만 하면 수락할 거예요」
긴 침묵이 흘렀다. 클라리스의 얼굴에 넘쳐흐르는 기쁨을 보고 놀란 프라스빌은 의아해하며 주의 깊게 그녀를 바라보았다. 어떤 비밀스런 이유로 클라리스가 질베르와 보슈레의 목숨을 구하려 한단 말인가? 어떤 불가사의한 끈이 그녀와 그들을 묶고 있는 것일까? 이 세 사람은 틀림없이 도브렉과도 관계가 있을 어떤 비극에 연루되어 있을까?

〈어이, 이봐. 아무리 생각해 보아도 알아낼 수 없을 거야. 아니, 클라리스가 원하는 대로 질베르의 사면만을 요구했다면 금방 비밀을 캐낼 수 있었겠지. 하지만 보슈레, 그 짐승 같은 놈과 메르지 부인 사이에서는 아무런 관련도 찾을 수 없지……. 아! 이런! 제기랄! 이제 내 차례로군……. 나를 살펴보고 있잖아……. 나에 대해서 혼잣말을 하는군……. 저 볼품없는 촌뜨기 가정 교사 니콜 씨는 뭐지? 왜 클라리스 메르지를 위해 헌신적으로 일하고 있지? 저 불청객의 진정한 정체는 뭘까? 조사를 해봤어야 하는데 실수했군……. 알아내야 해……. 저 인간의 가면을 벗겨야 한다……. 직접적인 이해 관계가 없다면 일을 성사시키려고 저토록 애쓸 리가 없어. 니콜이라는 작자는 왜 질베르와 보슈레를 구출을 원하는 걸까? 무엇 때문에……?〉

뤼팽은 살짝 고개를 돌리며 계속 생각했다.

〈저 공무원 녀석 머릿속으로 이런 생각을 하고 있겠지……. 뭐라 표현할 수 없는 아주 복잡한 생각을……. 빌어먹을! 니콜이 바로 뤼팽이라는 것을 눈치채지 못해야 할 텐데. 꽤 복잡하군……〉

하지만 프라스빌의 비서가 들어와 한 시간 뒤에 접견이 있을 것이라고 알렸기 때문에 뤼팽의 생각은 중단되었다.

「좋아요. 고맙소. 그만 나가보시오」

프라스빌이 비서에게 말했다.

대화를 다시 시작하자 그는 더 이상 말을 돌리지 않고 신속하게 일을 진행하기를 원했다.

「합의가 잘 이루어지리라 생각하오. 하지만 먼저, 보다 정확한 정보와 완벽한 서류가 있어야 맡은 바 임무를 완수하지 않겠소? 그 종이는 어디 있었소?」

「예상대로 수정마개 안에 있었어요」

메르지 부인이 대답했다.

「그럼 수정마개는 어디에 있었소?」

「도브렉의 서재 책상 위에 놓여 있던 물건 안에 있었죠. 도브렉은 며칠 전 라마르틴 공원의 저택으로 그 물건을 찾으러 왔고 어제, 일요일에 제가 그것을 빼앗았어요」

「그 물건은 뭐죠?」

「바로 담뱃갑이었어요. 책상 위에 굴러다니던 메릴랜드 담뱃갑 말이에요」

프라스빌은 아연실색해서 감정을 숨기지도 않고 중얼거렸다.

「아! 그 사실을 알았더라면! 그 담뱃갑을 열 번도 더 만지작거렸는데! 바보 같으니라고!」

「그게 무슨 상관이 있나요? 중요한 것은 그 물건을 이제 찾았다는 거지요」

클라리스가 말했다.

프라스빌은 그것을 찾은 사람이 자기였더라면 훨씬 더 좋았으리라는 생각을 감추지 못하고 입을 삐죽거리더니 물었다.

「그래, 그 명단은 가지고 있소?」

「네」

「지금 가지고 계시오?」

「네」

「보여주시오」

클라리스가 망설이자 그가 말했다.

「아! 걱정 마시오. 명단은 당신 것이니 돌려주겠소. 하지만 일단 확인을 하기 전에는 문제의 그 교섭을 할 수 없다는 것을 이해하셔야 합니다」

클라리스가 조언을 구하는 눈빛으로 니콜을 쳐다봤다. 프라스빌은 놀라지 않을 수 없었다. 마침내 그녀가 말했다.

「여기 있어요」

그는 떨면서 종이를 받아 면밀히 살펴보고 나서 말했다.

「맞아요……. 맞습니다……. 그 회계사의 글씨체를 알아보겠소. 이건 회사 사장의 붉은……, 서명……. 내게 다른 증거가 또 있소……. 찢어진 이 종이 조각의 왼쪽 윗부분을 채워줄 짝을 가지고 있지요」

그는 금고를 열더니 특별히 제작한 상자 안에서 아주 작은 종이 조각을 꺼내어 왼쪽 윗부분에 가져다대었다.

「바로 이것이오. 찢겨진 두 부분이 딱 들어맞는군요. 명백한 증거요. 마지막으로 이 얇은 종이의 재질만 확인하면 되겠소」

클라리스는 기쁨으로 얼굴이 환해졌다. 그녀가 몇 주 전부터 무시무시한 고통에 갈가리 찢겨 여전히 피를 흘리며 숨을 헐떡이고 있던 그녀라고는 상상도 할 수 없었다.

프라스빌이 유리창에 종이를 대어보는 동안 그녀가 뤼팽에게 말했다.

「오늘 저녁 질베르에게 소식을 알려주라고 요청하세요. 그 애는 너무나 괴로워하고 있을 거예요!」

「그럽시다. 당신이 질베르의 변호사에게 들러서 알리십시오」
뤼팽이 말했다.
그녀가 다시 말했다.
「내일부터 질베르를 만나고 싶어요. 프라스빌이 어떻게 생각하든 상관없어요」
「알았습니다. 하지만 우선 엘리제 궁에 요구를 관철시켜야만 해요」
「어려움은 없겠지요? 네?」
「없습니다. 프라스빌이 곧 굴복하는 것을 똑똑히 보지 않았습니까?」
프라스빌은 확대경을 이용해 검사를 계속했다. 그 종이와 찢겨져 나간 작은 종이 조각을 비교하고 그 종이를 다시 창유리에 대어보고 작은 상자에서 다른 편지지들을 꺼내어 그중 하나를 빛에 비춰보았다.
그가 말했다.
「자, 됐습니다. 확신이 섰소. 죄송하지만 매우 까다로운 작업이어서⋯⋯. 몇 단계를 거쳐 확인을 해보았소⋯⋯. 결론적으로 나는 신뢰하지 않소⋯⋯. 그럴 만한 근거가 있소⋯⋯」
「무슨 말이에요?」
클라리스가 말했다.
「잠시만. 먼저 비서에게 지시를 내려야겠소」
그는 비서를 불렀다.
「즉시 대통령에게 전화해서 죄송하지만, 접견이 필요 없게 되었다고, 장차 이유를 설명하겠다고 전해 주게」
그는 문을 닫고 사무실로 돌아왔다.

클라리스와 뤼팽은 갑작스레 돌변한 상황을 이해할 수 없어 제대로 숨도 쉬지 못한 채 망연자실해서 그를 바라보았다. 그의 머리가 어떻게 되었나? 아니면 무슨 술책을 부리는 것인가? 맹세를 저버리는 것인가? 명단을 손에 쥐었으니 약속을 지키지 않겠다는 것인가?
 그는 종이를 클라리스에게 내밀었다.
「다시 가져가시오」
「다시 가져가라고요?」
「도브렉에게나 돌려주시오」
「도브렉에게요?」
「불태워 버리지 않겠다면 말씀입니다」
「무슨 소리를 하시는 거예요?」
「내가 당신이라면 불태워 버리겠소」
「왜 그런 말을……? 말도 안 돼요」
「말이 안 되다니요? 오히려 아주 당연한 말이오」
「하지만 왜죠? 왜……?」
「왜냐고요? 설명해 드리지요. 27인의 명단에 대한 믿을 만한 증거에 따르면, 그 명단은 운하 협회 회장의 편지지에 쒸어졌소. 이 상자 안에도 그 편지지 견본이 몇 장 들어 있소. 이 견본에는 전부 빛에 비춰보아야만 겨우 볼 수 있는 로렌의 십자가 문양이 있는데 당신이 가져온 종이에는 이 로렌의 십자가가 없단 말이오」
 뤼팽은 발끝에서 머리끝까지 신경이 덜덜 떨렸다. 끔찍한 비탄에 빠졌을 클라리스에게는 감히 눈도 돌릴 수가 없었다. 그녀가 더듬거리며 말하는 소리가 들렸다.
「그렇다면……, 도브렉이 속았다는 건가요?」

「절대 그렇지 않소! 가엾게도 당신이 속은 거지요. 도브렉은 죽어가는 자의 금고에서 훔쳐낸 진짜 명단을 가지고 있소」

프라스빌이 소리쳤다.

「그러면 이것은?」

「이것은 가짜요」

「가짜라고요?」

「확실하게 가짜요. 도브렉이 훌륭한 꾀를 낸 것이지요. 당신이 눈앞에 번쩍거리는 수정마개에 정신이 팔려 아무 가치 없는 이 종이 쪼가리가 들어 있는 수정마개를 찾느라 혈안이 된 사이에, 자기는 아무 걱정 없이 손쉽게 원본을 지키고 있었던 겁니다……」

프라스빌이 말을 멈추었다. 클라리스가 로봇같이 뻣뻣한 걸음으로 조금 앞으로 나오더니 말했다.

「그래서요?」

「그래서라니요?」

「거절하시는 건가요?」

「물론 그럴 수밖에 없소……」

「협상을 진행시키지 않으시겠다고요?」

「이봐요, 협상이 가능하기나 합니까? 아무 가치도 없는 서류를 근거로 할 수는 없지요」

「할 수 없다고요……? 거절하신다고요……? 내일 아침……, 몇 시간 후면 질베르는……」

죽음에 직면한 사람처럼 푹 꺼진 얼굴은 공포에 질려 핏기가 싹 가셨고 눈은 크게 벌어졌으며 턱은 덜덜 떨렸다.

뤼팽은 그녀가 쓸데없는 위험한 말을 내뱉을까 봐 두려워, 그녀의 어깨를 붙잡고 끌고 가려 했다. 하지만 그녀는 제어할 수 없을 정도의 힘으로 그를 밀쳐내고 비틀비틀 두세 걸음을 옮겼다. 그리고 갑자기 절망의 끝에서 폭발하는 힘으로 프라스빌을 붙잡더니 마구 퍼부었다.

「당신은 거기에 가야 해……! 지금 당장……! 그래야만 해……! 질베르를 구해야만 해……」

「제발 진정하시오……」

그녀가 날카로운 웃음을 터뜨렸다.

「나보고 진정하라고……! 질베르가 내일 아침에……. 아! 안돼……. 너무 두려워……. 끔찍해……. 거기로 달려가란 말이에요! 대통령의 사면을 얻어내요! 모르겠어요? 질베르는……, 질베르……, 그 아이는 내 아들이라고요! 내 아들! 내 아들!」

갑자기 프라스빌이 비명을 내질렀다. 클라리스의 손에서 단도의 칼날이 빛난 것이다. 그녀는 팔을 들어 자신을 찌르려 했지만, 칼을 내리 꽂으려는 순간 니콜이 그녀의 팔을 낚아채 무기를 빼앗아 꼼짝 못하게 했기 때문에 실패로 돌아갔다. 타는 듯한 목소리로 니콜이 말했다.

「당신 미쳤습니까……? 내가 질베르를 구하겠다고 맹세했잖습니까……. 그러니까 그를 위해 살아요……. 질베르는 죽지 않아요……. 내가 당신에게 맹세한 한 그는 죽을 리 없습니다……」

「질베르……, 내 아들……」

클라리스는 신음했다.

그는 그녀를 거칠게 붙잡아 자신 쪽으로 몸을 돌린 다음 손으로 입을 막았다.

「이제 그만! 조용히하십시오……. 제발 좀 조용히해요……. 질베르는 죽지 않는다니까……!」

저항할 수 없는 강한 힘에 이끌린 그녀는 갑자기 온순한 아이처럼 순종적이 되었다. 그녀를 데리고 나가며 문을 열다가 뤼팽은 프라스빌에게 돌아서서 명령조로 단호하게 말했다.

「기다려주시오. 진짜 27인 명단을 원한다면……, 기다리시오. 한 시간, 늦어도 두 시간 후에는 돌아오겠소. 그때 다시 얘기합시다」

그리고 나서 클라리스에게 말했다.

「조금만 더 용기를 내십시오, 부인. 이것은 질베르의 이름으로 내리는 명령입니다」

뤼팽은 마네킹을 들고 가듯 팔 아래로 클라리스를 지탱하고 거의 끌다시피 해서 빠른 발걸음으로 복도와 계단, 두 개의 정원을 지나 거리로 나왔다…….

그 사이 놀라고 어리둥절해 하던 프라스빌은 조금씩 냉정을 되찾고 생각에 빠졌다. 그는 니콜 씨의 태도에 대해 생각했다. 클라리스 곁에서 위기에 처했을 때 의지할 만한 조언자의 역할, 단역에 지나지 않는 역할을 하고 있던 니콜 씨는 돌연 수동적인 역할을 내던지고 명철하고 확고하고 권위적이고 혈기 넘치고 자신감에 찬 인물로 변하여 운명의 모든 장애들을 뒤엎어버릴 준비가 된 듯이 보였다.

누가 그렇게 행동할 수 있을까?

프라스빌은 전율을 느꼈다. 질문이 떠오르기 무섭게 명백한 답이 나왔다. 확실하고 의심의 여지가 없는 모든 증거가 갑자기 드러나기 시작했다.

프라스빌은 다만 한 가지 문제에 당혹감을 느꼈다. 니콜의 얼굴과 외양은 사진으로 알고 있던 뤼팽과는 조금도 닮은 점이 없었던 것이다. 키도 체격도 달랐고, 얼굴 윤곽이나 피부색, 머리칼, 입매와 눈매 등 모든 것이 뤼팽의 인상착의에 대한 공식적인 기록과는 완전히 달랐다. 하지만 뤼팽의 장점이 바로 외모를 바꾸는 탁월한 능력이지 않는가? 의심의 여지가 없었다.

서둘러 사무실을 나오다가 경찰 반장을 만난 프라스빌은 열에 들떠 말했다.

「지금 왔나?」

「예, 사무국장님」

「들어오는 길에 한 남자와 부인을 만나지 않았나?」

「예, 몇 분전, 정원에서 마주쳤습니다」

「자네, 그 작자를 알아볼 수 있나?」

「예, 알아볼 수 있을 겁니다」

「그렇다면 형사 여섯 명을 데리고 클리쉬 광장으로 가게. 한시도 지체해서는 안 돼……. 니콜이라는 사람에 대해 조사하고 집을 수색하게. 니콜이 반드시 그리로 들어갈걸세」

「그가 돌아오지 않으면요?」

「그를 수배해서 체포하게. 자, 체포 영장을 주지」

그는 다시 사무실로 돌아와 특수 용지에 이름을 기입했다.

「사무국장님, 방금 전에 니콜이라고 말씀하시지 않았나요?」

「그런데?」

「체포 영장에는 아르센 뤼팽이라고 쓰어있는데요」

「아르센 뤼팽과 니콜은 동일인물이야」

단두대

「질베르를 구해 내겠습니다! 구해 낼 겁니다! 반드시 그를 구하겠다고 맹세합니다」

차 안에서 뤼팽은 쉬지 않고 말했다.

클라리스는 듣고 있지 않았다. 죽음의 악몽에 사로잡힌 채 외부에서 일어나는 모든 것에 무관심한 멍한 얼굴이었다. 뤼팽은 클라리스를 설득하기 위해서라기보다는 스스로를 안심시키기 위해서 계획을 설명했다.

「아니, 싸움은 절망적이지 않습니다. 우리에게는 아직 좋은 패가 남아 있습니다. 어제 아침 도브렉에게 들었지요? 전 하원의원 보랭글라드가 도브렉에게 넘기려 했던 그 편지와 서류들에 관한 얘기 말입니다. 스타니슬라스 보랭글라드가 얼마를 원하든 편지와 서류들을 사들이겠습니다⋯⋯. 그것을 가지고 경찰청으로 돌아가 프라스빌을 위협하는 겁니다. 〈지금 당장 대통령 관저로 뛰어가시오……. 우리의 명단을 원본인 것처럼 해서 질베르를 죽음으로부터 구해 내시오. 질베르가 구출되고 나면 바로 그 다음날 들켜도 좋으니까……. 어서, 빨리! 그렇지 않으면, 이 편지와 서류들은 내일 아침, 화요일 신문에 게재될 것이오. 보랭글라드는 체포되고 바로 그날 저녁 프라스빌 당신도 투옥될 것이오!〉」

뤼팽은 만족스러운 듯 손을 비볐다.

「잘될 겁니다……. 잘 되고말고……. 프라스빌을 마주하자마자 즉시 깨달았지요. 이 일은 절대 실패할 리가 없어요. 도브렉의 지갑 속에서 보랭글라드의 주소도 찾아놓았으니……. 기사 양반, 라스파이유가로 갑시다!」

적혀진 주소에 도착하자 뤼팽은 차에서 뛰어내려 4층으로 올라갔다.

하녀가 나오더니 보랭글라드 씨는 부재 중이며, 내일 저녁 식사 때까지는 돌아오지 않을 것이라고 말했다.

「지금 어디 있는지 아십니까?」

「주인님은 런던에 계세요」

차에 다시 탄 뤼팽은 한마디도 하지 않았다. 클라리스 역시 아무것도 묻지 않았다. 그녀에게는 모든 것이 상관없게 느껴졌고 아들은 이미 죽은 것처럼 생각되었다.

그들은 클리쉬 광장까지 갔다. 집에 들어가는 순간, 뤼팽은 관리인실에서 나오는 두 사람과 마주쳤다. 하지만 골똘한 생각에 빠진 그는 그들에게 주의를 기울이지 못했다. 그들은 집을 포위한 프라스빌이 시킨 형사들 중 두 명이었다.

「전보는 없었나?」

그가 하인에게 물었다.

「없습니다. 두목님」

아쉴이 대답했다.

「르 발뢰나 그로냐르에게서도 아무런 소식이 없나?」

「하나도 없습니다」

뤼팽은 클라리스에게 아무 일도 아니라는 듯 말했다.

「당연한 일이오. 아직 일곱시밖에 되지 않았고, 그들은 여덟시나 아홉시쯤 되어야만 도착할 거요. 프라스빌에게 기다리라고 하면 됩니다. 그에게 전화를 걸어야겠소」

통화가 끝나고 수화기를 내려놓았을 때 뒤쪽에서 신음소리가 들렸다. 클라리스가 탁자 곁에 서서 석간 신문을 읽고 있었다.

그녀는 손을 가슴에 대더니 비틀거리며 쓰러졌다.

뤼팽은 하인을 부르며 소리쳤다.

「아쉴, 아쉴, 클라리스를 침대에 눕히려고 하니 도와주게……. 벽장 안에서 약병을 찾아오고. 수면제가 담긴 4번 유리병이네」

뤼팽은 칼끝으로 클라리스의 이 사이를 벌리고 반 병가량의 약을 강제로 삼키게 했다.

「됐다. 이렇게 하면 이 불행한 여인은 내일이나 그 이후에야 깨어나겠지……」

그는 클라리스가 아직도 손에 꽉 쥐고 있는 그 신문을 대충 훑어보다가 다음의 글을 찾아냈다.

「질베르와 보슈레의 처형은 가장 준엄하고 단호한 판결이며 부하들을 법정 최고형에서 구해 내려는 아르센 뤼팽의 어떠한 시도에 대해서도 확실히 대비하였다. 자정부터 상태 감옥을 둘러싼 모든 도로를 군대가 점거할 것이다. 처형은 감옥 담장 앞, 아라고가(街)의 평지에서 집행된다.

 사형 선고를 받은 두 사람의 상태에 대한 정보에 따르면 보슈레는 여전히 뻔뻔하고 대담하게 죽음을 기다리고 있다고 한다. 그는 이렇게 말했다. 〈제기랄! 즐거운 일은 아니지만 피할 수 없는 이상, 끝까지 침착하겠소〉. 또 그는 덧붙였다. 〈죽음 따위 개의치 않소. 다만 머리가 잘려나갈 생각을 하면 괴롭군. 아! 비명을 지를 틈도 없이 순식간에 나를 저승으로 보낼 방법을 생각해내었다면 좋겠소! 제발 독극물이나 몇 방울 주시오, 두목〉.

 중죄 재판소에서 형을 선고받고 비틀거리던 모습을 떠올려보면 질베르의 침착함은 더욱더 인상적이다. 그는 아르센 뤼팽의 전능함에 대하여 흔들리지 않는 신념을 가지고 있다. 〈두목님은 모든 사람들 앞에서 나에게 두려워하지 말라고, 모든 것을 책임지겠다고 외쳤습니다. 그래서 나는 두려워하지 않아요. 마지막 날, 마지막 순간까지, 단두대 바로 아래에서도 나는 그를 믿을 겁니다. 나는 그를 잘 알아요! 그와 함께라면 아무것도 두려워할 것이 없지요. 약속을 한 이상 그는 반드시 지킵니다. 나의 머리가 잘려나간다 해도 결국에는 그가 내 어깨 위에 다시 단단히 붙여놓을 겁니다. 아르센 뤼팽이 자신의 부하 질베르를 죽게 내버려두겠습니까? 아! 아니지요. 하하! 웃음이 나는 걸 양해해 주세요〉.

 질베르의 열성적인 믿음은 어딘지 감동적이고 천진하고 고귀하기까지 하다. 아르센 뤼팽이 이토록 맹목적인 신뢰를 받을 만한 자인지는 곧 알게 될 것이다」

 감동과 연민과 고뇌의 눈물이 앞을 가려 뤼팽은 기사를 끝까지 읽기 힘들었다.

마지막 부분의 질문에 대한 대답은 〈그렇지 않다〉였다. 그는 부하 녀석 질베르의 신뢰를 받을 만하지 못했다. 그는 수없이 불가능한 일들을 해왔지만, 이번에는 불가능 이상의 것을 해야 하고 운명보다도 강해야 하는데 운명은 계속 그보다 우위에 있었다. 이 비통한 사건은 첫날부터 쭉 그의 예상과는 반대로 진행되었고, 심지어는 이치에 맞지도 않았다. 클라리스와 그는 동일한 목표를 쫓으면서도 서로 싸우느라 몇 주를 흘려보냈다. 그들이 함께 힘을 모았을 때는 연이어 어처구니없는 재앙이 일어났다. 어린 자크의 납치 사건, 도브렉의 실종과 연인의 탑 속에 감금, 뤼팽의 부상과 거기에서 비롯한 활동 중지, 클라리스를 끌고 다니고 그녀의 뒤를 쫓는 뤼팽을 지중해와 이탈리아로 헤매게 했던 도브렉의 교활한 술책. 그리고 불굴의 의지와 끈질긴 노력 끝에 이루어낸 기적과 놀라운 성과로써 황금 양털(그리스 신화에 나오는 잠들지 않는 용이 지키던 보물로 이아손이 온갖 영광스런 모험 끝에 손에 넣는다──옮긴이)을 얻었다고 생각한 순간 모든 것이 허물어지는 최고의 재앙이 일어났다. 27인의 명단은 아무 가치 없는 하찮은 종이 조각일 뿐이었다.

「쓸모 없는 무기는 버려라! 완벽한 패배다! 도브렉에게 복수를 해 그를 파멸시키고 없애버려 봐야 무슨 소용인가……. 질베르가 죽게 되는 이상 진정한 패배자는 나다……」

그는 다시 눈물을 흘렸다. 원한이나 분노의 눈물이 아니라 절망의 눈물이었다. 질베르가 죽는다! 부하들 중에서 가장 뛰어났던, 그가 그토록 아끼던 질베르가 몇 시간 후면 영원히 사라진다. 그는 더 이상 질베르를 구할 수가 없었다. 더 이상 손쓸 방법이 없었다. 그는 최후의 수단을 찾으려고도 하지 않았다. 그래 봤자 무슨 소용이 있겠는가?

 언젠가는 사회가 그에게 보복을 하고 속죄의 시간을 알리는 종이 울리리라는 것을 생각지 못했다니! 형벌을 면하게 해달라고 주장할 수 있는 범죄자는 없다. 하지만 사형을 언도받은 죄목과는 무관한 질베르가 억울한 희생자로 선택되었다는 사실은 그에게 점점 더 심한 절망을 심어주었다. 뤼팽의 무력함을 이보다 더 잘 드러내주는 비극이 또 있을까?

 무력감이 너무 깊고 결정적이어서 뤼팽은 르 발뤼의 전보를 받고도 분개할 힘조차 없었다.

 자동차 사고. 한 군데 고장, 수리에 시간이 걸림, 내일 아침 도착.

 이것은 운명의 선고에 대한 마지막 증거였다. 그는 더 이상 운명의 결정에 반항할 생각도 할 수 없었다.

 클라리스를 바라보았다. 평안한 잠에 빠져 모든 것을 잊고 아무런 의식도 없는 그녀가 너무 부러워보였다. 그는 갑자기 도망가 버리고 싶은 비겁한 마음에 사로잡혀 수면제가 반쯤 남은 유리병을 들고 마셨다.

 그러고 나서 방으로 가 침대에 누워 하인을 불렀다.

「가서 잠자리에 들게, 아쉴. 그리고 무슨 일이 있어도 나를 깨우지 말게」

「질베르와 보슈레를 위해서 아무것도 하지 않겠단 말씀이십니까?」

 아쉴이 말했다.

「않겠다」
「그들은 죽는 겁니까?」
「죽겠지」
20분 후 뤼팽은 잠이 들었다.
시간은 밤 열시였다.

그날 밤 감옥의 주위는 매우 소란스러웠다. 새벽 한시 상태가와 아라고가(街), 기타 감옥으로 이어지는 모든 길은 경관들이 점거했고, 철저한 심문을 받은 뒤에야 통행할 수 있었다.

한편으론 폭우가 쏟아져서 형의 집행을 구경하려는 사람들이 많이 몰려들 것 같지도 않았다. 특별 지시에 따라 모든 술집들은 세시경에 문을 닫고, 2개 보병 중대가 인도 위에서 야영을 했다. 그리고 비상시를 대비하여 아라고가에도 대대가 주둔했다. 파리 경찰대가 쏘다니고, 치안 장교들과 경찰청의 관리들, 비상 상황을 대비해 동원된 요원들이 끊임없이 왔다갔다했다.

단두대는 대로와 길의 모퉁이 쪽 평지의 한가운데에 조용히 세워졌다. 음산한 망치 소리가 울려퍼졌다.

하지만, 네시가 되자 비가 오는데도 군중들이 몰려들어 소란을 피워댔다. 그들은 불을 밝히고 막을 올리라고 요구했다. 그들은 방어벽이 너무 멀리 세워져서, 단두대의 기둥이 잘 보이지 않는다는 것을 확인하고 분노했다.

검은 복장의 공직자들을 태운 몇 대의 차량이 줄을 지어 미끄러져 들어왔다. 군중들의 환호와 항의가 있고 나서 파리 경찰대의 기병 소대가 모여 있는 사람들을 쫓아내고 평지로부터 약 300미터 이상 되는 곳까지를 비워두었다. 새로온 2개 중대가 흩어져 정렬했다.

그리고 갑자기 사방이 고요해졌다. 어둠 속에서 어렴풋한 흰빛이 흘러나왔다.

돌연 비가 그쳤다.

사형수들의 감방이 있는 복도 끝, 안쪽에서 검은 복장을 한 사람들이 낮은 목소리로 이야기를 나누고 있었다.

프라스빌은 검사장과 대화를 나누고 있었다. 검사장은 프라스빌에게 염려스러운 점을 이야기했다

「그런 일은 절대 없습니다. 절대로. 어떠한 사고도 없이 잘 진행될 거라고 보장합니다」

프라스빌이 주장했다.

「수상한 점이 보고되지는 않았는지요, 사무국장님?」

「없습니다. 우리가 뤼팽을 감시하고 있는데 그러한 것이 보고될 리가 있겠습니까?」

「뤼팽을 감시할 수가 있습니까?」

「그럼요. 우리는 그의 은신처를 알고 있습니다. 그가 사는 클리쉬 광장의 집을 어제 저녁 일곱시 그가 돌아오기 전에 이미 포위했습니다. 게다가 그가 두 부하를 구하기 위해 세웠던 계획도 알고 있습니다. 그 계획은 마지막 순간에 무산되었지요. 아무것도 두려워할 필요 없습니다. 형은 잘 집행될 것입니다」

「언젠가 이번 사형을 후회할 겁니다」

듣고 있던 질베르의 변호사가 말했다.

「그렇다면 친애하는 변호사님, 당신은 의뢰인의 무죄를 믿습니까?」

「굳건히 믿습니다. 검사장님. 무고한 사람이 죽는 겁니다」

검사장은 입을 다물었다. 하지만 조금 후, 스스로의 생각에 답

하는 듯 고백했다.

「사실, 이 일은 놀라울 정도의 **빠른** 속도로 진행되었소」

변호사는 떨리는 목소리로 말했다.

「무고한 사람이 죽는 겁니다」

그러는 동안 그 시간이 다가왔다.

보슈레가 먼저였다. 관리 책임자가 감방 문을 열게 했다.

보슈레는 침대에서 벌떡 일어나 겁에 질려 눈을 크게 뜨고 들어오는 사람들을 바라보았다.

「보슈레, 당신에게……」

「조용히! 입 다무시오. 한마디도 하지 마시오. 무슨 일인지는 나도 알고 있소. 갑시다」

그가 중얼거렸다.

가능한 한 어서 일이 끝나기를 바라며 스스로 모든 준비를 마친 것 같았다. 그는 아무도 자신에게 말을 걸지 못하게 했다.

「한마디도 하지 마시오……. 뭐라고? 고해요? 그럴 필요 없소. 내가 죽였고 그래서 죽임을 당하는 거요. 그것이 규칙이니까. 그걸로 계산은 끝났소」

하지만 한순간 그는 갑자기 말문이 막혔다.

「뭐라고요? 질베르 녀석도 함께 죽는다고?」

보슈레는 질베르도 자신과 함께 참수형을 당한다는 것을 알자 2,3초 간 망설이더니 참관인들을 살펴보고 무언가를 말하려는 듯했다. 마침내 어깨를 으쓱하더니 그가 중얼거렸다.

「그게 더 낫겠군……. 우리는 함께 일을 저질렀으니……, 함께 벌을 받아야지……」

그들이 질베르의 감방으로 들어가니 그 역시 잠을 자고 있지 않았다. 침대에 앉아 있던 그는 끔찍하게 두려운 얘기를 듣고 일어서려고 애썼지만 보이지 않는 손이 흔들어대기라도 하는 듯 해골처럼 온몸을 덜덜 떨기 시작하더니 결국 흐느끼며 주저앉고 말았다.

「아! 가엾은 우리 어머니……! 가엾은 어머니!」

질베르가 한번도 이야기한 적이 없던 어머니에 대해 물으려 했으나 그가 갑자기 울음을 멈추고 소리를 지르면서 저항했다.

「나는 죽이지 않았어……! 나는 죽고 싶지 않아……. 나는 살인을 하지 않았어!」

「질베르, 마음을 단단히 먹어야 합니다」

그들이 말했다.

「그래요……. 그래야겠죠……. 하지만 나는 살인을 하지 않았는데 왜 나를 죽이나요……? 나는 죽이지 않았어요……. 맹세해요……. 죽이지 않았어요……. 나는 죽고 싶지 않아……. 나는 죽이지 않았어요……. 나를 죽이면 안 돼요……」

이가 심하게 떨려 그의 말을 알아듣기가 힘들었다. 그러더니 그는 그들이 하는 대로 가만히 내버려두었고 고해를 하고 미사를 올렸다. 그러고 나자 좀 차분해지고 고분고분해진 그는 체념한 어린아이 같은 말투로 우물우물 말했다.

「어머니께 죄송하다고 전해 주세요」

「어머니?」

「예……. 신문에 내 얘기를 실어주세요……. 어머니는 이해하실 거예요……. 내가 살인하지 않았다는 것을 어머니는 알아요. 하지만 어머니에게 저지른 잘못과 고통을 드린 데 대해 용서를 빌고 싶어요. 그리고……」

「그리고?」

「그리고……, 끝까지 두목님을 믿었다는 걸 그가 알아주었으면 좋겠어요……」

질베르는 참관인들을 한 명 한 명 자세히 살펴보았다. 마치 두목이 알아보지 못하게 변장을 하고 그들 틈에 끼어서 자신을 팔에 안아 데려갈 준비를 하고 있지 않을까 어리석은 희망을 품은 듯이.

「그래요……, 지금 이 순간까지도 여전히 그를 믿어요……. 두목님도 잘 알고 있겠죠? 그렇죠……? 그가 나를 죽게 내버려두지 않을 것이라고 확신해요……. 나는 확신해요」

그가 거의 종교적인 신념을 가지고 천천히 말했다.

한 곳에 고정된 질베르의 눈은 뤼팽을 보고 있는 것 같았고 근처에서 배회하며 질베르에게 다가올 수 있는 통로를 찾고 있는 뤼팽의 그림자를 느끼는 듯했다. 죄수복을 입고 손발이 묶여 수많은 사람들이 지켜보고 있는 가운데, 사형 집행인의 냉혹한 손아귀에 들어가면서도 여전히 희망을 품고 있는 이 아이의 모습은 세상 그 무엇보다도 감동적이었다.

보는 사람들은 고통에 심장이 조여왔고, 눈물이 앞을 가렸다.

「가엾은 어린 것!」

누군가가 중얼거렸다.

프라스빌도 다른 이들과 마찬가지로 목이 메어 클라리스를 생각하며 작은 소리로 말했다.

「가엾은 어린 것!」

질베르의 변호사는 눈물을 흘리며 주위에 있는 사람들에게 끊임없이 말했다.

「죄 없는 청년이 죽는다고요」

하지만 이미 시간이 다되었고, 모든 채비는 끝났다. 그들은 걷기 시작했다.

보슈레와 질베르를 데리고 나오던 두 무리는 복도에서 마주쳤다. 보슈레는 질베르를 알아보고 비웃었다.

「이봐, 꼬마, 두목이 우리를 버렸다고」

그리고 덧붙였다.

「수정마개가 가져다주는 이익이나 챙기고 있겠지」

그것은 프라스빌을 제외하고는 아무도 이해할 수 없는 말이었다.

그들은 계단을 내려가 수속 절차를 위해 재판소의 기록 보관소에 멈추었다가 앞뜰을 가로질러 갔다. 지독한 여정은 끝나지 않을 것만 같았다…….

갑자기 열린 대문의 문턱에 도착하자 어슴푸레한 빛과 비, 도로, 윤곽만 드러나는 집들, 소름끼치는 정적 속에 멀리서 울리는 떠들썩한 소리가 그들을 맞았다.

그들은 거리의 모퉁이까지 담을 따라 걸었다.

몇 걸음을 더 가다가 보슈레가 한 걸음 뒤로 물러섰다. 그것을 본 것이다!

질베르는 고개를 숙인 채 보조 요원과 십자가에 입을 맞추는 것을 도와주는 사제의 부축을 받으며 걸었다.

단두대가 세워져 있었다…….

「싫어, 싫어, 나는 죽고 싶지 않아……. 나는 죽이지 않았어……. 내가 죽이지 않았어……. 살려주세요! 살려주세요!」

질베르가 소리쳤다.

대기 중으로 흩어지는 최후의 외침이었다.

사형 집행인이 신호를 보냈다. 사람들이 보슈레를 붙잡고 거의 뛰다시피 그를 끌고 갔다.

그때 깜짝 놀랄 만한 일이 일어났다. 총성이 한방 울린 것이다. 정면 마주보는 집에서 온 총격이었다.

보조 요원들은 발걸음을 뚝 멈추었다.

그들이 팔에 끼고 짐짝처럼 끌고 가던 보슈레가 앞으로 푹 꼬꾸라졌다.

「무슨 일이지? 무슨 일이야?」

누군가 물었다.

「이자가 다쳤소」

보슈레의 이마에서 피가 솟구쳐 얼굴을 온통 뒤덮었다.

그가 빠르게 웅얼거렸다.

「됐어……. 명중이요. 고맙소, 두목. 고마워요……. 내 머리가 잘리지 않아도 되겠군……. 고맙소, 두목! 아! 당신은 멋진 사람이야!」

「일을 마치도록! 그를 저기로 끌고 가시오!」

공포로 아수라장이 된 와중에 누군가 말했다.

「하지만 이자는 이미 죽었소!」

「끌고 가라고……. 사형을 마치시오!」

사법관과 관리들, 경관들이 모인 무리의 혼란은 극에 달했다. 그들은 각각 다른 명령을 내리고 있었다.

「그를 처형하시오……! 형은 집행되어야 하오……! 우리는 여기서 물러서면 안 돼……! 그것은 비굴한 행동이야……. 그를 처형하시오!」

「하지만 그는 이미 죽었소!」

「상관없소……! 재판소의 판결은 집행되어야 하오……! 그를 처형하시오!」

두 보초병과 경관들이 질베르를 감시하는 동안 사제는 항의했다. 하지만 보조 요원들은 다시 시체를 끌고 단두대로 옮겨갔다.

겁에 질린 집행인이 갈라진 목소리로 외쳤다.

「자, 시작합시다……! 그리고 나서 나머지 한 명을……. 서두르…….」

하지만 말을 마치기도 전에 두번째 총성이 울렸다. 그는 제자리에서 핑그르르 돌아 쓰러지며 신음했다.

「아무것도 아니오……. 어깨에 상처를 입었을 뿐이야……. 계속하시오……. 다음 놈 차례야……!」

하지만 보조 요원들은 아우성치며 달아났고 단두대 주위는 텅 비었다. 유일하게 냉정을 유지한 파리 경찰국장이 날카로운 목소리로 명령을 내려 부하들을 집합시켰다. 그리고 2, 3분 전 둥근 천장 아래로 지나갔던 사법관들과 관리들, 사형수와 사제가 마치 흐트러진 양떼처럼 뒤죽박죽이 되자 그들을 감옥 쪽으로 물러나게 했다.

그 사이 경관과 형사와 군인으로 이루어진 한 분대가 위험에 아랑곳하지 않고 그 4층짜리 작은 재래식 집으로 달려갔다. 1층에는 가게가 둘 세들어 있었는데 새벽이라 문이 닫혀 있었다. 첫번째 총성이 울린 직후, 3층의 어떤 창에서 폭연이 자욱한 가운데 한 남자가 손에 총을 든 모습이 어렴풋이 보였다.

그 창을 향해 총을 쏘았지만 남자를 맞추지는 못했다. 그는 가만히 탁자 위로 올라가더니 총을 잡고 두번째 과녁을 겨냥했다. 그리고 총성이 울렸다.

그 뒤 그는 방으로 들어갔다.

아래쪽에서는 초인종을 울려도 대답이 없자 문을 부수어서 곧 무너뜨렸다.

그들은 계단으로 돌진했다. 하지만 곧 장애물에 부딪혔다. 2층 입구에 의자, 침대, 가구들이 서로 교묘하게 얽혀 단단한 방어벽을 이루고 있어서 길을 트는 데는 4, 5분이 소요되었다.

단 4, 5분의 소모였지만 추적은 무의미해졌다. 3층에 도착하자 위쪽에서 커다란 목소리가 들렸다.

「여기네, 친구들! 아직 열여덟 계단이 더 남았다고. 고생시켜서 유감천만이네!」

그들은 민첩하게 열여덟 계단을 더 올라갔다. 하지만 4층 위쪽은 사다리를 타고 올라가 뚜껑으로 된 문을 열어야만 접근할 수 있는 다락방이었다. 도망자는 뚜껑 문을 잠그고 사다리를 가지고 달아났다.

이 전대미문의 소동은 잊혀지지 않았다. 신문사에서는 특별 판을 연달아 발행했고, 신문팔이들은 이 길 저 길을 누비고 다니며 호외를 외쳤다. 파리 전체가 불안한 호기심과 분노로 들끓었다.

동요가 절정에 달한 곳은 다름 아닌 파리 경찰국이었다. 모든 사람들이 흥분했고 증언과 전보, 전화가 쏟아져 들어왔다.

아침 열한시, 마침내 경찰국장의 사무실에서 비밀 회의가 열리기에 이르렀다. 프라스빌도 함께 있었다. 경찰청장이 자기가 조사한 바를 보고했다.

요약하면 다음과 같았다.

전날 저녁, 자정 직전에 아라고가 문제의 집 초인종이 울렸다. 가게 뒤쪽, 1층의 초라한 방에서 자고 있던 건물 관리인이 내다보았다.
　문을 두드리던 사람이 내일 있을 처형과 관련된 위급한 사항 때문에 온 경찰이라길래 문을 열어주었더니 곧바로 그녀를 습격해 재갈을 물리고 몸을 묶었다.
　10분 뒤, 2층에 사는 두 남녀도 집으로 들어오다가 동일인에게 똑같이 몸을 묶여 텅 빈 두 가게에 각각 갇혔다. 4층에 세 든 사람도 같은 일을 당했다. 다른 점이 있다면, 기척도 없이 들어온 침입자에게 자기 집, 자기 방에서 당했다는 것이다. 3층은 비어 있었고, 남자는 그곳에 자리를 잡았다. 그는 그 집을 마음대로 점령했다.
　「자, 그렇게 된 거군. 이보다 더 간단할 수는 없소. 다만 그토록 쉽게 달아날 수 있었다는 사실이 놀라울 뿐이오」
　경찰국장이 말하며 쓴웃음을 지었다.
　「경찰국장님, 그가 새벽 한시부터 그 집을 마음대로 점거했다면, 다섯시까지 도주를 준비할 시간은 충분했습니다」
　「그래서 어떻게 도주했소?」
　「지붕을 통해서요. 바로 옆 글라시에르가의 집들은 다닥다닥 붙어 있습니다. 옆 건물과 단 한 군데만 떨어져 있는데 그 사이의 폭은 3미터, 높이 차이는 1미터가량입니다」
　「그래서?」
　「그 남자는 가지고 간 다락의 사다리를 구름다리처럼 사용했습니다. 일단 다른 건물들이 있는 구역에 가서는 지붕의 창을 살펴 비어 있는 다락방을 찾아 잠입한 후 주머니에 손을 넣은 채 유유히 빠져 나오기만 하면 되었겠지요. 탈출은 미리 단단히 준비하고 있었고 이렇게 손쉽게, 아무런 방해도 받지 않았습니다」

「하지만 필요한 모든 조처를 취해 놓지 않았소?」

「경찰국장님, 당신이 지시한 대로 만반의 준비를 해두었습니다. 제 부하들은 어제 저녁 세 시간 동안 수상한 자가 숨어 있는지 확인하기 위해 집집마다 방문했지요. 그리고 마지막 집에서 나오는 즉시 통행 제한을 지시했습니다. 남자는 바로 그 몇 분 사이에 숨어든 게 틀림없습니다」

「좋아! 잘 알았소. 의심의 여지가 없다고 생각하나 보군. 그자가 아르센 뤼팽이란 말이오?」

「확실합니다. 첫째로 이 일은 그의 부하와 관련된 일이었습니다. 그리고……, 이런 식의 공격을 계획하고, 상상하기 힘들 정도로 대담하게 성사시킬 수 있는 자는 아르센 뤼팽뿐입니다」

「하지만……?」

경찰국장이 중얼거렸다.

그리고 프라스빌을 돌아보며 말을 이었다.

「하지만, 프라스빌 씨, 당신이 경찰청장과 합의하여 어제 저녁부터 클리쉬 광장의 집에서 감시하도록 했던……, 그자가 바로 아르센 뤼팽 아니오?」

「맞습니다. 경찰국장님. 의심의 여지가 없습니다」

「그런데 어젯밤 그가 집에서 나올 때 체포하지 못했다는 것이오?」

「그는 밖으로 나오지 않았습니다」

「허! 일이 복잡하게 되는군」

「아주 간단합니다. 경찰국장님. 뤼팽의 흔적이 있던 다른 모든 집들과 마찬가지로, 클리쉬 광장의 집에도 출구가 두 군데 있었던 겁니다」

「그런데 그것을 몰랐소?」

「몰랐습니다. 방금 전에야 그 집에 갔다가 확인했습니다」

「그 집에는 아무도 없었소?」

「아무도 없었습니다. 아쉴이라고 하는 하인은 그 집에 머물던 한 부인을 데리고 오늘 아침 떠났습니다」

「그 부인의 이름은 무엇이오?」

「모르겠습니다」

눈에 띄지 않을 만큼 잠깐 망설였던 프라스빌이 대답했다.

「하지만 아르센 뤼팽이 그 집에서 어떤 이름을 썼는지는 알고 있소?」

「예. 문학 전공 개인 교사 니콜입니다. 여기 명함이 있습니다」

프라스빌이 말을 마쳤을 때, 수위가 들어오더니 경찰국장에게 엘리제 궁에서 급히 찾으며 총리 대신도 이미 도착했다고 전했다.

「가봐야겠소. 질베르의 운명이 결정될 것이오」

프라스빌이 용기 내어 말했다.

「경찰국장님, 그가 사면될 것이라고 생각하십니까?」

「절대로 그렇지 않소! 지난밤의 습격이 있은 후, 상황은 더욱 나빠졌소. 질베르는 내일 아침, 자신의 죗값을 치를 것이오」

바로 그때, 수위가 한 방문객의 명함을 프라스빌에게 가져다주었다. 프라스빌은 그것을 보더니 움찔 놀라며 중얼거렸다.

「개 같은 자식! 배짱 한 번 두둑하군!」

「무슨 일이오?」

경찰국장이 물었다.

「아무것도 아닙니다. 아무것도 아니에요……. 예상치 못한 방문이라서……. 곧 결과를 보고하도록 하겠습니다」

이 일을 끝까지 조종하는 영광을 홀로 누리고 싶어 프라스빌은 이렇게 말했다. 그리고 당황한 듯 나가며 다시 우물우물 중얼거렸다.

「정말……, 뻔뻔하기 그지없군. 대단한 놈이야!」

그가 손에 들고 있는 명함에는 다음과 같이 씌어 있었다.

니콜.
개인 교사, 문학 전공

최후의 전투

프라스빌은 집무실로 돌아오는 길에 니콜을 알아보았다. 그는 지친 듯한 얼굴로 면으로 된 우산과 중절모, 한 짝뿐인 장갑을 들고 대기실의 긴 의자에 구부정하게 앉아 있었다.

〈그놈이 맞군. 이렇게 직접 찾아오다니 자신의 정체가 들통 났다는 것을 조금도 눈치 채지 못한 모양이지.〉

그러고 나서 다시 한번 혼자 중얼거렸다.

「어쨌든 대담한 놈이야!」

그는 사무실 문을 닫고 비서를 불렀다.

「라르티그 씨, 지금부터 이곳에서 위험 인물을 만나려고 합니다. 그는 반드시 손에 수갑을 차고 이 방을 나가게 될 거요. 그자가 이 방으로 들어오면 즉시 필요한 모든 조치를 취하고 형사들에게 연락해 당신 사무실과 곁방에 대기시키십시오. 명령은 간단합니다. 종을 한 번 울리면 즉시 모두 손에 권총을 들고 들어와서 그를 포위하는 겁니다. 아시겠죠?」

「알겠습니다. 사무국장님」

「특히 조금이라도 지체하면 안 됩니다. 일제히 손에 브라우닝 권총을 들고 불쑥 쳐들어오십시오. 〈정확하게〉, 알겠습니까? 이제 니콜 씨를 들여보내시오」

혼자 남자 프라스빌은 종이 몇 장으로 책상 위에 놓인 전기 경보 버튼을 감췄고 책을 몇 권 쌓아 그 뒤에 꽤 큰 권총 두 자루를 숨겼다.

〈자, 정신 바짝 차려야지. 그가 명단을 가지고 있다면 그걸 빼앗는 거야. 그렇지 않으면 그를 붙잡고. 가능하다면 둘 다 손에 넣어야지. 특히나 새벽에 커다란 사건이 있었던 오늘, 뤼팽과 27인의 명단을 동시에 손에 넣는다면 대단한 영예를 얻겠는걸.〉

밖에서 문을 두드렸다.

「들어오시오!」

그는 일어나며 말했다.

「들어오시지요, 니콜 씨」

니콜은 머뭇거리며 방으로 걸어 들어와 프라스빌이 가리키는 의자 끝에 걸터앉아 말을 꺼냈다.

「저는……, 어제 하던 이야기를 마저 하려고 왔습니다……. 좀 늦은 것은 너그러이 봐주시기 바랍니다」

「잠시만 기다려주시겠소?」

프라스빌은 이렇게 말하더니 급히 곁방으로 가서 비서에게 알렸다.

「잊은 게 있소. 라르티그 씨. 계단과 복도를 살피도록 하시오……. 패거리가 있을지도 모르니까」

다시 니콜에게 돌아온 그는 흥미롭고 긴 대화를 기대한다는 듯 편하게 자리를 잡고 앉았다.

「뭐라고 하셨지요, 니콜 씨?」

「어제 저녁 기다리게 해서 죄송하다고 말씀드렸습니다, 사무국장님. 여러 가지 장애가 있어 늦었습니다. 우선, 메르지 부인이……」

「그래, 메르지 부인을 집에 데려다줘야 했겠지요」

「맞습니다. 그리고 그녀를 돌봐줘야 했습니다. 그 불행한 여인의 절망을 이해하시겠지요. 아들 질베르가 죽을 지경에 처했으니……! 그것도 너무나 참혹한 죽음이지요! 어제는 더 이상 기적을 기대할 수 없었습니다……. 불가능했지요……. 제 자신도 어쩔 수 없는 일이라고 포기했으니까요……. 아시다시피 운명이 가차 없이 달려들 때는 결국 용기를 잃게 되는 법이잖습니까」

「하지만 이곳을 나갈 때, 어떻게 해서라도 도브렉에게서 비밀을 캐낼 계획을 세우고 떠난 줄 알았는데요?」

프라스빌이 지적했다.

「물론입니다. 하지만 도브렉은 파리에 있지 않았어요」

「아!」

「그는 파리에 없었죠. 제가 자동차 여행을 좀 시켰거든요」

「그렇다면 차가 있으십니까? 니콜 씨?」

「필요한 경우에는 유행 지난 낡은 차를 사용합니다. 그저 똥차지만 말이에요. 어쨌든 도브렉은 자동차로, 아니 보다 정확히 하자면 자동차 지붕 위, 제가 열쇠를 채워둔 트렁크에 갇혀 여행을 하고 있습니다. 유감스럽게도, 그 자동차는 처형이 끝난 후에나 도착하겠더군요. 그래서……」

프라스빌은 경악해서 니콜을 바라보았다. 만일 그가 이 인물의 진짜 정체가 뤼팽이 아닐지도 모른다는 의심을 조금이라도 가졌더라면, 도브렉을 다루는 방식을 보고 깨끗이 사라졌을 것이다. 제기랄! 누군가를 트렁크에 가둬서 자동차 지붕 위에 얹어놓다니! 오직 뤼팽만이 이러한 황당한 일을 할 수 있고, 오직 뤼팽만이 이토록 천진하고 침착하게 그 사실을 고백할 수 있다!

「그래서? 당신은 어떤 결정을 내렸소?」

프라스빌이 말했다.

「다른 방법을 강구할 수밖에 없었지요」

「그게 무엇이오?」

「사무국장님, 당신이 나보다 더 잘 알고 계신 것 같은데요」

「뭐라고요?」

「안 그렇습니까? 당신은 처형을 참관하지 않았습니까?」

「그랬소」

「그렇다면 보슈레와 사형 집행인이 저격당하는 것을 보았겠지요. 한 명은 죽었고 한 명은 가벼운 부상만 입었지요. 당신은 분명 짐작을 했……」

「하! 당신은 지금……, 오늘 아침에 총을 쏜 자가 바로 당신이라는 것을 자백하는 거요?」

프라스빌이 당황해서 말했다.

「자, 생각해 보시오. 내게 선택의 여지가 있었겠소? 당신이 검사한 27인의 명단은 가짜였소. 진본을 가지고 있는 도브렉은 처형 몇 시간 뒤에나 도착하고. 따라서 질베르를 구하고 사면을 얻어낼 방도는 단 한 가지, 처형을 몇 시간 늦추는 수밖에 없었소」

「그렇긴 하지만……」

「그렇지요. 그 야비하고 냉혹한 범죄자, 보슈레라는 놈을 저격하고, 이어 사형 집행인에게 부상을 입힘으로써 무질서와 공포를 일으켜서, 그 결과 실질적으로든 정신적으로든 질베르의 처형을 불가능하게 만들었소. 그리고 내게 꼭 필요한 몇 시간을 얻어낸 거요」

「그랬겠지……」

프라스빌이 다시 한번 말했다.

뤼팽이 말을 이었다.

「그렇소. 그 일은 우리 모두에게, 말하자면 정부와 대통령, 그리고 나에게 이 문제를 곰곰이 되씹고 똑똑히 볼 수 있는 시간을 주었소. 생각해 보시오. 무고한 자의 사형이라니! 죄도 없는 자의 머리를 자르다니! 내가 어떻게 그리 하도록 내버려 둘 수 있었겠소? 무슨 짓을 하더라도 그럴 수가 없었소. 나는 직접 행동을 개시해야 했고 그래서 행동에 옮긴 것이오. 사무국장님, 어떻게 생각하십니까?」

프라스빌은 여러 가지 것들, 특히 니콜이라는 자의 지독한 대담함, 니콜과 뤼팽, 뤼팽과 니콜을 혼동하고 있는 게 아닌지 의심스러울 정도의 대담함에 대해 생각하고 있었다.

「니콜 씨, 150피트 정도의 거리에서 죽이고 싶은 자는 죽이고 상처 입히고 싶은 자는 부상시키는 것을 자유자재로 하려면 매우 기술이 좋아야 한다고 생각하오」

「훈련을 좀 했지요」

니콜이 겸손한 태도로 말했다.

「또 당신의 계획은 틀림없이 오랜 준비의 산물일 수밖에 없다고 생각하오」

「전혀 그렇지 않습니다! 그 점은 틀렸습니다! 완전히 즉흥적인 일이었지요. 나의 하인, 정확히 말하면 클리쉬 광장의 집을 빌려 준 내 친구의 하인이 아니었다면 힘들었지요. 그가 강제로 나를 깨워 예전에 그 작은 건물에 있는 가게에서 점원으로 일했는데 그 건물에는 세든 사람이 매우 적어서 무언가 해볼 만한 일이 있을 거라고 말하지 않았더라면, 지금 이 시각 불쌍한 질베르의 머리는 날아갔을 테고……, 필시 메르지 부인도 죽었을 테지요……」

「그렇게 생각하시오……?」

「그건 확실합니다. 그렇기 때문에 충성스러운 하인의 제안을 믿고 덤벼들었던 거요. 아! 오직 당신만이 내 일에 매우 방해가 되었소, 사무국장 나으리!」

「내가?」

「그렇소! 내 집 문 앞에 열두 명의 보초를 세우는 엉뚱한 대비책을 마련한 것이 당신 아니었소? 그 때문에 나는 하인 전용 출입 계단으로 다섯 층을 올라가서, 하인들이 다니는 복도를 통해 옆집으로 나가야 했단 말이오. 쓸데없이 피곤한 일이었지!」

「유감이군요. 니콜 씨, 다음번에는……」

「오늘 아침도 마찬가지였소. 여덟시에 자동차가 트렁크 안에 갇힌 도브렉을 실어올 텐데 그 차가 내 집 문 앞에 서지 않도록 하기 위해서, 당신의 졸개들이 내 개인적인 일을 방해하지 못하도록, 나는 클리쉬 광장에서 한참을 서서 기다려야 했소. 그렇지 않았다면 다시 한번 질베르와 클라리스를 잃었겠지요」

「하지만 이 괴로운 일은……, 하루나 이틀, 기껏해야 사흘 정도밖에 늦출 수 없을 것 같군. 그 일을 완전히 피하려면, 필요한 것은……」
 프라스빌이 말했다.
 「진짜 명단이지, 그렇지 않소?」
 「물론 그렇소. 하지만 당신은 아마도 그것을 가지고 있지 않겠지……」
 「가지고 있소」
 「명단의 원본을?」
 「그렇소. 원본이오. 반박의 여지가 없는 원본」
 「로렌의 십자가 문양도 있소?」
 「로렌의 십자가 문양도 있소」
 프라스빌은 말을 잇지 못했다. 자신보다 놀랄 만큼 월등한 상대에 맞서 싸움을 벌이고 있다는 걸 잘 아는 만큼 강렬한 감정의 동요가 가슴을 죄었다. 적은 무장 해제 상태인데 자기는 모든 무기를 손에 쥐고 있는 사람처럼 냉정하고 차분하게, 침착하게 자신의 목적을 추구하는 저 신출귀몰한 아르센 뤼팽을 마주하고 있다는 생각에 프라스빌은 몸을 떨었다.
 감히 정면에서 그를 공격할 순 없었다. 기가 꺾인 프라스빌이 말했다.
 「그러면 도브렉이 당신에게 그것을 넘겼소?」
 「도브렉은 아무것도 넘겨주지 않았소. 내가 빼앗았지」
 「그러니까 힘으로 말이오?」
 「저런, 그렇지 않소. 아! 물론 나는 무슨 짓이라도 할 준비가 되어 있었지요. 몇 방울의 클로로포름을 식량 삼아 트렁크 속에서 초고속으로 여행한 도브렉을 특별히 꺼내어줄 때, 즉시 막이 오르도록 이미 모든 것을 준비해 놓았소. 아! 쓸데없는 고문 따위는 필요없소……! 괜히 고통을 줄 필요도 없고……. 그렇소……. 단지 죽음이 있을 뿐이오……. 기다란 바늘 끝을 정확히 심장에 갖다대고, 서서히 조심스럽게 박는 거지요. 다른 것들은 필요치 않았소……. 바늘을 쥐고 있는 사람은 바로 메르지 부인이었소……. 이해하시겠지요……. 냉혹할 수밖에 없는 어머니의 마음을……. 곧 아들을 잃게 될지도 모르는 어머니의 마음을요……. 〈말해, 도브렉. 그렇지 않으면 바늘을 찔러넣겠다……. 말하기 싫어? 그렇다면 1밀리미터만 더 밀어 넣어보지……. 다시 한 번……, 1밀리미터…….〉 바늘이 다가오는 것을 느끼면 그의 심장 고동은 멈추겠지요. 1밀리미터 더……, 또 한 번 더……. 하늘에 맹세컨대 그 악당 놈은 입을 열게 되어 있었소! 우리는 그에게 몸을 숙인 채 초조하게 그가 깨어나기를 기다렸소. 시간이 촉박했으니까……. 그 다음은 뻔히 아시겠죠? 사무국장 양반. 쇠고랑을 차고 가슴을 드러낸 채 긴 의자에 누워 정신을 흐리게 하는 클로로포름의 약 기운에서 벗어나려고 애쓰는 악마 같은 놈의 모습 말이오. 그는 숨을 헐떡이며 의식을 되찾았지요……. 입술이 조금 움직이자……, 클라리스 메르지는 벌써 그에게 말하기 시작했소.

〈나라고……, 나……. 클라리스란 말이야……. 이 악당아, 대답해.〉

그녀는 도브렉의 피부 속에 작은 짐승처럼 숨어 벌떡이는 심장 위에 손가락을 올려놓고 나에게 말했소.

〈이자의 눈……. 눈을……, 안경에 가려서 볼 수 없는 눈을 보고 싶어요…….〉

나 역시도 그것을 보고 싶었소. 한번도 본 적이 없는 눈이지요……. 그에게 대답을 듣기 전에 먼저 그의 눈을 통해 겁에 질린 존재의 내부에서 떠오르는 비밀을 읽어내고 싶었소. 그러자 눈을 보고 싶은 열망에 사로잡혀 이제 내가 막 하려는 행동에 벌써부터 흥분되기 시작했지요. 눈을 보기만 하면 비밀이 벗겨질 것 같았소. 알아낼 수 있으리라는 예감이 들었소. 그것은 진실에 대한 깊은 직관이었지. 코안경은 이미 벗겨지고 불투명한 두꺼운 안경만이 남았소. 그것을 거칠게 벗기는 순간 초점을 잃은 눈과 내 눈을 찌르는 갑작스런 빛에 눈이 부시고 당황했지요. 하지만 곧 나는 웃으며, 입이 찢어져라 웃으며 엄지손가락으로 살짝! 어라! 그의 왼쪽 눈알을 빼냈소」

니콜은 신나게, 그가 말했듯이 입이 찢어져라 웃어댔다. 그는 더 이상 수줍고 침울하고 지나치게 예의 바른 시골뜨기 가정교사가 아니었다. 넘치는 혈기로 모든 장면을 대담하게 재현하고 떠들어댔으며 프라스빌에게는 듣기 거북한 날카로운 웃음을 터뜨렸다

「눈 두 개를 무엇에 쓰겠소? 하나는 여분의 것이지. 클라리스, 양탄자 위에 구르는 저것 좀 보십시오. 조심해요, 도브렉의 눈이니! 앗! 난로 조심!」

니콜은 그렇게 말하면서 일어서서 방 안을 가로지르며 어떤 물체를 잡으러 쫓아다니는 시늉을 하다가 다시 앉아서는 주머니에서 뭔가를 꺼내어 구슬처럼 손안에 놓고 굴리기도 하고 공처럼 공중으로 던졌다가 다시 작은 호주머니 안에 넣고 잘라 달했다.

「도브렉의 왼쪽 눈이오」

프라스빌은 멍 하니 있었다. 이 이상한 방문자는 어쩌자는 것일까? 이 모든 이야기가 의미하는 바는 무엇인가? 백짓장처럼 창백해진 그가 말했다.

「어떻게 된 거요?」

「이미 모든 설명이 된 것 같은데. 말한 그대로요! 무의식중에 오래전부터 품어왔던 가설과도 일치하지요. 도브렉이 그토록 솜씨 좋게 나를 이리저리 돌아다니게 하지 않았다면, 이미 목적을 달성했을 것이오. 그렇소! 생각해 보시오……. 내 가정은 이랬소. 〈도브렉의 몸 외부 어디에서도 명단을 발견하지 못했다. 그 명단이 도브렉의 몸 외부에는 있지 않다는 뜻이다. 그가 걸친 옷에서도 발견하지 못했고 따라서 그보다 더 깊숙이, 그러니까 바로 그의 몸속에, 보다 정확히 말하자면, 살 속에……, 피부 아래에 있을 것이다…….〉」

「그래, 눈 안에 있더란 말이오?」

프라스빌이 농담처럼 말했다.

「사무국장 양반, 아주 정확히 지적했소. 바로 그자의 눈 안에 있었소」

「뭐라고요?」

「다시 말하지만 그자의 눈 안이었소. 그 사실을 우연히 밝히는 대신 논리적으로 머리에 떠올랐어야 했는데. 자, 어떻게 된 일인지 설명해 드리지. 도브렉은 영국인 기술자에게〈수정의 안쪽을 비워 누구도 의심하지 못할 빈 공간을 만들라고〉주문한 편지를 클라리스가 발견했다는 것을 알게 되었소. 그는 수색의 방향을 틀어놓기 위해 조심스럽게 속이 빈 수정마개를 견본에 따라 제작하게 했지. 당신과 내가 지난 몇 달 동안 쫓아다닌 수정마개가 바로 그것이고 담뱃갑 속에서 찾아낸 것도 바로 그 수정마개요……. 하지만 정작 필요했던 일은……」

「필요했던 일은……?」

프라스빌이 호기심을 느끼며 물었다.
니콜이 박장대소했다.
「정작 필요했던 일은 그저 도브렉의 눈을 빼앗는 것이었소. 그 눈이야말로 〈누구의 눈에도 띄지 않는 은닉처를 만들기 위해 속을 비운〉 물건이었으니까. 여기 그 눈알이 있소」
니콜이 다시 한번 주머니에서 물건을 꺼내 그것으로 탁자를 두드리자 탕탕탕 단단한 물체가 부딪치는 소리가 났다. 프라스빌이 중얼거렸다.
「유리 눈알이로군요!」
「딩동댕! 그렇소. 유리 눈알이지! 그 악당 놈은 자신의 죽은 눈 대신 그 자리에 평범한 유리 병마개를 끼워넣었던 거요. 물론 이것을 수정마개라고 불러도 되겠지요. 진짜 수정마개 말이오. 도브렉은 코안경과 안경, 이중 방어막을 둘러 그것을 보호했소. 이 유리 눈알 속에 담겨 있었고 지금도 담겨 있는 부적 덕분에 도브렉은 안심하고 무엇이든 할 수 있었지」
니콜이 더 크게 웃으며 소리쳤다.
프라스빌은 붉어지는 얼굴을 감추기 위해 고개를 숙이고 손에 이마를 묻었다. 27인의 명단을 거의 손에 넣은 것이나 다름없었다. 그것은 바로 앞 탁자 위에 있지 않은가! 그는 흥분을 억누르고 아무런 거리낌이 없는 듯 말했다.
「그것이 아직도 이 안에 들어 있단 말이오?」
「적어도 나는 그럴 것이라고 생각하오」
니콜이 단언했다.
「뭐라고! 그럴 것 같다니?」
「아직 이 은닉처를 열어보지 않았소. 사무국장님, 당신을 위해 이것을 여는 영광을 남겨두었지요」

프라스빌은 팔을 내밀어 그 물건을 집어들고 가만히 바라보았다. 안구와 동공과 각막의 모든 세세한 부분들까지 착각을 일으킬 정도로 실물을 똑같이 모방하여 만든 수정 덩어리였다. 그는 곧 뒤쪽에서 움직이는 부분을 발견하고 힘을 썼다. 눈알은 속이 패여 있고 안쪽에는 종이 뭉치가 들어 있었다. 그는 그것을 펴서 이름과 필체, 서명 등 가장 먼저 해야 할 검사를 해치우고, 재빨리 팔을 들어 종이를 창가로 들어오는 빛에 비추어보았다.

「로렌의 십자가 문양이 있소?」

니콜이 물었다.

「있소. 이 명단은 원본이오」

프라스빌이 답했다.

그는 몇 초 동안 머뭇거리며 팔을 든 채로 앞으로 해야 할 일들을 생각하고 있었다. 그러고 나서 종이를 다시 접어 작은 수정함 안에 넣고 그것을 주머니 속에 감추었다.

니콜은 그를 보고 있다가 말했다.

「이제 믿으시겠소?」

「확신하오」

「그러면 이제 합의를 본 거요?」

「그렇소」

침묵이 흘렀다. 그동안 두 남자는 겉으로 드러나지 않게 상대방을 관찰했다. 니콜은 대화가 이어지기를 기다리는 듯 보였다. 프라스빌은 책상 위에 쌓아둔 책 뒤로 한 손을 뻗어 권총을 쥐고, 다른 한 손으로는 경보 장치의 단추를 만지작거리며 자신의 위치에서 오는 강력한 힘을 느끼고 매우 만족스러워했다. 내가

최후의 전투　299

명단의 주인이 된다! 뤼팽의 주인이 될 것이다!
 프라스빌은 생각했다.
 〈저 녀석이 조금이라도 움직이면 권총을 겨누고 당장 사람들을 부를 준비가 되어 있다. 나를 공격해 오면 방아쇠를 당기자.〉
 마침내 니콜이 다시 말을 꺼냈다.
「합의를 봤으니 이제 당신이 서둘러야 한다고 생각하는데요. 처형이 내일 이루어지지 않소?」
「내일이오」
「그렇다면 나는 여기서 기다리겠소」
「무엇을 기다리겠다는 거요?」
「엘리제 궁의 답변을」
「저런! 당신에게 답을 가져다줄 사람이 있나 보죠?」
「그렇소. 바로 당신이오, 사무국장 양반」
 프라스빌은 고개를 저었다.
「나에게 기대를 걸지 마시오, 니콜 씨」
「진심이시오? 이유를 알 수 있을까요?」
 놀란 듯한 니콜이 말했다.
「마음을 바꿨소」
「단지 그뿐이오?」
「단지 그뿐입니다. 오늘 새벽의 소란도 있고, 상황이 이렇게 된 이상 질베르를 위해서 시도할 수 있는 일이 아무것도 없다고 생각하오. 따라서 이런 식으로 진정한 협박을 통해 엘리제 궁과 교섭 벌이는 것을 거절하는 바이오」
「마음대로 하시오. 어제는 가책을 느끼지 않더니 뒤늦은 양심의 가책이나마 느낀다면 당신을 영예롭게 하겠군요. 어쨌든 우리의 협정은 깨졌으니 27인의 명단을 돌려주시오」

「뭐하려고?」

「당신 말고 다른 주선자에게 부탁해야지요」

「아무 소용없소! 질베르는 이미 끝장났다고」

「절대로 그렇지 않소. 오늘 새벽의 사건으로 공범이 죽었기 때문에, 오히려 사면을 얻어내기가 더욱 쉬워졌을 것이오. 질베르의 사면에 대해서는 모든 사람들이 정당하고 인간적인 행위라고 인정할 것이오. 명단을 돌려주시오」

「안 돼」

「제기랄! 이봐, 당신은 기억력이 나쁠 뿐더러 양심까지 불량이구먼. 어제의 약속을 기억하지 못하시오?」

「어제는 니콜 씨 앞에서 약속을 했지」

「그런데?」

「당신은 니콜 씨가 아니오」

「그래요? 그렇다면 내가 누구란 말이오?」

「그것을 내가 가르쳐주어야 하오?」

니콜은 대답하지 않았다. 하지만 이상한 방향으로 흘러가는 대화를 즐기는 듯 마구 웃기 시작했다. 갑자기 유쾌해진 그를 보면서 막연한 긴장을 느낀 프라스빌은 권총의 손잡이를 움켜쥔 채, 도움을 요청해야 할지 망설이고 있었다.

니콜은 책상 바로 앞으로 의자를 끌어당기더니 서류들 위에 팔꿈치를 괴고 상대방을 정면으로 바라보면서 비웃었다.

「그러니까 프라스빌 씨, 당신은 내가 누군지 알면서도 이렇게 나를 가지고 놀 만큼 배짱이 두둑하오?」

「물론이오」

프라스빌은 꼼짝도 하지 않고 충격을 버티면서 말했다.
「나를 아르센 뤼팽이라고 생각하는 이유는 무엇이고……, 그렇지, 이름을 말해 보시오……. 그래, 아르센 뤼팽이라고……. 내가 이렇게 손발이 묶인 채 스스로 당신에게 투항할 만큼 바보, 얼간이라고 생각하는 근거는 뭐요?」
「안됐구려! 도브렉의 눈이 여기 있고 도브렉의 눈 안에 27인의 명단이 있는 한, 당신이 뭘 어떻게 할 수 있을지 모르겠군요, 니콜 씨」
수정 눈알이 든 작은 호주머니를 톡톡 치면서 프라스빌이 야유하듯 말했다.
「내가 뭘 어떻게 할 수 있겠느냐고?」
니콜이 비꼬듯이 따라했다
「그렇소! 더 이상 부적의 보호를 받지 못하는 당신은, 수십 명의 건장한 남자들이 각각의 문을 지키고 있고 수백 명의 사람들이 신호만 하면 당장 뛰어올 준비가 되어 있는 경찰청의 심장부로 겁 없이 홀로 뛰어든 한 남자일 뿐이오」
니콜은 어깨를 으쓱하더니 동정하는 듯한 눈길로 프라스빌을 바라보았다.
「무슨 일이 닥칠지 아시오, 사무국장 양반? 이런, 당신도 이 일 때문에 머리가 이상해졌군. 명단을 소유하더니 갑자기 도브렉이나 알뷔펙스와 같은 정신 상태가 되었군. 그런 상태라면 불명예와 불화의 요인을 제거하기 위해 그것을 윗사람들에게 가져가기가 불가능하겠지. 안 돼……. 안 돼……. 갑작스러운 유혹은 당신을 취하게 하고 현기증 나게 하지. 당신은 생각하겠지. 〈그것이 내 주머니 안에 있다. 이것만 있으면 나는 전능해진다. 이것만 있으면 무한한 부와 절대 권력이 따라온다. 이것을 이용하리라. 질베르와 클라리스 메르지는 죽게 내버려두자. 뤼팽이라는 이 얼간이는 감옥에 가두고. 유일무이한 이 행운의 기회를 움켜잡자.〉」

그는 프라스빌을 향해서 몸을 숙이고 매우 부드럽고 은밀하고 다정하게 말했다.

「그런 짓은 마시오, 존경하옵는 나리, 그런 짓은 말아요」
「왜지?」
「그것은 당신에게 이득이 되지 않아. 나를 믿는 게 좋을걸?」
「그럴까?」
「그렇소. 그래도 꼭 그렇게 해야겠거든, 먼저 내게서 훔쳐간 27인의 명단을 잘 살펴보고 세번째 인물의 이름에 대해서 생각해 보시오」
「세번째 인물의 이름이 어쨌다는 거요?」
「당신 친구의 이름이지」
「어떤 친구 말이오?」
「전직 하원의원, 스타니슬라스 보랭글라드」
「그래서?」

자신감을 좀 잃은 듯한 프라스빌이 물었다.

「그래서라니? 그 보랭글라드에 대한 뒷조사를 대강만 해보더라도, 상당한 이익을 함께 나눠 가진 자의 이름이 밝혀지지 않을지 한번 자문해 보시지」
「그자의 이름은?」
「루이 프라스빌」
「무슨 말을 지껄이는 거요?」

프라스빌이 더듬거리며 말했다.

「지껄이는 게 아니라 말씀하시는 거지. 당신이 내 가면을 벗기려 한다면, 당신의 가면도 그대로 둘 수 없을 뿐 아니라, 가면 아래 드러날 모습은 그리 보기 좋지 않을 거라는 말씀이야」

프라스빌은 벌떡 일어났다. 니콜은 탁자를 주먹으로 쾅 내리치며 소리쳤다.

「바보 같은 짓은 그만하시지! 20분 동안이나 빙 돌아왔으면 충분해. 이제 결론을 내리지. 먼저 권총을 내려놓으시오. 설마 그 따위 장치로 나를 겁주려는 것은 아니겠지! 자, 일을 끝내자고. 나는 바쁘단 말이오」

그는 프라스빌의 어깨에 손을 얹고 한마디 한마디 힘주어 말했다.

「한 시간 이내에 대통령에게 가서 사면을 명하는 서명이 담긴 짧은 편지를 가지고 돌아오지 않는다면……. 또, 한 시간 10분 후에 나, 아르센 뤼팽이 무사히, 자유롭게 이곳을 빠져나갈 수 없다면, 오늘 저녁 파리의 일간지 네 곳은 당신과 스타니슬라스 보랭글라드 사이에 오간 편지 중 네 통을 받게 될 거야. 스타니슬라스 보랭글라드가 오늘 아침 나에게 판 편지들이지. 자, 여기 당신의 모자와 지팡이, 외투가 있네. 빨리 떠나시지. 기다리고 있겠네」

프라스빌은 항의 한마디 하지 못했을 뿐더러 싸움에서 칼을 뽑아보지도 못했다. 괴상하지만 한편으론 쉽게 납득할 수 있는 일이었다. 프라스빌은 이 여유 만만하고 전지전능한 아르센 뤼팽이라는 인물을 갑작스레 깊이, 완전히 파악할 수 있었다. 지금까지 그는 하원의원 보랭글라드가 편지들을 파기해 버렸거나, 아니면 적어도 그것을 넘겨주면 보랭글라드 자신도 파멸을 맞게 되므로 감히 그런 짓은 하지 못할 것이라고 믿고 있었다. 하지만 지금 그런 의견은 입 밖에도 내지 못했고 억지를 부릴 꿈도 꾸지 못했다. 그럴 수가 없었다. 그는 한마디도 하지 못했다. 어떤 힘으로도 풀 수 없는 덫이 조여오는 느낌이었다. 포기하는 수밖에 없었다.

그는 굴복했다.

「한 시간 뒤, 이곳에서」

니콜이 다시 한번 말했다.

「한 시간 뒤, 이곳에서」

프라스빌이 순종하여 반복하더니 한마디 덧붙였다.

「질베르가 사면되면 편지는 돌려주겠지?」

「아니」

「뭐? 아니라고? 그렇다면 내게는 아무 소용없는 일이 아닌가……」

「편지는 나와 내 친구들이 질베르를 탈옥시키는 날로부터 두 달 후에 온전히 당신에게 전달될 것이다. 질베르 주위의 감시를 느슨하게 하라는 명령이 탈옥을 돕겠지」

「그게 다인가?」

「아니, 아직 두 가지 조건이 더 있어」

「어떤 조건이지?」

「첫째, 4만 프랑의 수표를 당장 지불할 것」

「4만 프랑!」

「보랭글라드에게서 편지를 산 가격이지. 그러니 당연히……」

「그리고?」

「둘째, 6개월 안에 당신이 맡고 있는 직책에서 물러날 것」

「내가 사임해야 한다고? 무엇 때문인가?」

니콜은 매우 위엄 있는 태도를 취했다.
「경찰청의 가장 높은 직책 중 하나를 청렴결백하지 않은 사람이 맡고 있다는 것은 옳지 않기 때문이네. 하원의원이든, 장관이든, 수위든, 능력껏 어떤 자리로든 다른 데로 옮기게. 하지만 경찰청의 사무국장은 안 돼. 그건 너무 끔찍한 일이네」
프라스빌은 잠시 생각에 빠졌다. 이 상대를 당장 해치울 수 있다면 그보다 기쁜 일은 없을 것이다. 그는 골똘히 그것을 성취할 수 있는 방도를 궁리했다. 하지만 무엇을 할 수 있겠는가?
그는 문으로 다가가서 비서를 불렀다.
「라르티그 씨?」
프라스빌은 목소리를 낮추기는 했으나 니콜이 들을 수 있도록 얘기했다.
「라르티그 씨, 경관들을 내보내시오. 내가 착각을 했소. 그리고 내가 없는 동안 내 방에 아무도 들이지 마시오. 저분은 여기서 나를 기다릴 겁니다」
그는 니콜이 내민 모자를 쓰고 지팡이를 들고 외투를 걸친 후 방을 나섰다.
문이 닫히자 뤼팽이 작은 소리로 중얼거렸다.
「축하하오. 아주 훌륭히 개과천선했군. 나 역시 그렇지……. 좀 지나칠 정도로 야멸치게 다루긴 했지만……. 좀 거칠기도 했고……. 하지만 휴! 이런 일은 거칠게 다루어야만 해. 적의 혼을 빼놓을 필요가 있지. 요컨대 정의로운 법관의 의식을 가지고 있다면 이런 종류의 사람들에게는 아무리 거만하게 굴어도 지나치지 않은 법이거든. 고개를 빳빳이 들자, 뤼팽. 너는 타락한 도덕성을 위해 싸우는 투사였어. 네가 한 일에 자부심을 가져라. 그리고 이제 누워서 잠을 자도록 해. 그럴 자격이 있으니」

프라스빌이 돌아왔을 때, 뤼팽은 깊이 잠이 들어 있어서 어깨를 툭툭 쳐서 깨워야 했다.
「일은 끝냈소?」
뤼팽이 물었다.
「끝났소. 곧 사면이 내려질 거요. 여기 서약서가 있소」
「4만 프랑은?」
「자, 여기 수표요」
「좋소. 당신에게 감사할 일만 남았구려」
「그러면 편지는?」
「스타니슬라스 보랭글라드의 편지들은 알려준 조건이 충족되면 보내겠소. 하지만 일단 지금 감사의 표시로 신문사에 보내려 했던 편지들을 당신에게 기꺼이 내놓겠소」
「아! 지금 수중에 있단 말씀이오?」
프라스빌이 말했다.
「우리가 합의를 보게 될 것을 확신하고 있었으니까」
그는 모자 안쪽에서 핀으로 고정해 두었던 봉투를 빼냈다. 붉은 봉인 다섯 개가 찍힌 꽤 묵직해 보이는 편지 봉투를 프라스빌에게 내밀자 프라스빌은 재빨리 낚아채어 주머니에 넣었다. 뤼팽이 다시 말했다.
「사무국장님, 언제 다시 당신을 만나는 기쁨을 누리게 될지 모르겠구려. 조금이라도 내게 전할 소식이 있거든, 《주르날》지의 알림 란에 〈니콜 씨 귀하〉라고 한 줄만 실으면 되오. 그럼 안녕히 계시오」

그는 물러갔다.

혼자 남자마자 프라스빌은 악몽에서 깨어난 듯한 느낌이 들었다. 의식으로 통제가 되지 않고 앞뒤가 맞지 않는 행동들을 계속하던 악몽이었다. 그가 막 벨을 울려 일대 소동을 일으키려는 참에 누군가가 문을 두드리더니 수위 중 한 명이 급히 뛰어들어 왔다.

「무슨 일이오?」

프라스빌이 물었다.

「사무국장님, 긴급한 일로 도브렉 하원의원님이 뵙기를 원하십니다」

「도브렉! 도브렉이 왔단 말인가! 들여보내시오」

프라스빌은 깜짝 놀라 소리쳤다.

도브렉은 들어오라는 허락을 기다리지 않았다. 그는 숨이 턱에 차서, 왼쪽 눈에는 안대를 하고 넥타이와 칼라도 달지 않은 어디선가 막 도망쳐 나온 듯한 흐트러진 옷차림으로 미친 듯이 프라스빌에게 달려들었다. 그리고 문이 닫히기도 전에 커다란 두 손으로 프라스빌을 움켜잡았다.

「명단을 가지고 있나?」

「그래」

「그것을 사들였나?」

「그래」

「질베르의 사면을 조건으로?」

「그래」

「사면 허가가 났나?」

「그래」

도브렉은 노발대발했다.

「바보 같으니라고! 이 멍청이! 그가 시키는 대로 했군! 나에 대한 증오 때문에? 그래서 이제 복수를 하려 하나?」

「기꺼이 그렇게 할 것이다, 도브렉. 오페라 극장의 무용수였던 니스의 내 애인을 기억하겠지……? 이제는 네 차례야」

「나를 감옥에 보내시겠다?」

「그럴 필요도 없지. 너는 이제 끝장이야. 명단을 빼앗겼으니 네게는 이제 몰락만이 남았지. 나는 너의 파멸을 지켜보겠다. 이것이 나의 복수야」

프라스빌이 말했다.

「그렇게 생각한단 말이지! 물어뜯을 이빨과 발톱이 다 빠져서 제대로 방어도 못하고 내 목이 닭처럼 비틀어질 거라고 생각하는 모양이군. 이봐, 내가 땅에 엎어진다면 나와 함께 넘어질 사람이 하나 있지……. 바로 스타니슬라스 보랭글라드의 파트너였던 프라스빌 씨지. 스타니슬라스 보랭글라드는 너에게 불리한 모든 증거를 나에게 넘겨줄 것이고, 나는 그것을 이용해 너를 즉각 감옥에 처넣겠어. 흥! 너는 나에게 꽉 잡혔어. 그 편지들만 있으면 너는 까불지 못한다고. 제기랄! 이 도브렉 하원의원님에게는 아직 좋은 시절이 남아 있단 말이다. 뭐? 비웃어? 그 편지들이 없을 거라고 생각하나?」

도브렉이 펄펄 뛰면서 소리를 질렀다.

프라스빌은 어깨를 으쓱했다.

「아니, 존재하지. 하지만 더 이상 보랭글라드 손에 있지 않아」

「언제부터?」

「오늘 아침부터. 보랭글라드는 두 시간 전에 그 편지들을 4만 프랑에 팔아넘겼어. 그리고 내가 같은 가격에 되샀지」

도브렉은 큰 소리로 웃었다.

「기가 막히는군! 4만 프랑이라니! 4만 프랑을 지불했다는 말인가? 니콜에게? 27인의 명단을 판 놈에게? 그럼 내가 니콜의 진짜 이름을 알려드릴까? 그는 아르센 뤼팽이야」

「잘 알고 있어」

「그랬겠지. 하지만 네가 모르는 것이 있다. 바보 같으니라고! 스타니슬라스 보랭글라드의 집에 가보니 그는 이미 나흘 전부터 파리를 떠나 있었단 말이다! 아! 아! 굉장하군! 낡은 종이 조각을 그것도 4만 프랑에 사다니! 이 멍청한 자식!」

그는 방이 떠나가라 웃으면서 망연자실한 프라스빌을 남겨두고 나왔다.

아르센 뤼팽은 아무런 증거도 가지고 있지 않았다. 협박과 명령, 프라스빌을 다루는 건방지고 무례한 태도, 그것이 모두 연극이고 공갈이었다니!

프라스빌이 중얼거렸다.

「그렇지 않아……. 절대로……, 그럴 리 없어……. 봉인된 편지 봉투가 여기 있잖아……. 열어보기만 하면 돼……」

하지만 그는 차마 열지 못하고 손으로 만지작거리며 무게를 가늠해 보고 유심히 살펴보았다……. 그런데 곧 의심이 파고들었다. 봉투를 뜯어 백지 네 장이 든 것을 확인하고도 그는 놀라지 않았다.

그는 생각했다.

〈어쩔 수 없군. 하지만 아직 끝나지 않았어.〉

사실 아직 끝난 게 아니었다. 뤼팽이 그렇게 대담하게 행동한 것은 실제로 그 편지가 존재한다는 뜻이고, 뤼팽이 그것을 스타니슬라스 보랭글라드로부터 사려 한다는 뜻이었다. 하지만 보랭글라드는 파리에 없으므로 프라스빌은 단지 뤼팽보다 먼저 보랭글라드에게 접근하여 어떤 값을 치르고라도 그 위험한 편지를 돌려받기만 하면 되었다.

먼저 도착하는 자가 승리자가 된다.

프라스빌은 다시 모자와 외투, 지팡이를 들고 계단을 내려가 자동차로 보랭글라드의 집까지 갔다. 전직 하원의원 보랭글라드는 오후 여섯시에 런던에서 돌아올 거라는 대답이었다.

그때는 오후 두시였으므로 프라스빌에게는 계획을 세울 여유가 충분했다.

그는 다섯시에 파리 북부역에 도착해서 데리고 온 40, 50명의 형사들을 대기실과 매표소 등 사방에 배치했다.

그러고 나자 안심이 되었다.

니콜이 보랭글라드에게 접근하려고 하면 뤼팽을 체포할 것이다. 하지만 더욱 안전을 기하기 위해, 뤼팽 또는 뤼팽의 밀정이라고 의심되는 모든 이들을 체포했다.

프라스빌은 역 주위를 구석구석 순찰하고 돌아다녔다. 하지만 수상쩍은 데는 전혀 없었다. 그런데 여섯시 10분 전, 그와 함께 다니던 블랑숑 주임형사가 말했다.

「보십시오. 도브렉입니다」

정말로 도브렉이었다. 그를 보자 화가 치민 프라스빌은 막 그를 체포하려 했다. 하지만 무슨 이유로, 무슨 권리로, 무슨 체포영장이 있어 그를 체포한단 말인가?

게다가 도브렉의 출현은 모든 것이 보랭글라드에게 달려 있음을 보다 확실하게 입증해 주었다. 보랭글라드는 편지를 가지고 있다. 누가 그것을 차지하게 될 것인가? 도브렉? 뤼팽? 아니면 프라스빌 자신이?

뤼팽은 아직 나타나지 않았고 나타날 수도 없었다. 도브렉은 싸울 힘이 없었다. 그러므로 결말은 확실했다. 프라스빌이 보랭글라드의 편지들을 소유하고 도브렉과 뤼팽의 협박으로부터 벗어나 그들에 대항할 능력을 회복할 것이다.

기차가 도착했다.

프라스빌의 명령에 따라, 역장은 누구도 플랫폼을 빠져나가지 못하게 하도록 지시했다. 프라스빌은 주임형사 블랑숑이 이끄는 수많은 사람들을 뒤로 하고 홀로 앞으로 나아갔다. 열차가 멈췄다.

프라스빌은 기차의 일등석 가운데쯤에 위치한 승강구에서 곧바로 보랭글라드를 발견하였다.

보랭글라드는 기차에서 내리며, 함께 여행한 나이 든 신사를 부축하기 위해 손을 내밀었다.

프라스빌은 서둘러 그에게 다가가 말을 걸었다.

「당신과 할 얘기가 있소. 보랭글라드 씨」

그 순간 플랫폼으로 올라서는 데 성공한 도브렉이 불쑥 나타나 소리쳤다.

「보랭글라드 씨, 당신이 보낸 편지를 받았소. 당신 뜻에 따르겠소」

보랭글라드는 두 남자가 프라스빌과 도브렉임을 알아본 순간, 미소를 지었다.

「저런! 저런! 내 귀국을 목 빠지게 기다린 모양이군요. 무슨 일이시오? 편지 몇 통 때문이겠지요, 그렇지 않소?」

「그렇습니다……. 그래요……」

두 남자가 그의 곁으로 바싹 다가서며 동시에 대답했다.

「너무 늦었소」

그가 선언했다.

「뭐라고? 그게 무슨 말이오?」

「그것들은 이미 팔렸소」

「팔렸다고? 누구에게?」

「저 신사 분이오. 자신의 일을 다 제쳐두고 올 만큼 이 일이 가치가 있다고 판단하시고, 아미앵까지 나를 만나러 오셨더군요」

함께 내린 동행인을 가리키며 보랭글라드가 답했다.

모피로 포근하게 몸을 감싸고 지팡이에 몸을 기댄 노신사가 인사를 건넸다.

〈이자는 뤼팽이다. 뤼팽이 틀림없어.〉

프라스빌은 속으로 생각했다.

그가 형사들 쪽으로 눈길을 던지며 호출을 하려는 찰나에 나이 든 신사가 설명했다.

「그렇소, 그 편지들에는 차표 두 장을 들여서 몇 시간 동안 기차 여행을 할 만한 가치가 있다고 생각했소」

「차표가 두 장이라면?」

「하나는 내 표이고 다른 하나는 친구의 표였소」

「당신의 친구요?」

「그렇소. 몇 분 전 우리와 헤어졌지요. 기차 통로를 따라 앞쪽으로 갔소. 그는 매우 바빴거든」

순간 프라스빌은 깨달았다. 뤼팽은 신중하게도 공범을 데려온 것이다. 그리고 그 공범이 편지를 가지고 갔다. 결정적으로 싸움에서 패했다. 뤼팽은 먹잇감을 꽉 쥐고 있었다. 이제는 승리자의 조건을 받아들이고 복종하는 수밖에 없었다.

프라스빌이 말했다.

「좋소. 때가 되면 다시 만나겠지. 도브렉, 잘 가게. 조만간 내 소식을 듣게 될걸세」

그리고 그는 보랭글라드를 데리고 나가면서 덧붙였다.

「이봐, 당신은 좀 위험한 게임을 했군, 그래」

「맙소사! 왜 그렇게 생각하시오?」

전 하원의원이 말했다.

그들 둘은 가버렸다. 도브렉은 한마디 말도 없이 발이 땅에 붙은 듯 꼼짝도 하지 않았다.

나이 든 신사가 그에게 다가와서 작은 소리로 중얼거렸다.

「이봐, 도브렉, 정신 차리게, 이 친구야……. 클로로포름이라도 마셨나……?」

도브렉은 주먹을 움켜쥐고 들릴 듯 말 듯 신음했다.

노신사가 계속 말했다.

「아! 자네는 나를 알아보겠지……. 몇 달 전 내가 라마르틴 공원의 자네 집으로 찾아가서 질베르의 사면을 중재해 줄 것을 요청했던 대화도 기억하고 말이야. 그날 내가 말하지 않았나. 〈무기는 내려놓고 질베르를 구하게. 그러면 자네를 건드리지 않겠네. 그렇지 않으면, 나는 자네에게서 27인의 명단을 빼앗을 것이고 자네는 끝장이야〉라고. 이제 자네는 끝장이 났군. 친절한 뤼팽 씨의 뜻을 따르지 않은 결과이지. 그러면 언젠가는 빈털터리가 되게 되어 있다고. 어쨌든 자네에게는 좋은 교훈이 되었기를! 아! 자네에게 지갑을 돌려주는 것을 깜빡했군. 내용물이 좀 가벼워졌다면 용서하시게. 그 안에는 상당한 지폐 뭉치 외에도, 자네가 내게서 도로 가져간 앙쟁의 가구들을 맡겨놓은 창고 영수증이 들어 있더군. 자네가 직접 그것을 치우는 수고는 덜어줘야겠다고 생각했지. 지금쯤은 일이 다 되었을걸세. 아니, 내게 감사할 것까지는 없어. 별 일 아니니 말이야. 잘 가게, 도브렉. 참, 다른 유리 마개를 사기 위해 20프랑짜리 금화 한두 개가 필요하다면 내가 주지. 잘 가게, 도브렉」

그가 멀어져 갔다.

50보도 채 가지 않아서 총성이 울렸다.

그가 돌아보았다.

도브렉이 권총으로 머리를 쏘았던 것이다.

「애도를 표하오」

모자를 벗어든 뤼팽이 중얼거렸다.

한 달 후, 종신 강제 노동으로 감형된 질베르는 기아나(남미 동북부에 위치한 프랑스령 ── 옮긴이)로 압송되기 바로 전날 일 드 레에서 탈출하였다.

희한한 사건이었고 지금까지도 탈출에 관한 세세한 부분들은 밝혀지지 않았다. 이 일은 아라고가의 총격만큼이나 아르센 뤼팽의 명성을 높여주었다.

「요컨대 이 우여곡절 많은 사건만큼 고통스럽고 힘든 모험은 없었네. 〈수정마개 사건, 절대로 용기를 잃어서는 안 된다〉라고 이름을 붙여도 괜찮겠지. 새벽 여섯시부터 저녁 여섯시까지 열두 시간 만에 지난 여섯 달 동안 계속된 불운과 실수와 암중모색과 실패를 모두 만회한 셈일세. 이 열두 시간이야말로 내 생에서 가장 영광스럽고 아름다운 열두 시간이라고 확신하네」

이 파란만장한 긴 이야기를 마치고 나서 뤼팽이 내게 말했다.

「그러면 질베르는 어떻게 되었나?」

「이제는 진짜 이름인 앙투안 메르지를 되찾아 알제리의 벽지에서 농사를 짓고 있지. 영국인 여인과 결혼해서 아르센이라는 아들도 낳았다는군. 그는 종종 쾌활하고 애정이 넘치는 편지를 보내온다네. 보게, 오늘도 한 통 받았어. 읽어주지. 〈두목님, 정직한 사람이 된다는 것이 얼마나 좋은지, 아침에 일어나면서 일할 수 있는 긴 하루를 맞이하고 저녁에 피곤에 지쳐 잠드는 것이 얼마나 좋은지를 두목님이 아신다면 좋을 텐데요. 하지만 두목님은 이미 그것을 알고 있지요, 그렇죠? 아르센 뤼팽은 좀 특별하고 상식을 뛰어넘는 자신만의 삶의 방식을 가지고 있으니까요. 하지만 뭐! 마지막 심판 날에 두목님의 선행 장부는 가득 채워져 있어서, 나머지는 다 용서받을 거예요. 두목님, 당신을 정말 좋아합니다〉. 이 얼마나 선량한 청년인가!」

편지를 다 읽고 생각에 잠긴 듯한 뤼팽이 덧붙였다.

「그럼 메르지 부인은?」

「그녀와 막내아들 자크 모두 큰아들 내외와 함께 지내고 있네」

「그녀를 다시 만나지 못했나?」

「다시는 만나지 못했지」

「저런!」

뤼팽은 잠시 망설이더니 미소를 지으며 말했다.

「자네에겐 좀 우습게 보일지도 모를 비밀 하나를 알려주지. 내가 여전히 중학생처럼 감상적이고 순진하다는 것은 이미 알고 있겠지. 클라리스 메르지에게 되돌아가 낮 동안의 소식(일부는 그녀도 이미 알고 있었지만)을 전해 준 그날 저녁, 나는 두 가지를 깊이 깨달았네. 우선, 그녀에 대한 내 감정이 생각했던 것보다 훨씬 강렬했다는걸세. 둘째는, 반대로 그녀는 나에 대해 경멸과 원한과 혐오가 뒤섞인 감정을 가지고 있다는 것이었네……」

「설마! 왜 그렇게 생각하지?」

「왜냐고요? 클라리스 메르지는 매우 정숙한 여인임에 반해 나는……, 아르센 뤼팽일 뿐이니까……」

「아!」

「그래, 나는 맘씨 좋은 도둑, 낭만적이며 기사도를 지닌 강도이고 따져보면 사실 지독히 나쁜 놈은 아닐세……. 이런 얘기를 하고 싶겠지……. 하지만 그렇다 해도 진실로 정숙한 여인에게, 곧고 얌전한 성품의 여인에게 나는……, 뭐랄까……, 불량배에 지나지 않아」

나는 그의 말 뒤에 보기보다 깊은 상처가 숨어 있다는 것을 이해했다. 내가 그에게 말했다.

「그녀를 사랑했나?」

「청혼을 했다고 믿을 정도일세. 그럴 수도 있지 않겠나? 나는 그녀의 아들을 구해 준 사람이니까……. 혼자서 상상해 보았는데……, 낙담이 얼마나 컸는지! 그 때문에 오히려 우리 사이에는 냉기가 흘렀어……, 그때부터……」

자조적인 어조로 그가 대답했다.

「그때 이후로 자네는 그녀를 잊었나?」

「아! 물론일세. 하지만 얼마나 힘이 들었는지! 우리들 사이에 넘을 수 없는 벽을 쌓기 위해서 나는 결혼까지 했으니까」

「뭐라고? 자네가 결혼을? 뤼팽 자네가?」

「결혼 이상의 것, 이 세상에서 가장 합법적인 모든 것이 있었지. 프랑스에서 가장 명망 있는 가문의 외동딸과……, 어마어마한 재산……. 이럴 수가! 그 일을 몰랐단 말인가? 알려질 만한 가치가 있는 얘기인데」

속내 이야기를 털어놓기로 작정한 뤼팽은 조금도 지체하지 않고 결혼 이야기를 들려주었다. 지금은 성 도미니크회의 수녀원에서 마리 오귀스트 수녀가 되어 검소하고 종교적인 은둔 생활을 하고 있는 부르봉 콩데가의 왕녀, 앙젤리크 사르조 방돔과 결혼한 이야기를…….

하지만 첫 몇 마디를 꺼내고는 갑자기 흥미를 잃은 듯 말을 멈추고, 생각에 잠겼다.

「무슨 일인가? 뤼팽?」

「어? 아……, 아무것도 아닐세」

「아니, 뭔가가 있는걸……. 어디 보자, 미소를 짓고 있군……. 도브렉의 은닉처였던 그 유리 눈알 때문인가?」

「그렇지 않아」

「그렇다면?」

「정말 아무것도 아닐세……. 지나간 추억일 뿐이지……」

「기분 좋은 추억이군?」

「그래……. 맞아……. 매우 감미로운 추억이지. 클라리스와 내가 질베르를 데려온 그날 밤, 일 드 레의 먼 바다, 낚싯배 위에서……, 우리는 배의 고물 쪽에 단 둘이 있었지……. 기억이 생생해……. 내가 말했네. 여러 가지 말을 건네고 또 건네고……, 마음속에 담아두었던 그 모든 말을……. 그리고 ……, 그러고 나자 마음을 흔들어놓는 침묵, 긴장을 누그러뜨리는 침묵이 찾아왔지……」

「그리고?」

「그 여인을 꼭 끌어안았어……. 아! 그리 긴 시간은 아니었지……. 단 몇 초쯤……, 하지만 그런 것은 중요하지 않아! 그녀는 단지 감사해하는 어머니도 아니었고 가만히 연민을 받아들이는 친구도 아니었단 말일세. 그녀 역시 한 여인이었네. 몸을 떨면서 마음의 동요를 느끼는 한 여인……」

그는 빈정거렸다.

「그러더니 다음날로 멀리 떠나, 다시는 나를 보지 않았지」

그리고 다시 한번 말을 멈췄다가 낮게 중얼거렸다.

「클라리스……, 클라리스……. 언젠가 이 일에 지치고 환멸을 느끼게 되면 당신을 다시 찾아가겠소……. 아라비아의 작은 집으로……, 하얗고 작은 집……. 그곳에서 당신은 나를 기다리겠지, 클라리스……. 당신이 그곳에서 나를 기다리고 있다고 믿소……」

옮긴이 | 심지원

서울대학교 불어불문학과 졸업 및 동대학원 수료.
옮긴 책으로는 『베베르에게 마흔두번째 누이가 생긴다고요?』 등이 있다.

아르센 뤼팽 전집 6
수정마개

1판 1쇄 펴냄 2002년 7월 31일
1판 8쇄 펴냄 2014년 7월 31일

지은이 | 모리스 르블랑
옮긴이 | 심지원
발행인 | 김세희
펴낸곳 | 황금가지

출판등록 | 2009. 10. 8 (제2009-000273호)
주소 | 135-887 서울 강남구 신사동 506 강남출판문화센터 5층
전화 | **영업부** 515-2000 **편집부** 3446-8774 **팩시밀리** 515-2007
홈페이지 | www.goldenbough.co.kr

ⓒ 황금가지, 2002. Printed in Seoul, Korea

ISBN 978-89-8273-423-6 04860 (6권)
ISBN 978-89-8273-417-5 (set)

㈜민음인은 민음사 출판 그룹의 자회사입니다.
황금가지는 ㈜민음인의 픽션 전문 출간 브랜드입니다.